俺は勇者の付添人なだけなので、
皆さんお構いなく
勇者が溺愛してくるんだが……

Character
ソレイユ
転生したヒズミが
初めて出会った少年。
勇者になる運命を背負った、
乙女ゲームの
攻略者の一人。
ヒズミ
乙女ゲームに転生した
元・日本の大学生。
周囲の人間に重めの感情を
向けられやすいが、
本人は無自覚。

リュイ&ガゼット
ヒズミたちの
クラスメイト。
エストレイア
宰相家の長男。
乙女ゲームの
攻略者の一人。
アイトリア
ソレイユの町の
冒険者ギルドの副ギルド長。
元・国立魔導士団副団長で、
魔法に長けている。
ヴィンセント
国立緑風騎士団の
団長。乙女ゲームの
攻略者の一人。

やっとアルバイトを終えた俺は、肌に張り付くTシャツを鬱陶《うっとう》しく思いながら、眩しい空を見上げた。早く家に帰らなければ、身体が溶けて地面と同化しそうだ。

近所の学校に通う大学一年生の俺、伊賀崎《いがさき》火澄《ひずみ》は、アスファルトの熱で歪《ゆが》む先にある家を見ながら、顎先に流れた汗を拭った。

熱波が襲う夏の外から無事にオアシスである家に帰還した俺は、冷房が効いているはずのリビングに直行する。早くソファにだらしなく座って、ガチガチに冷えたアイスに齧《かじ》りつきたい。あの水色の氷の板が食べたい。

暑さにやられた気怠《けだる》い身体をゾンビのように引きずって、廊下の先にある扉を開けた、その時だった。

「お兄ちゃん……」

三歳離れた妹が、ソファに座って深刻な顔をしている。目にはうっすらと涙の膜が張って、今にも零《こぼ》れそうだ。いつもの元気で小憎らしい妹とは違う様子に、俺は驚いてソファに駆け寄った。

「おい、どうした？」

妹は俺が声をかけると同時に、目元を歪《ゆが》めながらうぅっと呻《うめ》いた。胸元まである髪もぐちゃぐちゃに乱れている。

「……このゲーム、難し過ぎてスチル全然回収できないっ！」

妹が高らかに叫んだ言葉に、俺はふっと遠い目をした。一瞬にして現実逃避できるのは、妹と長く暮らして身に付けた特技だ。

声をかける前に、妹の手元と、目の前にあるテレビ画面を確認すべきだった。

妹が手に持っているのは、ゲーム機のコントローラー。

テレビの大画面には、イケメンたちのご尊顔がこれでもかと映し出されている。

「なんだ、ゲームのことか」

呆れた声を零《こぼ》しながら、妹は本当に、乙女ゲームが好きなのだからとため息が出た。

両親が共働きで不在がちのため、親代わりに家事をする俺に、妹はとても懐いてくれている。妹の趣味であるゲームの話も、日頃からよく聞いていた。

妹は生粋のゲーマーである。ゲームジャンルは、恋愛シミュレーションゲームが多い。獣人や宇宙人、現代にファンタジー、ＢＬなんかも、なんでもござれ。

そう、妹は立派な腐女子様でもあるのだ。

ＢがＬしている肌色多めな本を兄に勧めてくる妹に、お兄ちゃんはとても悩んだ。俺が若干引いたら、今度は肌色が少なめな健全なＢＬを手渡されて、手元が震えたよ。

そんなにあっけらかんと兄に趣味を晒しているのは、どうかと思う。

そして、今日も今日とて、妹の趣味に付き合う俺である。声をかけなければよかったと後悔しても遅い。

思考の海に自主的に逃避している俺をよそに、妹はどしんっと足音を立てながら、俺の目の前にやって来た。

手には可愛い女の子を中心に、イケメンが何人もゴリ押しで描かれているゲームのパッケージが見える。チェリーブラウンの髪をした可愛い女の子と目が合った。

「……」

無言で近づいてくる妹の影に、嫌な予感がする。

俺は、妹から何気なく距離を取るように後退《あとずさ》った。距離を取ろうとする俺に対して、妹はじりっと追いつめるように近づき、静かな攻防戦が始まる。

二人とも身体の重心を下げて、微妙に距離を取り向かい合う姿は、さながら兄妹で真剣にカバディをしているように見えるかもしれない。

なんで、自宅でこんなことをしなきゃいけないんだ。

リビングに、変な緊張感が漂う。

息を詰まらせながら前方を警戒しつつ後退していた俺は、背後への注意を怠《おこた》った。後ろにあったソファに足をぶつけ、勢いよく尻もちをついてしまったのだ。

妹は、しめたとばかりに、可愛いはずの顔に意地の悪い笑みを浮かべる。さらに逃げられないようにと、ひじ掛けに手をついて俺を囲い込んだ。

妹よ、お兄ちゃんはお前が怖いよ。

「……お兄ちゃん、お願いがあるの」

母親譲りの可愛い顔をしながら、俺に真剣な声でお願いがあるという妹。

嫌だ。絶対に良くないことだ。

何よりも、その手元にあるゲームが物語っている。

「私の代わりに、このゲームでスチル全回収して！」

妹の叫び声が、自宅の平和で静寂なリビングにこだました。


とりあえず妹の囲い込みから逃れた俺は、アイスに齧《かじ》りつきながら問いかけた。

「このゲーム、クリア済みじゃなかったか？　ハーレムエンドも回収したって言ってたよな？」

やっと、待望の冷たい氷板にありつける。妹もバニラアイスをすくったスプーンを口に突っ込んでいるが、甘いアイスと違って表情は苦々しい。

妹が手にしていた乙女ゲームは、『聖女《せいじょ》と紋章《もんしょう》の騎士《きし》』。

三百年に一度、魔王が復活して国が混沌に陥るという、ファンタジーの異世界が舞台だ。魔王が蘇《よみがえ》る時、必ず『英傑《えいけつ》』と呼ばれる者たちが現れる。魔王を討伐する役割を担う、選ばれし者たちだ。

英傑たちの特徴は、身体の一部に紋章が現れること。この英傑たちこそが、ヒロインの攻略対象者である。

対する主人公は、平民の少女。

主人公はある日、聖女の特殊能力とされている幻の魔法、聖魔法を発現する。さらに身体の一部に紋章が現れ、英傑たちが集う国立学園へ入学させられるのだ。

平民なのに高位クラスに入学した主人公は、周囲の嫉妬でいじめに遭い、様々な困難に巻き込まれる。英傑たちと愛を育みながら、それらにたくましく立ち向かっていくのだ。

さらに、英傑と聖女は魔王討伐にも参加する。魔王を倒して、世界は無事平和を取り戻す。

これが、大筋の『聖女と紋章の騎士』の流れだった。

妹はこの乙女ゲームに夢中になり、この間ゲームをクリアした嬉しさで感涙していた。堂々とこの広いリビングで、大画面のテレビの前で。

「そう、隠し攻略対象者も全部クリアしたんだけどね。実はゲームを全部クリアすると、ボーナスステージが遊べるの」

それは純粋にすごい。妹曰く、ゲームをクリアした人へのご褒美的なものらしいが、その分ハードモードに設定されているそうだ。

「でも、戦闘パートが難し過ぎて進めないの！　お兄ちゃん、戦闘とか戦略とか、そういうゲーム得意でしょ？」

「まあ、確かに得意ではあるけど……」

俺はＲＰＧとかガンアクションとか、戦闘要素が多いゲームをしているから、妹よりは慣れていると思う。そう答えた俺に、妹は期待の籠った目を向けた。

「お兄ちゃん、全スチルを回収するの手伝って！　人助けだと思って！　ねっ？」

胸の前で両手を握って祈るようなポーズをした妹が、上目遣いでお願いしてくる。俺はどうしたものかと考えながら、何気なく乙女ゲームのパッケージを裏返した。

キラキラで目に眩しく、ゆめかわなデザインに、大きく書かれた見出し文字はこうだった。

『新感覚☆　女の子も男の子も楽しめる乙女ゲームがここに爆誕！』

最近のゲーム業界は、新規ユーザー層の確保に積極的なんだろう。本格的な戦闘の要素を取り入れて、男の子でも楽しめるようにしているのか。確かに、乙女ゲームをプレイする男子もいると聞いたことがあるし、純粋に感心してしまった。

しかし、感心したからといって、当然ただとは言わせない。

「……見返りは？」

こっちは大学生の貴重な夏休みを捧げようとしているのだ。一緒に遊んでくれる彼女は、残念なことにいないけれど。

ちなみに大学の友人たちは彼女持ちで、夏休み中はその彼女と旅行に行って忙しいらしい。

数少ない俺と同じ寂しい境遇の友人は、実家に帰省中だ。遊ぶ約束はしているが、一週間はこちらに帰ってこない。花のキャンパスライフなのに……と、内心で涙が滲《にじ》んだ。

妹は俺の見返りを要求する発言を聞いても、ニヤリと余裕の笑みを絶やさない。

「ポム・フルールの期間限定チョコレートパフェ！」

俺の身体が分かりやすく跳ねた。妹は俺の様子を見て、『どうだ！』とばかりに胸を張っている。

ポム・フルールとは果物をこれでもかと使ったパフェが有名な、可愛い喫茶店だ。あそこのお店は女子ばっかりで、男子だけでは入りにくい。

友達は甘いものが好きではないし、妹が一緒に来てくれるなら付き添いという体で気兼ねなく楽しめる。しかも、限定のチョコレートパフェ。俺がチェックしていたことを、なぜ妹が知っている。

これはもうお手上げだった。

「乗った」

「やった！　ありがとう、お兄ちゃん！」

そう言うや否や、妹は嬉々として凶器になりそうな分厚い攻略本を渡してきた。母譲りの可愛らしい笑顔に、俺はしょうがないなぁとため息をついたのだった。

妹も、これから部活の遠征があって忙しいだろうしな。俺も大概、妹には甘い。

それに、ゲーム自体は好きだし、夏休みはアルバイト以外に予定がない。課題も早々に終えてしまったから、暇を持て余していた。いい暇つぶしになるだろう。

喜んでソファの上を跳び跳ねながら、万歳をしている妹の姿を見てクスッと笑う。お転婆なのは本当に昔から変わらない。

俺は残るアイスに齧《かじ》りつきながら、そんな和やかな夏の午後に浸っていた。

俺はこの時、知る由もなかったのだ。

『新感覚☆　女の子も男の子も楽しめる乙女ゲームがここに爆誕！』の本当の意味を。

あれから妹は、乙女ゲームを俺に託して部活の遠征へと旅立っていった。高校生は受験勉強に部活にと、何かと忙しい。そして、父は海外に単身赴任中。母は夏期休暇を利用して父に会いに行っている。

つまり、今から自宅には、俺一人ということになる。

こんなにもゲームに適した環境があるだろうか。

自室で家庭用の小さなゲーム機の電源を起動する。滑《なめ》らかな旋律が流れ出すとともに、画面にはチェリーブラウンの髪を風に靡《なび》かせる女の子、そして、その子を中心としてイケメンの顔が次々と映し出される。

妹に託された乙女ゲーム『聖女と紋章の騎士』のオープニングが始まった。

花びらが風に流れ、いかにも乙女ゲームぽい演出が入ると、画面には『Aパート』『Bパート』の二つの選択肢が表示される。

俺は迷わず『Bパート』を選んでゲームを進めた。

「へえ、主人公の絵が本当に出てこないんだな」

ゲームを進めていくうちに気が付いたのは、主人公の立ち絵が全く出てこないということ。キャラクター同士の会話にさえ姿が出てこないあたり、とても徹底している。きっと、プレイヤーが感情移入をしやすくするためだろう。

作り込み具合に感心しながらゲームを進めていった俺は、妹が苦戦しているという戦闘パートに取りかかった。そこで、俺は見事にこのゲームにハマった。

なんだこれは、めちゃくちゃ凝ってる。

武器のカスタマイズは何百通りもあるし、装備自体もデザインがカッコイイ。ダンジョンの背景はすごく綺麗だ。戦闘シーンの音楽に至っては、重低音と爽快感を彩る旋律が絶妙にマッチして、もはや神レベル。

これは、本当に乙女ゲームなのか？

その辺に転がっているＲＰＧよりも力が入っている。

ストーリーとは関係なく、戦闘だけ楽しめるのもよかった。魔物も中々に強いから、攻略本を片手に弱点を確認した。武器も魔法属性との相性によって、攻撃力が上がったり、特殊効果が加わったりする。ある程度魔法についても知識が必要とされるみたいだ。

敵を切るだけじゃない面白さが、なんともゲーム好きには堪《たま》らない。

さすが、『新感覚☆　女の子も男の子も楽しめる乙女ゲーム爆誕！』と謳っているだけのことはある。男子も十分に楽しめる。

俺は戦闘パートばかりに夢中になり、ストーリー攻略はそっちのけになっていた。

スチルの一つも回収できていないし、胸キュンなシーンも一つも見ていない。妹に文句を言われそうな気がするけど、まあいいや、と半ば投げやりになった。

「主人公のレベルを上げておけば、ストーリーも攻略しやすくなるだろうし。……最悪、主人公を最強にしておいて、ストーリーだけ攻略してもらえばいいんじゃ……」

うん。もう、そうしよう。

大学の友人が帰ってくるまでの期間、俺は主人公を着々と強くしていったのだった。

そうして、アルバイト以外の全てを、妹に頼まれたゲームに費やした夏休み。

遠方の実家に帰省していた友人から、『帰ってきたから、遊ばないか？』と連絡がきた。

俺自身、ゲームに入れ込み過ぎていた自覚もあったし、久々に友人に会って大学生らしい遊びがしたかった。

俺が二つ返事で了承すると、どうせなら家に泊まらないかと友人が誘ってくれた。

『俺の料理が目当てか？』とメッセージアプリで聞き返せば、『バレた！』という言葉と、てへっと笑う柴犬のスタンプで返事をされた。どことなく友人に似ている柴犬のスタンプに小さく笑い、荷物をまとめて自宅を出た。


友人の家に向かう途中で、何が食べたいか聞いたり、食材を多めに買い込んだりしていたら、思いのほか時間が経っていた。

「すっかり遅くなっちゃったな……」

両手にビニール袋を下げて、街灯が点灯した歩道を歩く。辺りは夜の気配が近づいてきている。

足早に家路に着く人たちと一緒に、俺も住宅街を進む。友人の住んでいるアパートまで、あと数十メートルというところだった。

突然、自分を呼ぶ声が聞こえた。

「……ねえ、伊賀崎君。これからどこに行くの？」

後ろから聞こえた女性の声に、俺は驚いて振り返った。薄暗がりの中で、髪の長い女性がこちらをじっと見据えている。その顔に覚えがあって、俺は軽く目を瞠《みは》った。

確か、今から会う友人と親しい、女友達ではなかっただろうか。

大学で友人と歩いている姿を、何度か見かけたことがある。でも、以前見た時とは、明らかに様子が違うのだ。

可愛らしい雰囲気だったはずのその女性は、どこか疲れ切った様子だった。なんとなくだが、目の奥が暗いし、いつも綺麗にしているセミロングの髪もかきむしったように乱れている。

薄暗い街灯が、ドロリとした異様な暗さを帯びている彼女をより不気味にさせた。覚束ない足取りで近づいてくる彼女に、気圧されて後退《あとずさ》った。

「……ねえ、答えてよ」

女性は目だけが変にぎらついていて、俺は薄ら寒さを感じた。

目の前の女性はこちらに聞こえるか、聞こえないかの声量でぶつぶつと話し始める。俺の反応なんて、眼中にないみたいだった。

「どう、して、何も言わないの？　どうせ、これから××の部屋に行くんでしょ？　二人は仲がいいもんね。……ほんと、嫌になるくらい」

なぜ目の前の女性が、今日、俺と友人が遊ぶことを知っているのだろうか？

異様な雰囲気に言葉を紡げずにいた。彼女の質問を肯定すると、何か取返しのつかないことが起こりそうな気がしてならなかった。

質問に答えない俺に対して、彼女の眦《まなじり》が一層吊り上がる。

俺を睨む目が血走り、わなわなと不自然に身体が震え始める。得体の知れない恐怖を感じた。

「全部、貴方のせいよ……。貴方がいなければ、××は私のものだったのにっ！」

俺の返事を待たずに苛立たしげに叫んだ女性は、肩掛けカバンから何かを取り出した。街灯の光を、女性が手に持っているものがギラりと鈍色に反射する。

鋭く尖ったそれは、こんな住宅街の道で出すものではない——食材を切るための包丁だった。

その切っ先を俺に向けながら、女性は大きな目から涙を流して叫んだ。

「××に私は振られたの！　貴方が好きだから、付き合えないって。……男同士が付き合ったって、どうにもならないじゃない！　私のほうが彼を幸せにできる。貴方が邪魔なのよっ！」

女性の心からの金切り声が、静かな住宅街に大きく響く。髪を振り乱した彼女は、鋭利でギラつく切っ先を構え、狂気の目で俺に突進してきた。

俺は現実を受け止められずに呆気に取られていたけど、身の危険を感じてすぐに包丁を躱《かわ》そうとして、そして、できなかった。

躱《かわ》そうとした時に、とっさに周囲をチラリと見てしまったのだ。

俺の後ろには、ゲームをしながら歩いてくる複数の小学生がいた。

狭い住宅街の道路に、横いっぱいに広がって歩いてくる小学生たち。ここは車の交通量も少ないから、前を見ずにゲームをしていてもなんら危険ではない。普段の平穏な状況であれば。

もし、僕が彼女を躱《かわ》してしまえば、強い殺意が籠ったこの刃は、勢いを殺せずにそのまま小学生たちに突進するだろう。

彼女が迫るほんの数秒の間に、俺の頭の中がフル回転してその答えを導いた。

突進してくる女性の姿が、妙にスローモーションに見えた。涙を流しながらも、不気味に口角を上げて迫る女性の顔が良く見える距離まで近づいて、次の瞬間にはドンッ、と重い衝撃が身体に伝わる。腹部に鋭い激痛が走って、深々と身体に入り込んだ。ぐじゅッという嫌な感覚が、俺の身体を苛《さいな》む。

「……ぐぅっ！」

あまりに痛いと、人間って声が出なくなるんだなと、この時の俺はそんなことを考えていた。

「うわぁあああーっ!!」

「きゃぁあああーっ!!」

俺がその場に倒れ込むと、静かだった住宅街に子供たちの悲鳴が一斉に轟《とどろ》いた。

その悲鳴で彼女は我に返ったのか、落ち窪んだ目に光が戻り、俺と目が合う。彼女は怯えるように後退《あとずさ》り、異様に震えてその場にへたり込んだ。

子供たちの悲鳴を聞きつけた大人たちが、駆け寄ってくるのが地面すれすれの目線で見える。包丁の刺さっているであろう腹部を、鈍くしか動かない手で触った。ドロリと生暖かいものを感じた。

「火澄！　おいっ！　しっかりしろ！」

俺の目の前に、突然青白い友人の顔が現れる。必死に俺の名前を呼んで、血だらけなはずの俺の腹部を必死に押さえてくれているようだ。地面にはスーパーの袋の中身が転がっていた。葉野菜が袋から出て、砂利で汚れているのがぼんやりと見える。

ごめん、今日の晩御飯作れないや。

声を出そうにも、喉から空気が抜けるだけだ。誰かが警察を呼んだのか、サイレンのけたたましい音が近づいてくるのが聞こえる。

慌てる大人たち、泣きじゃくる小学生。必死に名を呼び続ける友人。だんだんと、その声や音が遠のいていく。

あれ、おかしいな。

なんだか急激に眠気が襲ってきた俺に、友人がさらに緊迫した声で何か叫んでいた。

ごめんな。

あまりにも眠くて、何を言っているのか分からないや……

友人の叫ぶ声を最後に、俺は重たい瞼を閉じた。

◇◆◇

眩しさを感じて、俺は目をぎゅっと瞑った。

頬を柔らかなものが掠めた感覚で、重たい瞼が開いていく。ぼやける視界の遠くで、水色の小さな影が動いているのが見えた。

「ここ、は……？」

囁《ささや》くように小さく揺れる音が、耳に心地よい。仰向けに倒れているらしい俺の目線の上では、若芽の色をした草が揺れて、青葉の匂いが鼻を掠めていった。

見慣れない光景に頭が追い付かない。寝ぼけたまま目を擦《こす》って、身体を起こす。目線が高くなって、視界に広がったものに目を瞠《みは》る。

「……えっ？」

目の前に広がっているのは、美しく穏やかな草原だ。

清々しい爽快な香りに、風の波で頭を揺らしては戻る下草。穏やかな日差しは、風も相まって昼寝に最適だろう。

「ピロロクワーッ！」

変な鳴き声が上から聞こえたけど、あれは鳥だろうか。起きた時に見えた影は、どうやらこの鳥のものらしい。

あれ。俺は、なんでこんなところで眠っているんだっけ。

最後に肌に感じた感触は、冷たいコンクリートの地面に、変に生ぬるい、ぬめった感覚だったのに。

そう思い出した途端、ヒュッと喉で息が詰まった。

「っ⁉」

俺は確か、女性に腹を刺されたはず。思い返して、身体に一気にぞわっと悪寒が走る。俺を刺した女性の落ち窪んだ目と、重い衝撃の記憶が身体に蘇《よみがえ》る。

思わず服の上から脇腹に手を当てた。

「……あれっ？」

あれほどの激痛に見舞われていた腹部が、痛くない。それに、俺に刺さったままのはずの包丁もどこにも見当たらない。

でも、あの一瞬にして灼熱が身体を沸騰させるような、防衛本能からの極度の興奮。その直後に襲った深く突き刺さる鋭い痛みと、粘りのある液体に触れた感触。

あれは幻なんかじゃ、なかったはずだ。

俺はゴクリと喉を鳴らしながら、恐る恐る服を捲《まく》って脇腹を露《あら》わにした。

「これ……」

俺の腹には、生々しい赤茶色の傷痕《あと》が残っていた。ちょうど、包丁の刃が縦に刺さったくらいの傷だ。あれは夢なんかじゃなくて、やはり現実だった。

だけど、それならどうして俺は生きているのだろう。

先ほどついたばかりの傷だというのに、傷口は既に塞がり、まるで古傷にも見える。

怪我をまじまじと見ていると、ふと服の裾を捲《まく》り上げている手に違和感を覚えた。いつもと感覚が違うというか、俺の手ってこんなに小さかっただろうか。

それに、しっかりと自分自身を確認すると服装が明らかにおかしい。

友人の家に行った時は、Tシャツにジーンズだったはず。今着ているのは、全身黒っぽい服なのだ。襟が高い紫紺色《しこん》のコートを羽織り、その長い裾で隠すように、両腰には剣が鞘に収まっている。足元もスニーカーから底の厚いブーツに変わっていた。

「なんだ、これ？」

そういえば、最近この服を見たことがあるような気がする。どこでだったかな……

状況が呑み込めない中、穏やかな空気をつんざく、甲高い悲鳴が聞こえた。

「うわぁぁぁぁーっ！」

緊迫した悲鳴を聞いて、俺の身体は反射的に走り出していた。

すぐ近くに、鬱蒼《うっそう》とした森が見える。悲鳴はそこから聞こえてきた。何かに突き動かされるように、俺は一目散に声がした方向へ向かう。木立の中をすり抜けて駆けていく。

なんだか、身体がとても軽い。動きも自分にしては俊敏で、地面から隆起した木の根も軽々と避けられる。

木々の隙間をスイスイと走り抜け続けていると、誰かが必死に走っている忙しい足音と、苦しげな息遣いが聞こえた。どうやら、あちこち逃げ回っているみたいだ。何かが動く気配と草をかき分ける音を逃さないように、意識を集中させて追う。

やっと開けた場所まで辿り着くと、目にしたのは熊のような大きな生き物と、息を切らした一人の少年だった。

巨大な生き物と対峙している少年の服には、所々怪我をしているのか、血が滲《にじ》んでいる。

さらに俺は、その巨大な生き物を見て驚愕した。

「っ⁉　グリードベアっ⁉」

一見、普通の熊のようだが、真っ赤に血走った目と長く凶悪な爪が、動物とは違う生き物であることを示している。

この生き物は、乙女ゲームに出てくる魔物と呼ばれるモンスターの一種だ。醜い姿に獰猛《どうもう》な性格が特徴で、魔物だけでなく人も襲う。

でも、あれは想像上の生き物のはずだ。存在するはずがないんだ。

自分の視界に映る想像上の生き物に困惑しながらも、グリードベアの生々しい息遣いに、夢ではないと知らされる。何よりも、俺の身体がこの場に漂う緊張をひしひしと感じ取って、小さく戦慄《わなな》いている。

懸命に魔物から目を逸らさない少年だが、グリードベアとは体格が圧倒的に違い過ぎた。少年の身体の三倍以上はある。

少年の柔らかな血肉に食い込ませんという鋭利な鉤爪は、地面を握り抉っている。四つん這いになって背中を丸めた巨体は毛羽立ち、その太い足に力を込めて少年に飛びかかる準備をしている。

凶悪な赤い瞳が、少年を得物として捉えた。涎《よだれ》を垂らして今にも少年に襲いかかろうと、隙を窺《うかが》っている。

「まずい！」

俺は咄嗟に、少年とグリードベアの間に入った。

そうするのが当たり前だというように、両手を腹の前で交差させて素早く両腰に下げていた剣を抜いた。長剣よりやや短めの双剣が、すらりと鈍色の刀身を現したと同時に、地面を蹴ってグリードベアへと突進する。

俺は目の前のグリードベアの足めがけて、勢いよく斬りかかった。

「ギャァアアアッーッ！」

グリードベアの苦しげな叫び声が辺りに響きわたる。痛みに混乱しているグリードベアに追い打ちをかけるため、さらに頭上へと跳躍した。ドロリとした赤い目を躊躇《ためら》いなく切り裂くと、緑色の血飛沫が上がる。魔物独特の血が、鈍色の切っ先に滴った。

片目を失ったグリードベアが、痛みにその場でのたうち回る。黒色の地面に緑色が散る。

俺は後ろへ跳んで敵と距離を取り、魔力を練り上げた。どうして、魔力というものを自然に理解して、こんなにも操作できるのか全く分からない。不思議ではあるが、今は目の前の相手に集中する。

この魔法の属性は、乙女ゲームで俺が特に使っていたお気に入りだ。エフェクトがカッコいいんだ。

「『雷撃』！」

俺はそう呟いて、グリードベアへ右手に持っている剣の切っ先を向ける。剣の柄《つか》にいくつもの紫色の光が走り、ビリッと不穏な音を鳴らした。直後、眩しい紫色の一閃の雷が空気を切り裂いて、グリードベアの心臓部分を光の速さで射貫いていく。

「グギャッ！」

短い断末魔とともに、グリードベアが目を見開いたままドスンっと倒れ込む。重さで地面が鈍く揺れ、土埃が舞った。鳥たちが驚きで飛び立つ羽音がしばらく続き、やっと森の静寂が戻った。

俺は双剣を鞘に納めてから、地面に尻もちをついて呆気に取られている少年に駆け寄る。

「……君、大丈夫？　今、ポーションを出すから」

俺は腰に下げていた小さな皮製の鞄から、一本の小瓶を取り出した。緑色の液体が入った瓶のコルクを開けて少年に差し出す。ゲーム内でポーションと呼ばれている、怪我を治すための薬だ。

「……う、んっ……？」

少年は戸惑いながらも、俺の手から小瓶を受け取った。

小さく喉を鳴らして一生懸命飲み干すと、少年の全身が緑色にうっすらと光り出す。少年の顔にあった擦《す》り傷が、柔らかな光に包まれて消えていった。

「もう、怪我はない？」

俺の問いかけに、少年はコクンっと頷いた。少年に手を差し伸べてそっと立たせる。

立ち上がった少年は俺よりも少し背が高い。日差しを浴びてふわりと揺れる黄金の髪を見上げ、なぜか既視感を覚えて内心で首を傾げた。

「助けてくれて、ありがとう」

少年は落ち着きのある、ほんの少し高い声で俺へお礼を述べる。

目元を柔らかく細め、優しく微笑むあどけない顔を見た瞬間、はっとした。

この笑顔を、俺は知っている。

風にふわっと揺れる、毛先の跳ねた少し癖のある金色の髪。トロリとした蜜を思わせる、琥珀色の瞳。幼さが残るが、凛々しく整った顔立ち。

春の陽だまりが優しく包み込んでくれるような、眩しくも優しい笑顔。

おいおい、嘘だろ。

「勇、者……」

「えっ？」

見覚えがあって、当たり前だ。

俺の呟きに、こてんっと顔を傾けた目の前の少年は、『聖女と紋章の騎士』の攻略対象者の一人——勇者、その人だった。

呆気に取られたままの俺に、勇者は首を傾げる。

「……ユウ？　違うよ。オレの名前はソレイユ。えっと……、ソルって呼んで？　ところで、君は？」

少年が名乗った名前は、やはりあの乙女ゲームの攻略対象者、勇者と同じ名前だ。推測が確信へと変わった衝撃をなんとか受け止めつつ、俺も自分の名前を伝える。

「……俺は、ヒズミ」

ゲームでは、貴族しか家名がないという設定だったはず。ソルも名前しか言っていないから、俺も合わせることにした。

俺が名乗ると、ソルは何度も確かめるように小さく口にして一つ頷いた。

「……ヒズミ。綺麗な名前だね。この辺りでは聞かない響きだし、その格好……。もしかして冒険者？」

ソルは、チラリと俺の胸元を見た。俺の胸元には細い銀色のチェーンに、長方形の小さな薄い金属が付いている。これは冒険者ギルドで発行される身分証明書だ。

おそらく、これを見てソルは俺を冒険者だと判断したのだろう。

「ああ、そうだ」

ゲーム内でも冒険者ギルドで身分を登録していたから、あながち間違いじゃない。

俺が肯定すると、ソルは目を輝かせて俺を見つめた。

「すごい。その歳で一人で旅をしているなんてっ！」

ソルの言葉に、今度は俺が首を傾げる番だった。俺は、ソルよりもだいぶ年上の十九歳だ。一人で旅をすることは、至って普通である。

「俺はソルよりも、だいぶ年上だと思うぞ？」

俺がそう答えると、ソルは訝《いぶか》しげに顔を覗き込んだ。頭の先からつま先まで、じっくりと首を動かして俺を観察する。そして、また首を傾げている。

「……ヒズミは、どう考えてもオレと同い年か、年下くらいにしか見えないけど？」

「えっ？」

詳しく聞けば、ソルはまだ十三歳だそうだ。いやいや、さすがに俺と同い年に見えるはずがない。

たとえ、ソルが俺よりも身長が高いとしても。

「とりあえず、軽い怪我は治ったと思うけど、念のため医者に診てもらったほうがいい。町までの道が分かるなら、俺も一緒に連れて行ってくれないか？」

人の命が危険に晒されている場面を目撃して、急遽はせ参じた俺だが、頭の中は絶賛混乱中だ。一度、自分自身に何が起こっているのか、安全な場所で確認したほうがいいだろう。

それに、町に行けばここが本当にゲームの中なのか、それとも現実なのか分かるはずだ。

「うん。分かった」

素直に頷いたソルが、こっちだよ、と俺の手を引いて歩き出す。前を歩くソルの背中を見ながら、未来の勇者をまじまじと観察した。

それにしても、少年期の勇者はとても可愛らしい美少年だ。

毛先が跳ねている髪がひょこりと動いて、ヒヨコみたいだとほのぼのする。まだ成長途中だからか、どこかほっそりとした身体だが、これから鍛えればカッコイイ男性に成長するだろう。

というか、イケメンに成長することが確定事項なんだけどな。

他愛もない話をしながら、森を無事に抜けた俺たちは、ソルの道案内のもと町に辿り着いた。

『聖女と紋章の騎士』の、勇者の始まりの町。名前は、カンパーニュ。

石造りの外壁と門が俺たちを出迎える。美しい飾り文字で町の名前が書かれたアーチを見上げ、俺は違和感に気が付いて立ち止まった。

「あれ……？」

来客を歓迎する可愛らしい門だが、ゲームで見た時と、門の作りが違う気がする。この町の門はもっと簡素で、ただ石を積み上げた感じだったはずなんだけど。

「どうしたの、ヒズミ？　早く行こう」

「……ああ。うん」

疑問を頭に浮かべる俺を他所に、ソルは慣れた様子で町に入るために検問待ちの人の列へと並ぶ。

門の両脇では銀色の鎧を着た門番が槍を持って、通行人に話しかけていた。

そのうちの一人の門番がこちらに気が付く。服に血が付いているソルを見るや、急いで孤児院へ連絡するようにと仲間の門番に告げていた。

俺はもう一人の門番に、冒険者ギルド配布の身分証明書を提示する。

「……君、一人だけかい？」

「ええ、そうです」

俺が門番の男に短く答えると、少し驚いた顔をされたが、何事もなく門を通された。

木と漆喰《しっくい》で造られた可愛らしい建物が並ぶ大通りを、ソルの後ろをついて歩いた。

石畳で整備された道を歩いてしばらく、大きく開けた広場に辿り着く。広場の中央では、可愛らしい鳥の彫刻が施された噴水が小さな水音を立てていた。またもや、あれっと首を傾げる。

この町のスチルに、噴水があったのを見たことがない。俺の記憶違いか？

疑問に思いながら、俺は穏やかに水が流れる噴水に近づいて、ひょっこりと水面を覗き込んだ。

その瞬間、俺は思わず目を瞠《みは》る。

「……うそ、だろ？」

噴水の揺れる水面に、自分の顔が映っている。

そこに映ったのは間違いなく俺の顔だけれど、なんだか少し幼い。中学生くらいの容姿に戻っている。これでは、勇者と同じくらいの年頃にしか見えないのも納得だ。

　ぼんやりと水面に映る自分の顔を眺めていると、不意に黄金が自分の隣に映り込んだ。

「……ヒズミの髪の色、とっても綺麗だね。こんなに綺麗な黒色の髪、初めて見た」

ソルは純粋に、にっこりと笑った。その微笑みはまるで天使のように輝いている。

なんだ、この美少年は。この歳にして人を褒めることに慣れ切っている。

タラシだ。天然の人誑しが、ここにいる！

攻略対象者の中でも、勇者ソレイユは溺愛で有名だったはずだ。他人にはそっけないが、愛しい者は蕩《とろ》けるくらい甘やかして、本人の知らぬ間に囲い込む。

今から、その片鱗が見えて怖い。

幼くても攻略対象者なんだな、と呑気に考えていれば、程なくして忙しない足音が近づいてくるのが聞こえた。

「ソレイユ！　怪我をしたそうじゃないか！　さっき門番の騎士が教えてくれたぞ。一体、森で何があったんだ？」

老齢の男性が、神父のように長い服の裾を翻《ひるがえ》してこちらに近づいてきた。ソルを見るや、ぎゅうっとその身体を抱きしめ、心配そうに全身を確認している。

「森でグリードベアに襲われてたのを、ヒズミが助けてくれたんだ。怪我もポーションで治してもらったから、どこも痛くない。……心配かけてごめんなさい、院長」

親し気な二人の様子を見ながら、ゲームの攻略本に書かれていた情報を思い出す。

確か、ソルは十五歳になるまで孤児院で生活をしていたはずだ。今ソルのことを抱きしめているのが孤児院の院長なのだろう。

院長は、ソルの言葉に驚いて目を見開いた。

「なっ……！　グリードベアだって⁉」

院長が驚くのも無理はない。グリードベアは、本来であれば町近くの森には生息していない。生息していないはずの魔物がいるということ自体が、森に異変が起こっている証拠なのだ。

「お医者さんを孤児院に呼んだから、念のため診察してもらおう。ヒズミ君、だったかな？　ソレイユを助けてくれてありがとう。それと……」

「はい。冒険者ギルドには、俺が報告しておきます。だから、今はソルの体調を気遣ってあげてください」

俺はそれだけ言うと、冒険者ギルドに向かうために踵《きびす》を返した。この町は何度かゲーム内で訪れたことがあるから、建物の場所はなんとなく分かる。

数歩進んだところで、後ろから声が聞こえた。

「待って！」

背中越しに、突然ソルに呼び止められて振り返る。

院長に抱きしめられていたソルが、俺のほうへ慌てて駆け寄ってきた。ソルは俺の両手を握ると、不安げに訊ねる。

「ヒズミは冒険者ギルドに泊まるの？　ずっとそこにいる？」

「……ああ、そのつもりだよ。しばらくは、この町にいようと思う」

確か、冒険者ギルドには冒険者が格安で利用できる簡易宿泊所があったはずだ。ゲーム内でも回復するためによく利用していたし、可能なら今夜はそこに泊まろうと思っていたところだ。

俺の返事に、ソルは雰囲気を明るくして破顔した。笑顔が眩しい。天使か。

「じゃあ、また明日会いに行くね！」

ソルは名残惜しそうに俺の手をそっと離した。

院長の後をついて行きながら、俺に向かって手を振る。俺もソルに手を振り返して、その場を後にした。


石畳が敷かれた道を、冒険者ギルド方向へと歩いていく。オレンジ色の夕日が町を染め上げている中、俺は帰路を急ぐ人や、店仕舞いをする人々を観察して歩いていた。

道行く人を見る限り、赤や青、緑など派手な色の髪と瞳が多い。顔立ちも西洋人の顔に近い。

町の雰囲気は、中世ヨーロッパの田舎町といったところだろうか。そんなに高い建物がなくて、こぢんまりとして可愛らしい家ばかりだ。そして、そのどれもがあの乙女ゲームで見たことのある、美しい景色。

ここまで来ると、自分の現状が冷静に見えてくる。

先ほどまで夢ではないかと思っていたけれど、ソルに触れられた手は温かかったし、匂いとか感触とか、五感は正常に働いていていて鮮明だ。

日本では異世界転生、異世界転移の物語がたくさんあったせいか、今の状況を妙にすんなりと納得できてしまう自分がいた。

俺はどうやら日本で死んで、『聖女と紋章の騎士』の世界に転生？　したみたいだ。

なんで若返っているのかは謎だが。

あの時女性に刺された傷は、かなり深かったはずだ。包丁の柄《つか》部分しかお腹から出ていないほどだったから、命を落としていてもおかしくはない。

今身に着けている装備も、『聖女と紋章の騎士』で、俺が主人公に装備させていたものと同じだ。

襟が高い紫紺《しこん》色のコートに身を包み、シンプルな銀色の刺繍がデザインされた漆黒の上下セット。膝下までのブーツは、防御力が高い特殊な皮でできている。両腰には長剣よりもやや短い日本刀。中二病をこれでもかと山盛りにしたコーディネートだ。

立ち止まって、改めて自分の姿を見下ろしてみる。

華のある美人な母や妹ならまだしも。筋肉もなく、薄ぼんやりとした顔の俺が着ると、明らかに無理したコスプレ感が否めない。なんだかとても恥ずかしい。

ちなみに、ステータスもゲームをしていた時と同じだった。冒険者レベルはA。

SからEまである冒険者レベルの中でも、上から二番目の強さだ。

ステータスの確認は『今のステータスってどうなってるの？』と頭の中で考えた瞬間に、情報が勝手に入り込んできたのだ。

自分の状況を少しずつ確認しながら町を見回していると、どこからともなく視線を感じた。

町の人だけではなく、胸当てや鎧を身に着けた冒険者っぽい人からも見られている。

「見ない顔だな。外からの冒険者か？」

「仲間はどうしたんだ？　近くにいないようだが……」

「……可愛い」

やはり、田舎ともなると新参者は怪しいのだろう。最後のやつは俺じゃなくて、そこの花屋で花束を作っている可愛らしいお姉さんへの言葉だろうけど。

コソコソ話に耳を傾けつつ、俺はひと際大きな建物の前に辿り着いた。周囲の民家の三倍はあるだろうか。

温かな明かりの灯る建物は、レンガ造りの頑丈な二階建てだ。頭上に下がる金属の看板に、冒険者ギルドの剣と杖のマークが書かれているから、間違いない。ここが冒険者ギルドだ。

シンプルな木製の扉を開けようしたら、軋んだ音を立てて中から勝手に開いた。腰に剣を下げた若い冒険者が複数人出てきてすれ違う。

「あん？　なんだ、迷子か？　……えっ、かわっ……」

失礼な、迷子ではない。

すれ違いざまに聞こえた言葉に、ちょっとむっとした。

気を取り直してギルド内を見渡す。夕日は沈みかけていて、夜の様相になりつつある。待合用の長椅子にいる冒険者はまばらだ。食堂のある上の階からは注文を取る陽気な声と、食器がぶつかる雑多な音が聞こえる。皆仕事を終えて夕食を取っているようだ。

俺は周囲を見渡しながら、正面にあるカウンターへと向かった。艶《つや》やかな茶色の長いカウンターの後ろで、職員と思われる人々が忙しそうに机に向かっている。

まず、冒険者ギルドに併設された宿泊施設に泊まる手続きを進めることにした。一番左端にある窓口で、ギルドの制服に身を包んだ男性に話しかける。

俺が宿泊したい旨を伝えると、男性は帳簿のようなものを取り出した。きっと空き部屋を確認しているのだろう。帳簿から顔を上げると、男性は当然のように俺に問いかけた。

「ところで、お連れの方はどちらにいるのですか？　宿泊される方全員のサインをいただきたいんですが……」

「えっ？」

俺は男性の質問の意味が分からず、小首を傾げてしまった。ソルとは別れたから、当然今は俺一人だけだ。ギルドの宿泊施設は、一人では借りられなかっただろうか。いや、そんなはずないと思ってたけど。

「……もしや、君一人？」

「ええ、そうです」

俺が当然とばかりに返事をすると、ギルド内が一瞬だけ静かになったような気がした。さっきと違って冒険者たちの会話が小声になっている気がする。

目の前にいるギルド職員の男性も、目を見開いて一瞬だけ息を詰まらせた。気を取り直したように、帳簿のページを捲《めく》る。

「承知しました……。それでは個室を一部屋ですね。部屋は内鍵になっています。外出するときはもちろん、部屋にいる時も必ず鍵をかけてくださいね。絶対に」

真剣な表情で、念を押すように忠告するギルド職員の圧に呆気に取られ、俺は素直に頷いた。

「分かりました。ありがとうございます」

その他注意事項を聞いた後、俺は手続きを終えて鍵を受け取り、首から下げていたチェーンに取り付けた。そして、今度はカウンターの一番右端にある、情報提供の窓口へと進む。

カウンターでは、生真面目そうな男性が書類に目を落としてペンを走らせていた。俺は窓口に近づくと、意を決して男性に声をかける。

「こんばんは。すみません。魔物について報告があるのですが……」

男性は俺の声でペンを動かしていた手を止めて、書類から顔を上げた。

近くで見ると、この人もイケメンだ。

穏やかで知性的な雰囲気の男性は、ミルクティーを思わせる優しげなベージュの髪を揺らして、水色の瞳を少し見開いた後に俺に笑いかけた。右耳に揺れている耳飾りが、とってもお洒落《しゃれ》だ。

「おや、こんばんは。……もしかして、君がソレイユと一緒にいた冒険者かな？」

ギルド職員の言葉を聞いて、今度は俺が目を見張った。

なんでも、門番の人からグリードベアの出現について話があったのだという。

「はい、そうです」

「私はアイトリア。副ギルド長を務めています。気軽にアトリと呼んでください。……どうぞ、こちらの席に座ってお待ちください。今、地図を持ってきます」

アトリは席を立つと、すぐに巻かれた紙束を持って戻ってきた。手に持った紙を受付のカウンターに広げる。紙に書かれているのは、町とその周辺の地図だ。森の中も詳細に記載されている。

俺はアトリに、グリードベアの発見場所と、既に討伐したことを告げた。

アトリは心底驚いたような顔をしていて、内心で同感だと頷く。異世界転移したばかりの慣れない中で倒せたのは奇跡に近い。

『運がよかっただけです』と説明しつつ、緊急だったため魔物の亡骸《なきがら》をそのままにしてきたことを伝える。

すると、明日ギルドから調査隊を出すから大丈夫だと告げられた。

「グリードベアは、本来であれば森の奥に住む魔物です。縄張り意識も強いため、こんなに森の浅い場所にいること自体が、不思議でなりません……」

アトリの言う通り、グリードベアは中々にレベルの高い魔物だ。その分警戒心も高く、滅多なことでは奥地から出てこない。こんな町の付近に出現することがおかしい。そもそも勇者の始まりの町近くは穏やかで、高レベルの魔物などいないはずだ。

聞けば、最近こういったこの地域に棲息していなかった魔物が多く見受けられると言う。

奥地にいるはずの高レベルな魔物が、棲み処を離れている。棲み慣れた自分の縄張りを捨て、人に討伐されるリスクがあったとしてもだ。

まるで、何かから逃げるように。

ふと、俺の頭を過ったのは妹に託された乙女ゲームの攻略本だった。ソレイユのプロフィールが記載されたページが思い浮かぶ。

一つだけ、思い当たることがある。

攻略対象者の一人、勇者『ソレイユ』と、彼の暗い過去。

幼い頃に両親を亡くし、両親の恩師がいる町の孤児院で育てられるソレイユ。ある日、魔物の集団暴走——スタンピードによって町が壊滅状態になる。勇者は仲の良かった友人や、家族同然の孤児院の子供たちを亡くして心に深い傷を負う。

そして己の無力さと家族を失った後悔を胸に剣術を極め、偶然にも町を訪れていた国立騎士団の隊員に腕を見込まれる。騎士たちの推薦で、国の最高峰である国立学園に入学するのだ。

「スタンピード……」

本来生息しないはずの地域に魔物が逃げてきている。それは、森の深くにさらに強い魔物が現れて棲めなくなったからか、その凶悪な魔物が出てくる前兆だろう。

ここに来てからの違和感の正体は、これだ。

町の門はスタンピード時に破壊されて、強固な作りのものに変わる。噴水は一年経っても再建されていなくて、広場はまっさらだったはず。住宅もこんなに多くはなかった。

間違いない。

今、ここはスタンピード前の始まりの町だ。

森から町に来るまでの道すがら、ソルと何気なく交わした会話を思い出す。

ソルは今、何歳だと言っていた？

――『オレは十三歳。ヒズミも同じくらいでしょ？』

国立学園にソルが入学するのは十五歳から。町が襲われて自分の無力さを知り、十四歳から一年間、徹底的に剣術を磨き上げる。

思い出せ。スタンピードが起こるのはいつだ。

妹が、よく乙女ゲームのシナリオを話してくれたじゃないか。

『ソレイユって可哀そうなの。十四歳の誕生日の次の日、スタンピードが起こるのよ。襲われた孤児院では誕生日のお祝いの花とか、紙の飾りとかが燃える描写があるの……。孤児院の子に渡された最後のプレゼントを、ずっと大切に持ってるのよ』

「……まずい」

もう、半年しかないじゃないか。

思い出した事実に、背中を嫌な汗が伝う。

全身の血が、頭から一気に引いていく感覚がした。思考を言葉にしようとするのに、口が焦って動くだけで音にならない。

「どうしたのですか？　顔色が悪いですよ……？」

俺の様子が急に変わったからだろう。アトリが心配そうに俺の顔を覗き込んだ。

悩んでいる暇はない。一刻も早く、スタンピードが半年後に起こることをアトリに知らせなければ。

……でも、どうやって？

スタンピードの兆候は、この町が襲われてから初めて解明される。それまでも調査はされていたものの、どういった時にスタンピードが起こるのかは分かっていなかった。

そんな状況の中、俺が訴えて信じてもらえるのか。

俺はただの一介の冒険者に過ぎない。しかも、大人の姿ならまだしも今の俺は少年の姿だ。それに、スタンピードの発生時期が半年後と明確に分かること自体が、怪しまれる気がする。

だけど、俺が言わなければ確実に魔物に襲われてしまう。

俺はしばらく考え込んだ。その間にも、アトリはずっと俺の言葉を待っていてくれた。

意を決して、アトリの水色の目をまっすぐに見た。

「あの、信じてもらえるか分かりませんが……」

いい言い回しや、伝え方が思い浮かばず、声が自信なさげに小さくなる。

「これは、スタンピードの前触れだと思うんです……」

子供の戯言《ざれごと》として受け取られ、怒られるかもしれないと思うと、どうしても尻すぼみになってしまった。

「……どうして、そう思うのです？」

俺の緊張が伝わっているのか、アトリは至極優しく問いかけてくる。

「俺の知っている町で、同じようなことが起こったんです。本来棲息しない場所に、高レベルの魔物が移動し始める……。その魔物たちは、さらに強い魔物から逃げていました」

アトリは真剣な目で俺の話の続きを待つ。俺は、ゴクリと喉を鳴らしながら、言葉を続けた。

「そして、凶悪な魔物が動き出した瞬間、その邪気に当てられた魔物が狂暴化して、人間に襲いかかる。町なんて、あっという間に襲われてなくなってしまう……」

「その魔物に襲われた町に、今の状況が似ていると？」

アトリは察しがいい。俺はアトリの言葉に頷いた。

「はい……。大体ですが、この状況の半年後にスタンピードが起こりました」

俺の話を一通り聞いたアトリは、顎に拳を当てて少し考え込んだ。慎重に言葉を選んだ様子で、優しく俺に問いかける。

「……ヒズミは、どうしてそんなことを知っているのですか？」

「それはっ……」

俺はいい言い訳が思いつかず、言葉に詰まってしまった。

唇を引き結んで、膝に置いていた両拳を握りしめる。変に力が入って身体が強張《こわば》る。俺たちの話を聞いていたのか、ギルド内が重い空気に包まれている気がした。

やっぱり、考えなしに話すんじゃなかったな。

「あの歳で流れの冒険者なんて。仲間はきっと……」

「おそらく経験者なんだろう……。まだ子供じゃないか」

待合所に座っている冒険者たちが、こちらを見ながら小声で話をしているのが聞こえてきて、身体がさらに小さく縮こまった。

周囲の視線が俺に集まっているような気がして、堪《たま》らず俯《うつむ》く。俯《うつむ》いてしまったから、アトリが今どんな顔をしているのか分からない。

こんな自信なさげにしていれば、信じてくれないだろう。どうすればいい。

「……ごめんなさい、ヒズミ。酷なことを聞きましたね」

頭にポンっと、温かな重みを感じた。俺が驚いて顔を上げると、アトリが苦しげな顔をしながら俺の頭に手を置いている。

そのまま、労《いたわ》るように優しく俺の頭を撫でた。

「あの……？」

しばらくの間、無言で頭を撫でられ続けた俺は、さすがに長いなと思ってアトリを見返した。アトリははっとして、名残惜しそうに手を離す。

「ああ、すみません。つい……。ヒズミ、教えてくれてありがとうございます。このことは、私からギルド長にすぐに報告いたします」

「信じて、くれるんですか？」

俺が驚いて声を震わせると、アトリはしっかりと頷く。そして、俺を安心させるように優しく微笑んだ。

「貴方が、こんなにも勇気を出して報告してくれたのです。必ずギルド長に伝えると約束しましょう。……それに、用心に越したことはありません」

なんて、人間ができた人なのだろう。

明確な理由を言えなかったのに、『ふざけるな！』と怒りもしない。それどころか、すぐにギルド長に伝えてくれると言ってくれた。

「……ギルド長が話を聞きたいと言うかもしれないので、その時はご連絡しますね」

連絡は、冒険者の身分証明書のタグによって行われる。このタグには冒険者と連絡を取るための魔法が組み込まれているのだ。

俺はアトリにお礼を言うと、未だにざわつく冒険者ギルドの受付を後にした。

俺はギルドのカウンター横の扉を開け、廊下を歩いて宿泊施設の別棟へと向かった。冒険者ギルドの中から『やってやるぞーっ！』『オオォーっ！』という大きな声が聞こえて、さすが血気盛んな冒険者だと思いながら、廊下を歩く。

宿泊する個室は本当に簡易的なもので、日本のビジネスホテルに近かった。ベッドに小さな机、クローゼット、もう一つの扉はトイレとシャワー室だった。

俺は部屋に入ると、受付の男性と約束した通りに内鍵をかける。そこでやっと、肩から力が抜けた。

今日は、色々あり過ぎて本当に疲れてしまった。同級生の女性に刺されるだけではなく、異世界転移に急な戦闘、スタンピードの阻止。頭と体が限界だ。

俺はもう考えることをやめて、シャワーを浴びて眠ることにした。日本人が開発したゲームだからか、シャワーの構造も一緒で助かった。

違うのは、シャワーからお湯を出す時に赤色の石に触れること。

これは魔石《ませき》と言って、この世界の生活に欠かせないものだ。魔石はエネルギー源で、魔石に魔力を流すことによって明かりをつけたり、火を起こしたりすることができる。

シャワーを浴びた俺は早々にベッドへ直行し、魔石で灯ったランプを消した。

明日からは忙しくなりそうだと意気込んで、静かな部屋で一人眠りについた。

◆◇◆

「ソレイユ。魔物に襲われて怪我までして、とても怖かっただろう……。今日は早く休みなさい。ソレイユと遊びたがっている子供たちには、私から言い聞かせておくよ」

労《ねぎら》う院長に孤児院へ連れられながら、オレの頭の中は出会ったばかりの少年のことでいっぱいだった。

オレは今日、冒険者ギルドで薬草採取の依頼を受けて、普段通りに薬草の群生地へと向かった。そこでお目当ての薬草を摘んでいた時に、突然低い呻《うめ》き声が聞こえたと思ったらグリードベアに遭遇してしまったんだ。

自分よりも年下の、冒険者見習いの子供も良く薬草採取に来るその場所は、魔物が現れることがない安全地帯と言われていた。護身用の短剣はいつも通り身に着けていたけど、自分よりもはるか格上のグリードベアが出てくるなんて、誰が想像できただろう。

自分の背丈の三倍ほどはある巨体に、通用するはずがなかった。

オレは悲鳴を上げながら、ひたすら森を走った。死に物ぐるいで逃げて、森の中でも木が少ない開けた場所に辿り着いたんだ。

逃げている時は気が付かなかったけど、どうやらオレはグリードベアに狩りが容易にできる場所まで誘導されていたようだった。巨体が近づいてきて、その凶悪な鉤爪で服を裂かれて肌に痛みが走った。

(ダメだ。もう、足も疲れて動かない。痛みと酸欠で頭がクラクラする)

目の前にいるグリードベアが、不吉な笑みを浮かべて目をギラつかせた気がした。襲いかかろうと体勢を低くしているグリードベアを見て、オレは内心で諦めていた。

もう、自分は助からないと。

涎《よだれ》を垂らして左右に大きく裂かれた口を見ながら、ああ、死ぬ時は痛くないといいなぁとか、一思いに首を狙ってくれとか、変に冷静に考えていた、その時だった。

『えっ？』

視界の隅で、何かの影が一瞬通り過ぎた。

影は音もなく動き、銀色の何かが日の光をチカッと反射して眩しくて目を細める。その刹那、グリードベアとオレの間に紫紺《しこん》がきらめく。一閃の銀色の光がグリードベアの足を襲った。瞬時に身を翻《ひるがえ》したしなやかな身体は、血走ったグリードベアの目を切り裂く。

素早い身のこなしに呼応して、紫紺《しこん》の裾がはためいた。

『雷撃』

小さく淡々とした呟きが聞こえた。それと同時に紫色の稲光が、空から一直線にグリードベアの身体を貫いた。巨体は地面に音を立てて倒れ、そのまま命を落とす。

ほんの一瞬の出来事だった。

（……一体、何が起こったんだろう）

オレが呆けたまま地面に座っていると、目の前の人物が身体ごと振り返った。

双剣を手に振り返ったその姿に、オレは息を呑んだ。

サラリと風に靡《なび》く黒壇《こくたん》の艶《あで》やかな髪。真珠のように艶《つや》めく肌。柔らかな整った容姿だが、意志の強さを感じる目元。

その瞳は、夕闇と夜闇の狭間にわずかに見ることができる、不思議な紫を閉じ込めた宝石のようだった。

天の御使いとされる天使をも想像できる美しさだけど、それにしては闇の色が随分と似合っている。昼間だというのに、オレは鋭い黒色の十字星を見たように感じた。黒曜石でできたとびきり美しい、自身が宵闇の主であると誇る至極の色。

なんて、美しいのだろう。

戦闘の流麗さ。迷いのない剣術。美しい相貌と、冬の夜を思わせる隙のない雰囲気。凛とした空気を纏《まと》う少年をずっと見ていたいと、心と目が少年の姿を捕えて離さなかった。痛みも恐怖も忘れて、オレはどこか浮世離れした美しい少年に魅入ってしまった。

その少年は、ヒズミと名乗った。

聞いたことのない、不思議で綺麗な響きの名前は美しい少年に相応しいと思った。オレと同じくらいの年格好の少年は、オレよりもはるかに強かった。

オレは、出会って間もないのにもかかわらず、不思議とヒズミに惹かれてやまなかった。彼の特別になることを、自ら強く望んだ。だから、自然と自分の愛称を教えていた。

死んだ両親にしか呼ばれたことのない、特別なオレの名前を。

『――ソル』

ヒズミに名前を呼ばれ微笑まれた時、鼓動がドクンッと大きく脈打った。

じわりと体温が上がって、肌が粟立つような興奮と、心地よい高揚感で身体がいっぱいに満たされる。それなのに、胸はきゅっと縮こまったように苦しくなる。

とても不思議で、でもふわふわと嬉しくて。

ヒズミをずっと見ていたい。その柔らかそうな髪に触れたい。体温を感じたい。

経験のないオレでも、この感情の正体がすぐに分かってしまった。というより、これしか考えられなかった。

そうか。これが、恋なのか。

微笑む君は、とても可愛くて。他愛もない会話を交わした時の、戦闘時の凛々しさとはまた違う無防備な表情に、くらくらと目眩《めまい》がした。

そんな可愛い顔、誰にも見せないで。

夕闇を思わせるその不思議な紫色の瞳に、オレだけを映して。

彼の目に映る周囲の誰にでも、何もかもにも嫉妬してしまいそうで。その少し高く柔らかな声も、高貴な黒い髪の毛一本さえも、自分の胸の中に閉じ込めて、誰にも触れられないようにしてしまいたい。

こんなにも一人の存在を独り占めしたいという、強い懇願にも似た、重く甘い欲を感じたのは初めてだった。

町に辿り着くまで通い慣れた道も、数分の僅かな時間も、ヒズミと居れば心がふわりと温かくて満たされた。そんな浮足立ったオレは、彼のことをもっと知りたくて、ふと家族の話を聞いたのだ。

今思えば、森に少年がたった一人だけでいたという事実だけで、気が付くべきだった。

ヒズミが短い言葉で、淡々と答えたのが印象的だった。

『もう、いない』

ヒズミは独りぼっちだった。寂しそうな彼の横顔がやるせなくて、オレの心に小さくも強い決意の灯りが付いたのを感じた。

オレなら、絶対に君のことを一人にしない。

ずっと、君の傍にいるのに。

オレは、ヒズミの隣にずっといたい。そのためには、自分自身がヒズミ以上に強くなければならないんだ。守られる存在じゃなくて、オレがヒズミを守る存在になりたい。

今まで漠然と、生きるために冒険者見習いをしていた。でも、それでは到底ヒズミと一緒にいられない。

ヒズミは魅力的だ。本人は気が付いていないようだけど、その美しさと凛とした姿に、皆が惹きつけられている。町を歩いていて、ヒズミに視線を移す人の多さがそれを物語っていた。

誰にも、君を渡さない。

ヒズミの隣は、オレの居場所だ。

絶対に、愛しい君の手を離したりしない。

医者の診察を終えたオレは、月明かりが入る薄暗い部屋で、硬いベッドの上に身を預けながら強く拳を握った。

◇◆◇

暖かな日差しを瞼の裏に感じて、眉を寄せて目を開けた。眩しさに、さらに目を細める。見えたのは見知らぬ木目調の天井だった。

朝起きたら全部夢でした、をほんの少し期待したけど、現実はそんなに甘くない。

重たい身体を起こし、俺は身支度を整える。朝食をギルド内の食堂で済ませると、部屋に籠って紙にペンを走らせた。

この『聖女と紋章の騎士』の世界について、記憶に残っていることを整理するためだ。

このゲームには色々なエンドが用意されていた。共通のバッドエンドは、魔王を倒せず世界が崩壊すること。それに加え、攻略対象者各々にもバッドエンドが用意されていた。

「ソルの場合は確か……。バッドエンドは闇墜ちだったよな？」

王が三百年に一度蘇《よみがえ》るというのには、実は呪いが関わっていた。

魔王を封印しようとした矢先、その呪いがソルへと移ってしまう。最終的に勇者だったはずのソルが次の魔王となって、長きにわたって封印される。世界は一時的に平和になるが、彼だけが救われないという哀しい結末。乙女ゲームなのに、結構重いエンディングだ。

顔を顰《しか》めつつ、ソル本来のストーリーも簡単に紙に書き留めていく。

十四歳の時にスタンピードを経験して、十五歳で学園に入学。

二学年に進学した際に、聖女や攻略者に出会い、聖女に恋をする。三学年になると魔王討伐に向かい、無事に魔王を討伐すれば聖女と結ばれハッピーエンド。

紙に整理すると、自ずと俺がやらなければならないことが明確になっていく。

俺はギルドを出て速足に孤児院へ向かった。ソルには早く伝えなくてはいけないことがある。

昨日来た噴水の広場まで向かうと、そこから俺は東側の道をまっすぐに進んだ。足を進めるにつれて建物が少なくなっていき、立ち並ぶ住居の間にも距離が出てくる。ほどなくして教会に似ているレンガで造られた建物の前で足を止めた。子供たちのはしゃぐ、賑やかな声が聞こえてくる。

ここは、ソルの住んでいる孤児院だ。

この世界の成人は十八歳だけど、孤児院は十五歳になると出て行かなければならない。仕事は十歳の頃から見習いとして始められるから、孤児院ではほとんどの子供が、独り立ちの支度金を貯めるため、十歳になると働くそうだ。

昨日、ソルが一人で森にいたのも、薬草採取の依頼を受けたからだったと本人から聞いた。ソルも例に漏れず、十歳の時から冒険者見習いとして働いている。

孤児院の古めかしい木製の扉には、金属製の眠ったフクロウを模したドアノッカーが付いている。フクロウが足に持つ輪を持ち上げて、俺は三回ドアに打ち付けた。途端に、フクロウの目がぱっちりと開く。まん丸な瞳が可愛い。

「こんにちは。君は、ソレイユと一緒にいた……。ちょっと待っておくれ」

フクロウの小さな嘴《くちばし》が、啄《ついば》むようにパクパクと動いた。フクロウの彫刻がしゃべっている。しばらく待っていると、カチャリと扉が開いた。

「いらっしゃい。昨日は、ソルを助けてくれてありがとう。どうぞ、中に入って」

そう言って俺を招き入れてくれたのは、昨日ソルを抱きしめていた院長だった。穏やかで皺交じりの顔が、笑うとさらに目元に皺が寄って優しげになる。

院長先生に案内されて歩いていると、忙しなく廊下を走る音が聞こえてきた。廊下の遠くから小さな人影が近づいてくる。

「ヒズミ！」

俺のほうへと駆け寄ってきているのは、ソルだった。俺の名前を呼びながら手を振ってくれている。あんなに走り回っているなら、怪我も無事治っているみたいだ。

「これこれ、嬉しいからと走るでないよ」

院長に窘《たしな》められたソルは、素直に走るのをやめて早歩きを始める。その様子がまた可愛らしくて、俺はクスッと声を出して笑ってしまった。

俺の傍まで来たソルは、嬉しそうににっこりと微笑んだ。

「ヒズミ。オレから会いに行こうと思ってたのに、来てくれたの？」

「うん。早くソルに会いたくて」

俺が即答すると、見る見るうちにソルの頬が赤く染まった。顔色の急激な変化に心配になる。

「ソル、顔が赤い。やっぱり、まだ体調が悪いんじゃ……」

「大丈夫。……もう、ヒズミが嬉しいこと言うから」

最後のほうは声が小さくて、何を言っているのか聞き取れなかった。ソルは気を取り直したかのように俺に向き直ると、俺の右手を掴んで引っ張った。

「お茶を出すよ。こっち」

俺とソルは手を繋いだまま、孤児院の中を一緒に歩いた。ソルは俺を食堂へと案内してくれた。大きな暖炉がある食堂は、院長の優しさが溢れたような温かみのある場所だった。

俺を長テーブルに案内したソルは、俺の分のお茶を用意すると、俺の向かいに腰かけた。マグカップに入ったお茶を俺が一口飲んだところで、ソルはおもむろに口を開いた。

「……実は、ヒズミにお願いがあるんだ」

マグカップに視線を移して俯《うつむ》いていたソルが、顔を上げた。俺の目をまっすぐに見つめて、意を決したように言葉を紡ぐ。

「オレに、戦い方を教えてほしい」

琥珀色に宿った強い意志が、俺を射貫いた。

俺よりも年下なはずなのに、その瞳はどこか大人びていて気圧されてしまう。それほどまでに純粋でまっすぐな意志だった。

さすが、将来の勇者と言うべきか。幼い身体でも、内側から滲《にじ》み出る勇敢さと存在感が違う。

「オレも、ヒズミみたいに強い冒険者になりたい。……自分だけじゃなく、大切な人も守れる、力が欲しい」

ソルから発せられる言葉には、確かな重みを感じた。これは子供が将来の夢をふわふわと語るような、そんな軽いものではない。

自分自身の信条を貫き通し、覚悟を決めた強者の言葉だった。

俺は唾を飲み込んでいた。ソルの覇気と覚悟に、腹の底から感情が高ぶってくる。勇者が目覚める、まさに始まりの瞬間を俺は目にしているのだ。

……ああ、俺なんかより、ずっと強くなるよ。ソルは。

それに、これは願ってもいない申し出だった。スタンピードに向けて、ソルには強くなってもらいたい。少しでも怪我をしないほうが、絶対にいい。俺が孤児院に来た理由も、一緒に修行しようと言うためだった。

「分かった。できる範囲で教えるよ。それに俺もそんなに強くないから、一緒に強くなるために修行しよう」

俺の答えに、ソルの美しい琥珀色の瞳が陽の光にきらりと輝いた。勢いよく椅子から立ち上がると、前のめりになりながら俺の両手を強く握りしめる。

「やった！　これからよろしくね！　ヒズミ！」

「ああ、よろしくな」

ソルと互いに微笑み合いながら、俺はもう一つの懸念していることを思い出していた。

それは、ソルが勇者になる前の、心の深い傷となりえるエピソードの一つだ。勇者はスタンピードの時に親しい友人を亡くす。自分と同い年の、唯一心を完全に開いていた親友とも呼べる存在を失うのだ。

ソルに聞けば、俺と会うまでは仕事に忙しく、友人と呼べる人はいなかったそうだ。

そこで、俺ははたと気が付いた。

もしかして、スタンピードで命を落とす友人ポジション、俺じゃないか？

俺とソルは、今後一緒にいる時間が長くなる。一緒にいれば必然的に情が湧くし、俺もソルのことは可愛い弟みたいに思っていて、仲良くなる気満々だった。

昨日会ったばかりだけど、ソルはとても素直でいいやつだ。俺自身も惹かれている。

……俺も、強くならなければ、命を落とすのか。

ここに来て、勇者を強くするだけではなく、自分自身の死亡フラグも回避するという難題が生まれた。あと半年で、どこまでできるだろうか。

ソルと今後の修行について話をしながら、来たる半年後の決戦に考えを馳《は》せた。


次の日から、俺たちは修行を始めることになった。

俺とソルは、ある人物に修行をつけてくれないかとお願いした。院長もソルも顔見知りのその人物は、修行の申し出を快く引き受けてくれた。ゲームでも、その人にソルは指導してもらい強くなっていくから、その過程が早くなることに越したことはない。

町の喧噪《けんそう》から少し離れた、レンガ造りのノスタルジックな小さな薬屋。ここに住む夫婦が、実はとんでもなくすごい人たちなのだ。薬屋の後方には大きな庭があり、薬草畑の横で俺とソルは絶賛修行中だ。

「はっ！」

気合を入れたソルが、木刀を小麦肌の大柄な男性へと振り下ろす。風切り音とともに、激しく木刀がぶつかり合った。

「いい攻撃だ。剣に重みが増してる。これなら、大人相手にも引けを取らないだろう。だがな……」

綺麗な太刀筋を受け止めた男性は傷のついた右頬をニヤリと持ち上げると、足払いを仕掛けた。手元に集中していたソルが、あっけなく足払いを喰らう。

「うわっ！」

「手元だけに集中するなよ！　魔物の動きは人間と違う。どんな動きをしてくるか、予測がつかないからな」

面白いように体勢を崩して、ソルが地面にドサッと倒れ込んだ。木刀を振り上げた男が豪快に笑う。

「わははっ！　まだまだだなぁ。もう一回だ！」

「うっ……。は、いっ！」

ソルは素直に返事をすると、地面からすぐに立ち上がり剣を正面に構えた。そして再び、自分よりも一回り以上も大きな男性相手に立ち向かっていく。何度も地面に転がっているが、ソルの眼差しは鋭い。

身体は見上げるほどに大きく鍛え上げられ、腕や顔には歴戦の傷が残る。この男性は只者ではなく、こんな片田舎にいるのが不思議でならない人物だ。

その正体は、元国立騎士団団長、ステルク・バーナード。平民にして国立騎士団の団長まで昇りつめた、ずば抜けた実力者だ。現役時代の二つ名は『剣聖《けんせい》』。力強い太刀筋に巧みな戦術で、戦場を渡り歩いてきた。

ゲーム攻略本の人物紹介ページには確か、騎士団を引退後に恋人と結婚して田舎でのんびり過ごすと言って退役したと書かれていたはず。

考えに耽《ふけ》っていた俺の視線の端で、ソルの身体がもう一度地面に倒れ込んだ。

「おーい。次はヒズミも入れ。連携攻撃でかかってこい。魔法もありだ」

「はい」

両手に日本刀を模した木刀を持って、二人に近づいていく。ソルと二人で、ステルクさんに向かって剣を構えた。自然に身体が戦闘態勢に入る。

日本にいた頃の俺は、当然ながら戦闘などしたことはなかった。祖父に変な体術は教わったものの、人と対戦したことなんてない。そこはやはりゲーム補正なのだろう。

自分がどうすべきなのか、意識を集中すると自然と手足が動き出す。この身体は動きが軽いし、心も戦闘に慣れていた。無駄にダンジョンに潜《もぐ》って、ひたすらにレベリングしてたもんな。

緊張感の漂う中で、小石をステルクさんが踏んだ小さな物音を皮切りに、俺は地面を強く蹴って駆け出した。ソルの攻撃に合わせて、相手に反撃の暇を与えないように連撃を繰り出すけど、ステルクさんに上手く躱《かわ》されてしまう。

「……うっ！」

身体強化をかけていたソルの剣が、ステルクさんによって大きく弾かれる。短く呻《うめ》き声を上げて体勢を崩したソルの身体に、大きな影が被さった。

「ほら、また身体が強張《こわば》っているぞっ！　大きい相手への恐怖を捨てろ！」

ソルに追い打ちをかけようと振りかぶられた木刀を、二人の間に身体を滑り込ませて止める。重い一撃をなんとか双剣の木刀で滑《すべ》らせてソルから切っ先を逸らした。あまりの衝撃に両手が痺れる。

「くっ！」

剣での反撃を一瞬で捨てて、蹴りを繰り出したけれど、苦し紛れの攻撃は容易に躱《かわ》される。

案の定、ステルクさんに右足を掴まれ放り投げられた。

「……ヒズミは戦闘スタイルが確立しているが、まだ攻撃が甘い。躊躇《ためら》いをなくせ」

「はい！」

上がった息を整えながら、さらに細かく指導されることを頭に叩き込む。そして再び、ステルクさんとの手合わせが始まる。

午前中はギルドの依頼を二人で一緒にこなして、午後は修行をする。これが最近の俺とソルの日課になっていた。

何度目かの手合わせを終え、やっと休憩を言い渡された俺たちは、近場にあった木陰に座り込んだ。金属製の丸い水筒に口をつけたソルが、小さく息を吐く。

「いつも、手合わせの時はヒズミに庇ってもらってばっかりだ。もっと強くならなくちゃいけないのに……。恐怖心も全然消えてくれない」

全身で悔しさを表すように、ソルは背中から地面に倒れ込んだ。顔を右手で覆いながら苦しそうに呟いた。

焦りと不甲斐なさが滲《にじ》んだ弱々しい声音に、オレはソルの顔を上から覗き込む。目元を隠しているから表情が読み取れないけど、いつもの陽だまりの雰囲気が萎んで、小さくなった子犬のように見えた。

少し毛先に癖のあるソルの髪が広がって、揺れる木の葉の影を映している。その柔らかそうな髪に、思わず手が伸びた。

「ふえっ？　……ヒズミっ!?」

ソルの身体がびっくりしたように小さく跳ね、大きな目がぱちくりと俺を見上げた。

それがまるで驚いた時の猫のようで、思わずクスッと笑ってしまった。本人が驚いたまま、何も言わないのをいいことに、指通りの良い金の髪をそっと撫で続ける。

そんなに焦らなくても大丈夫だと言外に伝わるように、ゆっくりと優しく。

「出会った頃より、ソルは確実に強くなっているよ。それに、ソルが果敢《かかん》に攻め込んでくれるからこそ、相手に隙が生まれて俺も戦いやすくなる。……俺だって、ソルを頼りにしてばっかりさ」

グリードベアに襲われた際に負った、自分よりも大きなものに対する恐怖とトラウマを抱えてはいるが、ソルの成長スピードは目を瞠《みは》るものがある。

元々の身体能力が高い上に、戦闘センスがいい。体術も剣術もすぐに覚えてしまう。今までの素人の動きが嘘のようで、水を得た魚のごとくソルは確実に強くなっていた。

そして、強いのは戦闘スキルだけではない。

「弱音も一切吐かずに、毎日厳しい訓練に耐えて……。たとえ何度倒れようとも、格上の存在に立ち向かっていくソルを見ていると、俺も頑張ろうって思えるんだ」

ステルクさんに用意された修行メニューは、元国立騎士団長というだけあってスパルタだった。

筋トレと体力づくりから始まり、剣術の基本から戦術まで徹底的に詰め込んでいく。

あとは実践あるのみというように、毎日手合わせを行って身体で覚えるまで何度も繰り返す。できなければ厳しい檄《げき》が飛ぶし、楽しいことよりも苦しいことが多い。疲れきって二人で肩を貸し合いながら家路につくことも何度もあった。

ソルよりも精神年齢が上の俺でさえ、中々にキツイ修行。

普通の子供であれば根を上げていることだろう。でも、ソルからは一度も泣き言を聞いたことがない。

「俺が独りぼっちで修業をしていたら、きっと根を上げていたと思う。傍にソルがいてくれるからこそ、俺も一緒に頑張れる」

どんなに厳しくても一生懸命に修行に喰らいつき、倒れても何度も相手に立ち向かっていく。心が折れるどころか、さらに勇敢に、困難を乗り越えようと奮闘する。

その姿は、未来の勇者そのもので。

傍にいてくれるのが、勇敢なソルだからこそ。一番近くにいる俺が、ソルの勇敢な姿に励まされ勇気づけられている。

そして、影響を受けているのは俺だけではない。ソルが修行して強くなっていく姿に周りも触発されて、冒険者ギルドでは少年たちの戦闘訓練の申し込みが増えているらしい。

「よっと……」

俺もソルの真似をして、隣で横になる。

横向きになって投げ出されているソルの両手に、自分の手を重ねて握りしめた。以前、出会った当初に手を繋いだ時とは違う、剣だこがたくさんつぶれた硬い皮膚の感触が伝わってくる。

これはこの四か月、ソルがどれほど頑張ったかの証しだ。

すぐに触れそうな距離にある瞳を見つめ、ソルに俺の本心が届くように真剣に言葉を紡いだ。

「ソルは、誰よりも強くなれる。何者にも負けない、勇敢で強い戦士に。……一番近くで頑張りを見てきた、俺が保証するよ」

乙女ゲームで決められた未来だから、というだけではない。

ソルの一番傍にいたからこそ分かる。

少年でありながら、『大切な人を守りたい』という、彼の根底にある、芯の通った意志。それはまるで、陽だまりのような温かさを放つ宝石の原石。

目の前にある琥珀色の瞳が見開かれ、一瞬だけ光が瞬いた気がした。吸い込まれそうなほど美しい宝石は、やがて喜色を帯びて蜜色に変わっていく。

「……ありがとう、ヒズミ。……ヒズミが一緒にいてくれるなら、オレはなんだって頑張れる」

目元を薄紅色に染めて、ソルは照れくさそうに微笑んだ。萎んでいた太陽が、穏やかにまた光を放ち始める。そんな柔らかくも嬉しそうな、あどけない笑顔が眩しくて、俺は一瞬魅入ってしまった。

本心からの言葉ではあったけれど、かなり熱弁してしまった。なんだか急に恥ずかしくなって、俺もソルにつられて顔が熱くなる。

「そんな、大げさだな」

「本当だよ、ヒズミ」

火照《ほて》って汗ばんだ肌を、爽やかな風が吹いて涼ませてくれる。お互いに微笑み合いながら、お互いの手を握りしめる。そのわずかな温度のふれあいが心地よい。

残りの休憩時間を穏やかに過ごしていると、薬屋の裏口が開いて遠くでステルクさんを呼ぶ声がした。

「ステルク、少しいい？」

「おう、どうした。フロル」

ステルクさんは物腰の柔らかい中性的な男性に、甘く優しい声音で応える。

彼はステルクさんの伴侶であり、元王城薬師のフロル・フィラントロ。筋肉バカと言われるステルクさんとは正反対で、細身ですらりとした、ラベンダー色の髪を持つ美しい人だ。

そんな美しい人が、長い髪を靡《なび》かせながら真剣な表情でステルクさんと話し込み始めるのをぼんやりと眺めていると、ふと、疑問が湧いた。

ステルクさんの結婚相手って、攻略本だと確か女性で、夫婦だったような。フロルさんは美しいが男だ。夫夫《ふうふ》になっていないか。

それに、町を歩いていると普通に男性同士のカップルが抱き合ったり、キスをしている場面をよく見かけた。

「なあ、ソル。この国では男同士の夫夫《ふうふ》も珍しくないのか？」

「そうだね。ヒズミの国では珍しかった？」

そこからソルに詳しい話を聞くと、なんとこの世界では、異性間だけでなく、同性同士でも結婚が可能だという。

これにはものすごく驚いた。最近の乙女ゲームって、恋愛事に関して寛容なんだな。とても素晴らしいことだ。

「だから、ヒズミは気を付けてね？　……特に男に」

「うん？」

「なんで語尾が疑問形なの……。もう、全然分かってないでしょ」

ソルがなぜかむっとしたのを訝《いぶか》しんでいると、遠くからステルクさんが俺たち二人を呼んだ。休憩も終わりだろうかと、二人でステルクさんの元へ集まると、ステルクさんは俺たちに向かってあることを下命する。

「ヒズミ、ソレイユ。明日の黄昏時《たそがれどき》に、野盗の討伐に行くぞ」

思ってもいない申し出に、俺とソルはお互いに顔を見合わせる。

なんでも、ここ数日カンパーニュに続く街道で行商人たちが野盗に頻繁に襲われているらしい。魔物の数が多くなる中で、その混乱に紛れて良からぬことをしている輩たちだ。

冒険者たちは、最近さらに増えてきた魔物の討伐で手が足りないらしい。そこで町の実力者であるステルクさんに声がかかったのだと言う。

「お前ら二人だけで、野党を討伐してみろ」

真剣な面持ちで話すステルクさんに、俺とソルは覚悟を決めて強く頷いた。

夕日が傾きつつある森の街道では、木々の影が不穏に揺れている。暗がりが支配を進めている中で、オレとソル、見守り役のステルクさんは、声を潜《ひそ》めて前方を観察していた。

「ギルドの情報によると、奴らは野盗の中でも名の知れた賞金首だ」

木の陰に隠れながら、野盗たちは朽ちた狩猟小屋の前で焚火を囲っている。よほどの収穫があったのか、大きな馬車には多くの荷物が積まれ、近場の地面には酒樽がいくつも転がっていた。

上機嫌で酒を煽る薄汚れた男たち四人は、近くに潜《ひそ》む俺たちに未だ気付く気配はない。

「手助けは基本しない。気張れよ」

背中で感じていたステルクさんの気配が離れていくのを感じつつ、隣で息を殺しているソルへと視線を移した。

ソルにとって、本格的な戦闘はこれが初めてだ。ソルは緊張した面持ちで、不安からか肩に力が入り過ぎている。

俺は剣の持ち手を握りしめているソルの拳に、自分の右手を重ねた。

「大丈夫だ、ソル。……俺とソルなら。一緒なら、やり遂げられる」

ソルの顔を見ずに、小さな声で鼓舞する。手袋越しに伝わる拳の力が、ほどよく抜けたのが分かった。

ソルが小さく息を吐いて、無言で頷いた。敵を見つめるソルの横顔からは不安や恐怖が消え、静かな闘志が琥珀色の瞳に宿っていた。

適度な緊張感を持ったソルとともに、俺は敵地に踏み入る隙を窺《うかが》う。

揺らめく焚火の炎を囲い、酒に酔った野盗たちは眠気を催し始めたようだ。動きが緩慢になって警戒心が薄れていくのを確認すると、ソルもこちらを見て頷いた。

——行動開始だ。

「『暗視』」

俺は体内で魔力を練って、ソルと自分に魔法を施す。この魔法によって、暗闇の中でも明瞭に周囲が見えるんだ。

視界が確保できたところで、今度はソルが静かに風魔法で圧縮した空気を右手に作り出し、焚火へと放った。揺らめいていた炎が一瞬にしてかき消され、辺りが暗闇に覆われる。

「っ！　なんだ？」

暗がりの中で異変に気付いた野盗たちの声が聞こえた。俺とソルは地面を蹴って駆け出すと、混乱している野盗たちに向かって素早く斬りかかる。

真っ暗で何も見えず立ち止まっている敵に向かって、右手に持った剣で峰討ちを喰らわせて気絶させる。続けて近くで武器を取ろうと体勢を低くしていた男も首元を剣の柄《つか》で打って倒した。あと二人。

「ぐはっ！」

「奇襲だっ！　ぎゃっ！」

俺の右斜め前では、ソルが野盗の短剣を弾き飛ばし、俊敏な動きで相手の腹部を蹴りつけている。その足元には一人の男も倒れていた。初陣とは思えないほど、動きに危なげがない。これで、野盗は全員のはず。

呆気なく討伐が終わり、お疲れ様とソルに声をかけようとして、突如辺りが明るくなった。

松明の明かりを背に、狩猟小屋の扉から、自分たちよりも一回り大きな影がのっそりと現れる。

どうやら、盗賊は四人だけではなかったようだ。

「騒がしいと思えば、なんだよ。チビのガキどもじゃねえか……」

二メートル近いスキンヘッドの大男が、不機嫌な顔をしてこちらを見下ろす。

グリードベアの毛皮で作られた装備は他の野盗よりも上質で、野盗たちの様子からもこいつが首領で間違いないだろう。右手に持った大きな斧の刃は、人間の顔よりもかなり大きい。

「はん。情けねぇ。こんなガキどもに倒されやがって……。大人に喧嘩を売って、ただで済むと思ってんのかぁ？　あんっ？」

舌打ちをした大男は、口角を片方だけ上げて口を歪《ゆが》めると、見せつけるように右肩に担いでいた大斧を横に薙《な》ぎ払った。大男の隣にあった木が、風切り音の直後に一撃で真っ二つに切られ、土煙を上げて地面に倒れる。一撃でも喰らえば、致命傷は免れないだろう。

俺とソルは大男に剣を構えた。俺たちが動かずに黙ったままだから、大男は怯えていると思ったらしい。

「泣いて降参するなら、今のうちだぜ？　命だけは助けてやるよ。特にそっちの黒髪のやつは、かなりの上玉だ。大層良い金になるだろうよ。……その前に、俺が遊んでやってもいいしな？」

舌舐めずりをした大男が、俺に視線を向けて下品な笑みを浮かべた。そのねっとりと絡みつく視線を受けて、嫌悪から鳥肌が立つ。厭《いや》らしく細められた目に顔を顰《しか》めていると、突如として隣から強い魔力を感じた。

隣に目を向けた俺は、小さく息を呑んだ。

「……黙れ。クズが」

地を這うように凍《い》てついた声が、大男を黙らせる。周囲の温度が、数度下がった気がした。その短い言葉と裏腹に、激しい怒りが声音に籠っている。

右隣にいるソルの髪が、光魔法の黄金の魔力によって靡《なび》いている。見知った魔力のはずなのに、今はより一層濃く練られているようで、大気がその魔力に圧迫されているように重くなる。

そして何よりも、光魔法はいつもなら温かく感じるはずなのに、その魔力は敵を射貫こうという殺気が籠っていた。横から見た琥珀色の瞳が、冷たく大男を見据えている。

「その汚い目で、ヒズミを見るな。クソ野郎」

そう言うが早いか、ソルは地面を強く蹴ると、風魔法でブーストをかけて一瞬にして大男と距離を詰めた。黄金の魔力を剣に纏《まと》わせ、金に輝く長剣の切っ先を大男に鋭く突き出した。キンッ！と甲高い音が響き、大男の身体が後ろに吹っ飛んだ。

砕け散った金属の胸当てが、地面に無残に散る。

「ぐっ……。このクソガキが……っ」

地面から上体を起こした大男は、さらに近づいてきたソルへと苦し紛れに大斧を振り上げる。それに構うことなく、ソルは正面から大男に突っ込んでいく。

「ソルっ！」

堪《たま》らず叫んで走り出そうとした俺を、いつの間にか茂みから姿を現していたステルクさんが右肩を掴んで止めた。

「大丈夫だ。あいつならな」

前方を見れば、ソルに向かって巨大な斧が振り下ろされていた。思わず「逃げろっ！」と叫びそうになった瞬間、ソルは黄金に輝く長剣を頭上で大きく振り払う。金属の激しい衝突に、甲高い音と火花が散る。ぶつかり合った刹那、鋼鉄の刃が砕け散った。

「なっ⁉」

ソルは斧を砕いた勢いをそのままに、驚愕の声を上げた大男に斬りかかった。光の斬撃が飛んで、大男を閃光が袈裟《けさ》斬りにしていく。強い衝撃を受けた大男は、白目をむいて後ろに倒れ、やがて動かなくなった。どうやら気絶したようだ。

安全を確認したのちに、ソルは長剣を収める。俺は足早にソルに駆け寄ると、力なく振り返ったソルを強く抱きしめた。

「ソル、すごいじゃないか！」

自分の数倍はある相手に、臆することなく果敢《かかん》に斬りかかった。出会った当初、グリードベアから逃げていた力のない少年とは全く違っていた。

「ソレイユ、ようやく克服したな」

ステルクさんが、ソルの頭を乱暴に撫でながら褒めたたえる。何のことだと小首を傾げるソルに、ステルクさんは力強く頷いた。

「自分よりも大きな者への、恐怖心を。……本当によくやった」

「っ！　……はい」

勝利を噛み締めるように、ソルは右手を強く握って見つめていた。

何者にも臆さない、勇者の片鱗が確かに見えた。

お互いに勝利を祝い合っていると、ステルクさんの小さな呟きが聞こえてきた。

「まあ、あいつがソルの逆鱗に触れたせいでもあるんだけどな……」

ソルの目覚ましい成長を喜ばしく思いながら、野盗を縛り上げた俺たちは無事に野盗討伐依頼を終えた。

◇◆◇

もう完全に勝手知ったる場所になった孤児院の食堂。普段は子供たちと一緒にご飯を食べる大きなテーブルで、俺は子供たちと一緒に黙々と手を動かしていた。

指先を震わせ、薄い紙の重なりを慎重に引っ張って広げていると、途中で思いっきり亀裂が入った。

「あっ」

ふんわりとした紙の花びらを、また一枚破いてしまった。ピンク色の紙に、歪《いびつ》な裂け目ができる。

反射的に間抜けな声が上がった。

「え～っ、ヒズミのへたっぴ」

「ごめんな？　どうも苦手なんだ……」

隣で花飾りを作っていた女の子が俺の手元を覗き込んで、ぷくっと頬を膨らませた。女の子の手には、俺が作ったものより数倍綺麗な花飾りができ上がっていた。

テーブルには皆で作った花が置いてあるけど、俺の作ったのはどれも千切れていてぼろぼろだ。花というよりは、紙屑のように見えてしょんぼりする。

花飾りを一生懸命作っている子供たちの後ろを、長い輪っか飾りを持った子供たちが通り過ぎていく。わくわくしている気持ちが、子供たちの言葉から伝わってくる。

「紙わっかのかざり、長さ足りるかなー」

「そっちのはしっこもって。あと、ここにお星さまかざろうよ！」

忙しくも楽しそうに小さな影が動き回る様子からは、ソルがどれほど皆に愛されているかが見て取れる。孤児院の職員さんが嬉しそうに腕を振るう厨房からは、バターと砂糖の甘い香りが漂う。それは特別な日を祝う時だけ焼かれる、皆が大好きなお菓子の香り。

今日は、ソルの十四歳の誕生日だ。

俺は今、孤児院の皆とソルのお誕生日会の準備中である。

ちなみにソルはというと、午前中からみっちりステルクさんと修行をしている。これは、ソルを孤児院から離れさせるために、事前に打ち合わせしておいた作戦だった。

ソルの誕生日会をいつするのかは、本人には内緒にしている。いわゆるサプライズだ。

「……ソレイユ、喜んでくれるかな？」

「こんなに素敵に飾っているんだ。きっと、喜んでくれるよ」

不安げに見上げてきた女の子の頭を撫でると嬉しそうに笑った。

少しでも、血の繋がった家族のいないソルの心が、この皆の優しさで癒されるといい。

そんなことを思いつつ、俺は自分の手元にある花飾りをもう一度見た。

紙の花は、日本の卒業式やお祝いの席で見かける、薄い紙で作られたものと一緒だ。一枚一枚、重なった紙を持ち上げて花びらに見立てるのだけれど。先ほどから俺は、ふわふわの紙をビリッと破いてしまう。

「もう、ヒズミはあっちで、お祝いの絵を描いて！」

俺の不器用さを見かねたのか、小さな女の子たちに背中を押されてテーブルを追いやられた。哀しい。

俺は肩を落としながら女の子たちの指示通り、大きな紙が張られた壁へ向かう。男の子たちが思い思いに絵を描いて、『誕生日おめでとう』というお祝いの言葉に彩を添えていた。

「ヒズミ。こっちで、ミエルとおえかき、しよ？」

クレヨンで顔と手を汚した男の子が、ニッコリと笑って手招きをしてくれる。

この子は、孤児院の中でも一番年下のミエルだ。ふわふわの水色の髪を揺らしながら、楽しそうに線をぐちゃぐちゃに走らせている。水色のぐるぐる渦《うず》巻きが、ミエルの周りにいっぱい描いてあった。

「ヒズミは、ミエルとおててつなぐの」

「ふふっ。分かった」

俺の指をミエルの小さな手が、きゅっと握る。可愛い命令に、俺はついクスッと笑ってしまう。

ミエルの手はふにふにと柔らかくて、子供体温で温かい。俺が小さな手を繋ぎ直すと、くりっとした目が嬉しそうにキラキラしていた。

「……このいろのクレヨン、かしたげる。なんか、かいて？」

ミエルは、ぎゅっと青色のクレヨンを握って俺に差し出した。こてんっと首を傾げて、可愛らしくお願いをされた俺は心で悶絶していた。

可愛い。尊い。小さい頃の妹を思い出す。

「ありがとう、ミエル……」

クレヨンを貸してくれたミエルにお礼を言いつつ、頭の中では大分迷っていた。

何を描こうかな。できれば、簡単で孤児院の皆にも喜ばれるものがいい。

「よし。ラパンを描こうかな」

ラパンとは、日本で言うウサギに近い魔物だ。耳が長くて、小さくてほわほわだから子供に人気がある。害がなく、とても可愛らしい。この世界に来てラパンは何度も見たことがあるし、ウサギとシルエットも似ていて簡単はずだ。

たぶん。

俺はご機嫌で鼻歌を歌っているミエルの隣で、着々とお絵描きを始めたのだった。

「ミエルー、ヒズミー。そっちに青色のクレヨンあるかー？」

この孤児院でも年長さんになる、十一歳のソラトが俺たちの後ろから近づいてきた。ちょうどお絵描きを終えた俺は、青色のクレヨンをソラトに手渡した。

「俺は描き終えたから、これを使ってくれ」

横から壁をひょいっと覗き込んだソラトは、ふっと笑みを零《こぼ》した後にミエルの水色の髪を優しく撫でた。

「ん。あんがと。……おー。ミエル上手だな。これ、ケルベロスだろ？」

ソラトは、青色で壁に書かれた絵を指差した。ケルベロスとは、三つの頭を持つ犬の魔物だ。この世界では、大型犬ほどの大きさのケルベロスが人に飼われてる。

「……ミエルじゃ、なぁいよ？」

「えっ？」

ミエルがこてんっと首を傾げて否定すると、ソラトが恐る恐る視線を俺に移した。俺は、ソラトと視線をきちんと合わせて、目の前の青色の曲線たちの正体を教える。

「……ラパンなんだが……」

「っ!?　ウソだろっ!?」

驚きのあまり、手渡したクレヨンをソラトが床に落とした。床の上を転がっていく青いクレヨンを、ミエルが「うんしょっ」と短い足を屈めて拾っているのが可愛い、と軽く現実逃避した。

俺の美術の成績は、日本で小、中、高校といつも五段階評価の中で最低の一だった。実力が遺憾なく発揮されて何よりだ。

ソラトは腹を抱えて、堰《せき》を切ったように大笑いを始めた。目には涙まで浮かべて、息が苦しそうにしている。もう、思う存分笑ってくれ。

「おれの腹が痛くなりすぎるから、ヒズミはキッチンで何か手伝ってよ」

俺は未だに苦しげなソラトにそっぽを向いたまま、キッチンに向かったのだった。

「おや？　ヒズミも休憩かい？」

キッチンカウンターの片隅に座っていたのは院長だ。院長はほうっと息を吐きながら、湯気の立ったマグカップに口をつけている。一口飲んで、食堂内の子供たちを温かい目で見守っていた。

目元の皺を深めながら優しげに微笑む姿は、この孤児院に流れる優しい時間と同じ雰囲気だった。この人が慈しみで包んでくれるから、子供たちも職員の人たちも穏やかになれる。

「いいえ。実は、みんなに追い出されてしまって……」

「ふほほっ。あの子たちも張り切っておるからのぉ。適材適所というものじゃよ」

院長は俺が少ししょんぼりしてみせると、ポンポンと頭を撫でてくれた。何度か院長には頭を撫でられているけど、このそっと撫でる手つきは祖父を思い出す。心の中がほっこりと、じんわりと温まっていく。

「料理なら少しできるから、キッチンで何か手伝えることってありませんか？」

「そうじゃのお……。クイネラが忙しそうにしておるから、手伝ってくれるとありがたいよ」

院長はエプロン姿でキッチンに立つ女性職員に視線を移した。ふくよかで快活な女性は、俺をキッチンに来るように手招きする。

「助かるわ！　ヒズミ、包丁で皮むきとかできる？　このイモと、ニンジンの皮をむいてほしいの。輪切りにして、その後に皆で星やラパンの形に型抜きしようと思って！」

今日のメインディッシュは、ソルの好きなビーフシチューだ。肉は牛に似た魔物肉を使用する。実は、以前にソルと一緒に狩って孤児院に寄付したやつだ。

「皮むきなら、俺にもできるよ」

「やった！　人材確保。これで速度が上がるわよ！」

右腕に力こぶを作ってサムズアップしたクイネラさんに、思わずクスクスと笑ってしまった。

俺はエプロンと包丁を借りると、さっそくボウルいっぱいに用意された野菜の皮むきに取りかかった。

料理を作る職員さんは何人かいるものの、それでも随分と量が多い。よし、がんばろ。

「あら、随分と上手ねえ」

ひょいっと俺の手元を覗いたクイネラさんが、少し驚いた様子で言った。

「料理はよく妹と一緒に作っていたから、そこそこできます」

共働きの両親は、食事もちゃんと作り置きして俺たちに用意してくれていた。ただ、急に両親ともに出張になってしまうことがあって、その時は出来合いのものを兄妹で食べたものだ。

そんなことが何度もあって、さすがにお惣菜の濃い味付けに飽きてしまった俺たち兄妹は、自炊を決意したのがいい思い出だ。

「あら、頼もしいわ。そしたら、ヒズミも何か作ってみる？　ソレイユも喜ぶと思うわよ」

ちゃっかり、「一品おかずが増えて楽になるわ！」と豪快に笑うクイネラさんに、俺も声を出して笑う。

イモの皮を剥く手を動かしながら、さてどうしたものかと考える。

マジックバッグの中には大量の魔物肉が入っている。マジックバッグとは容量に際限がない亜空間収納付きの鞄だ。ゲームをしていた時も、肉は体力回復アイテムだったから大量に確保していたし、今もそうしている。確か、味は鳥肉に近かったはず。

鶏肉と言えば、あれにしようかな……

妹にも好評だったし、味には自信がある。

「あの、クイネラさん」

俺はクイネラさんに耳打ちをして、これから作る予定の料理を伝える。クイネラさんは親指を立ててグッと拳を出した。力強いその拳に、思わず声を出して笑ってから、俺も厨房で忙しく動き回った。

「ふう……。ただいま」

オレンジ色の夕日が孤児院の窓から差し込む頃、孤児院の扉についたフクロウが「ホウッ」と一度鳴いて、ガチャリと扉が開いた。

ソルの声が聞こえた瞬間、皆で目配せをする。ここからは、華麗な連係プレイだ。

「ソレイユ、おかえりなさい！　いっしょにおふろ！」

「はいはい……。部屋に荷物を置いたら、一緒に入ろうな」

年少組の男の子たちが、帰ってきたソルに駆け寄ってお風呂場へと誘導する。ソルを決して食堂には近づけない作戦だ。ソルは自分の部屋に荷物を置くと、目論見通りお風呂に直行した。

このまま、年少組には食堂の準備が整うまで頑張ってもらう。

「みんな、席に着いて！」

「クラッカー持った？」

「もった!!」

「あっ！　つまみ食いしちゃダメだろ！」

ソルに気付かれないように、皆がひそひそ声で会話をしているのが微笑ましい。食堂にいる皆はわちゃわちゃして、頭もそわそわと動いていてとても可愛い。

「もうすぐ、ソレイユが来るよ！」

ソラトが計画通りに、ソルの到着を知らせに来てくれた。俺が皆を見回すと全員が頷いたので、壁にある照明のランプのスイッチを消す。

夕日が沈んだ食堂には、浮遊輝石《ふゆうきせき》という宙に浮いて光を放つ石を飾った。これは、俺がダンジョンで集めたものだ。多角形の星が宙に浮き、暖色の光で部屋を優しく照らす。

「もう、今日は長風呂だったな……。お腹空いた」

年少組のわくわくした声と、ソルの困ったような声が近づいてくる。皆でゴクリと息を呑んで、身構えた。食堂の扉が音を立てて開く。

パンッ！　パンッ！　パパンッ！

軽快な破裂音が一斉に響いて、花や星の形をした小さな紙が一斉にソルへと降り注いだ。

「「「ソレイユーっ！　誕生日おめでとうっ！」」」

皆で一斉にお祝いの言葉を言った。

「えっ？」

クラッカーの紐飾りを身体中に浴びたソルが、ぽかんと口を開けて固まった。その年相応の反応が可愛くて、いつもの美形なソルと違ってほっこりする。

照明を明るくすると、ソルは部屋の様子を見回して、俺に気が付いてさらに目を見開いた。

「ソル、誕生日おめでとう」

目が合ったので、俺は改めてお祝いの言葉をソルに伝える。未だに何が起こったのかと呆け気味のソルに、悪戯《いたずら》が成功したような楽しい気分で笑いかける。

「ヒズミ？　今日はギルドで用事があるって……」

「ごめんな？　どうしても、ソルの誕生日会に参加したくって」

ソルには昨日のうちに、今日どうしてもギルドで外せない用事があって、会うことができないと伝えていたのだ。そんな俺がいるもんだから、さらにソルは驚いたのだろう。

「ほれほれ。突っ立ってないでこっちにおいで」

俺はソルと手を繋いで、長テーブルへと連れてきた。ソルは主役だから真ん中だ。テーブルにはケーキやら、ビーフシチューやら、たくさんのご馳走が並んでいる。壁にある『ソレイユお誕生日おめでとう！』という飾りを見て、ソルは頬をほんのり赤く染めていた。

「私からも。ソレイユ誕生日おめでとう。君が生まれてきたことに、心からの祝福と感謝を」

院長の言葉に、ソルの琥珀色の瞳が輝きを増す。ランプの優しい光に照らされて、艶《つや》やかで美しく、喜びの色に溢れた宝石のようだった。

「……ありがとうございます。……皆も、ありがとう」

ソルの心からのお礼を合図に、お誕生日会が始まった。皆でご馳走をお腹いっぱい食べて、たくさん話をして……ビーフシチューを前にしたソルは、それはそれは嬉しそうに笑っていた。

そして、山盛りになった茶色の料理に視線を止めて、不思議そうに見つめている。

「その『カラアゲ』って言う料理は、ヒズミが作ったんだよ！」

クイネラさんが、ソルが見ていた山盛りの唐揚げを指差して告げた。

「えっ!?　ヒズミが？」

「ああ、そうだ」

俺がソルのお祝いに作ったのは、『唐揚げ』だ。油もこの世界では安価だし、子供も大人も大好きだろうと思って作ったのだ。ただ、皆が不思議がるのは無理もない。

なんと、この世界には揚げ物が存在していなかったのだ。乙女ゲームだからダイエットや健康志向が反映されているのかもしれない。

俺の手作りだと聞いたソルは、唐揚げを一つ取るとひょいっと口に入れた。見たこともない料理のはずなのに、躊躇《ためら》いもなく食べるなんて。さすが勇者。

一口噛んだ途端、目をぱっと見開いて驚きの顔をしている。

「……おいしいっ。すっごく、おいしいよ。ヒズミ」

それを聞いた皆が一斉に手を伸ばして、その後は唐揚げ争奪戦になった。大量に作ったから、そんなに慌てなくてもいいのに。

プレゼントも、皆からソルに贈った。孤児院の皆から渡されたのは、一人一人がソルに向けて書いた手紙だった。手紙は保存の魔法がかけられていて、火災などの相当なことがない限り朽ちることはない。院長からは綺麗な万年筆が贈られて、ソルが大切そうに胸に抱きしめていたのが印象的だった。

そんな、くすぐったくなるくらい温かくて、幸せな時間はあっという間に過ぎた。年少組の頭がぐらつき始めた頃、誕生日会はお開きになった。

「そうだ。今日はもう夜遅いから、ヒズミもここに泊まっていくといい」

片付けを手伝っていた俺に、院長はそう提案してくれた。ありがたいお誘いではあるけれど、こんなに子供たちがいるのに迷惑にならないだろうかと、少し躊躇《ためら》ってしまう。

すぐに返事をしない俺に、ソルが近づいてそっと俺の手を握った。

「今日は、泊まっていって？　お願い……」

イケメンが眉をハの字に曲げて、目を潤ませながら俺にお願いをしてくる。

超美形にそんな顔でお願いをされたら、断れるヤツなんているのか？　女子はもうコロッと落ちてしまうに違いない。

将来のモテ男が、ここにいる。

それに、今日の主役であるソルに頼まれては断れない。

楽しい夜は、まだまだ続きそうだ。

「……分かった」

俺が承諾すると、ソルは花が綻んだように微笑んだ。

その屈託のない笑顔が俺を直撃した。稲妻に撃たれたような強い衝撃だった。心臓に悪い。

ソルに手を繋がれたまま、俺は孤児院の二階にある部屋へと案内された。そこは、なんとソルの部屋だという。

ソルはこの孤児院でも最年長で、身体も他の子たちより大きい。皆で一緒に眠るのは窮屈だろうと、二人部屋を一人で使っているそうだ。

「いつも一人で眠るから、少し寂しかったんだ……。今日は、ヒズミがいてくれて嬉しい」

同じベッドに腰かけたソルは、窓の星空と月を眺めながらぽつりと呟いた。

ベッドが二つと、タンス、机があるだけの簡素な部屋は、決して広いとは言い難かったが、それでも一人でいると広く感じてしまうのかもしれない。

ベッドの横にあるチェストには、丸い形の温かなランプが灯っている。揺らめく明かりに合わせて、琥珀の瞳には穏やかな光が映り込んでいた。まだ、皆と一緒にいた時のふわふわとした余韻が心地良い。

俺たちはしばらくお互いに黙ったまま、自然とベッドで身を寄せ合って、面映《おもは》ゆい幸福な雰囲気に浸った。

肩越しの体温に微睡《まどろ》みそうになって、俺ははたと我に返った。

俺としたことが、今日のために用意したものを渡しそびれるところだった。

「……ソル。実は、俺からも渡したいものがあるんだ」

慌てて立ち上がった俺は、机に置かせてもらっていたマジックバッグの中から、紺色の小さな箱を取り出した。金色のリボンは、ソルの髪の色によく似ていたから思わず町で購入して、自分で箱にかけたものだ。

「改めて、誕生日おめでとう。ソル」

ソルは大きな琥珀色の瞳をさらに見開いた。固まったままのソルの手を取って、箱をそっと手渡す。しなやかな指先から手を離すと、ソルは我に返ったのか、はっとして箱を落とさないように両手で包み込んでいた。頬を赤らめて気恥ずかしそうにしている。

「……ありがとう、ヒズミ。嬉しすぎて驚いちゃった……。開けてもいい？」

「もちろん」

蝶結びになっていた金色のリボンを、ソルはとても丁寧にほどいて、慎重に箱の蓋を開けた。暖色系の明かりを、箱の中に入った輝石たちが反射して輝いている。

「これは？」

不思議そうに俺に問いかけながら、ソルは箱の中に入っていた鉱石の一つを指でつまんだ。縦に長い八面体の透明な鉱石が、ソルの指の間できらりと瞬く。上部分にはシルバーの小さな輪が付いていて、ネックレスにもブレスレットにもできる。箱の中には、金色の輪が付いた揃いのものがもう一つ収まっている。

「それは、『深愛《しんあい》の導《みちび》き』っていう御守りだ。……魔力を流すと自分だけの模様に変わる。自分の魔力を流した御守りを大切に想う人に渡すと、その人のことを守ってくれるんだ」

以前、ダンジョンに行って宝箱から出てきたアイテム、『深愛の導き』。

効果は様々な事象に関する『導き』と、一回だけ使える即死回避だ。中々のレアアイテムで、これを見つけたのは幸運だった。

「大切に想う人……」

『深愛の導き』を顔の前に持ち上げて、ソルは考え込むように小さく呟いた。ずっと修行に明け暮れていたし、まだ人と出会う経験が少ないソルには、この孤児院の家族と呼べる人以外には、大切な存在というものが思いつかないのかもしれない。

「将来、ソルは素敵な人に出会える。それこそ、唯一無二の存在に。……その人と、この『深愛の導き』をお互いに交換し合えばいい」

ソルは、乙女ゲームの攻略対象者だ。今後、主人公である聖女と恋に落ちる予定である。他の攻略対象者には悪いが、ソルにはなんとか恋を成就させて、幸せになってほしいのだ。

ソルは御守りをしばらく眺めた後、まっすぐな視線で俺を射貫いた。

「――ヒズミがいい」

「えっ？」

今、ソルはなんと言った？

「オレ、ヒズミにこの御守りをあげたい。オレはヒズミのが欲しい」

ソルはそう言って、御守りを俺に手渡して握り込ませた。

見つめてくる琥珀色の瞳はどこまでも真剣だ。ともに過ごしている時間が長いから、俺のことを大事にしてくれているのだろう。ソルを大切に想うのは、俺だって同じだ。

「俺のことを、大切に想ってくれているのは嬉しい。だけど、これからもっと素敵な人に会えるんだぞ？　その人のために、取っておいた――」

「嫌だ。ヒズミがいい」

ソルは食い気味に俺の言葉を遮った。俺の両手を包み込んでいる手に、さらにぎゅっと力が籠もる。

このまま、俺がいいと言うまで手を離す気も、視線を逸らす気もないのだろう。

こうなると、ソルは頑固だ。

「……分かった」

「っ！　ありがとう！」

ソルは俺の手を離すと、自分自身も箱に入っていた御守りを取り出した。お互いに「せーの」っと言って、同時に魔力を流し込む。

手の中の透明な鉱石に、下からじわりと色が滲《にじ》んでいく。最初は黒に、その後はじっくりと色が変わっていった。

最後にキンッと小さく澄んだ音が聞こえた。魔力が完全に補填された合図だ。

俺は手で包んでいた御守りをそっとソルに手渡し、ソルからも受け取って交換する。

「……ソルみたいに、綺麗だな」

俺の受け取った御守りは、ソルの瞳と同じ、トロリとした琥珀色だった。その中では、小さな太陽を思わせる綺麗な丸い光が、輝きを放っていた。

優しい色合いなのに、どことなく勇敢さを感じる宝石。

あまりにも美しくて、ソルそのものを貰ったような気がして嬉しくなる。

俺が御守りをじっと眺めていると、ソルからも感嘆の声が上がった。

「すごい。ヒズミそのものだ」

ソルは俺のあげた御守りを持ち上げて、窓から差し込む月光で照らしている。

俺の魔力を流した御守りは、一番下が橙色で、中間の紫色を経て、濃い紺色へとグラデーションを描いている。鉱石の中では、銀色の粒子がスノードームのように流れていた。

俺はソルから貰った『深愛の導き』を、首から下げていたチェーンへと通した。金色の輪がするりとチェーンを通り、冒険者タグの隣で琥珀色が輝く。

ソルも俺と同じように、首元にかけていたチェーンに銀色の輪の付いた御守りを通した。そして、俺の手を取って、嬉しさの滲《にじ》んだ琥珀色の瞳をさらに甘い蜜の色に変えて微笑んだ。

「ヒズミ、ありがとう。すごく嬉しい。……大切にする」

「俺も嬉しいよ、ソル。大切にするな」

俺たちはお互いに笑い合いながら、一緒のベッドに潜《もぐ》り込んだ。子供二人が寝ても余裕のあるベッドの中で、手を繋ぎながら目を閉じる。程なくしてソルの規則正しい寝息が聞こえ始めた。眠気を誘う音を聞きながら、俺は胸を支配する不安で寝付けずにいた。

明日の今頃、おそらく町は魔物との闘いの最中だろう。

この半年間、町ではスタンピード対策が急ピッチで行われた。俺の話を信じてくれた冒険者ギルドの面々が、避難所の建設や、町の周囲の柵を強化する依頼を出してくれたのだ。冒険者ギルド長は俺の話を真摯《しんし》に聞いて、俺の意見も対策に取り入れてくれた。

この町には、実力者が何人もいる。元国立騎士団長のステルクさん、元王城薬剤師のフロルさん。そして、元S級冒険者のギルド長に、元国立魔導師団副団長のアトリ。

こんな実力者がそろっているのに、原作の乙女ゲームではこの町は壊滅する。

それほどまでに、スタンピードの勢いが凄まじいということを物語っていた。

今は町を挙げて魔物襲撃への対策をしているから、なんの準備もされていなかったゲームの時よりも被害は少なくて済むかもしれないが、何が起こるか分からないのだ。

失いたくない。今日感じたこの胸の温かさも、隣に眠るぬくもりも。

そして今、手で触れている大切な親友を。

シーツを強く掴んでしまったから、その違和感でソルが眉根を寄せて身じろいだ。

「う、ん……？　ヒズミ。眠れない、の？」

「ソル？」

寝ぼけ眼のソルが、返事を聞く前に俺の背中に腕を回した。そのまま、ソルの胸の中に抱き込まれる。

きっと、眠れない孤児院の小さな子たちも、同じように抱きしめて眠ってあげているのだろう。

耳元で聞こえるソルの鼓動が、不安で早まる俺の鼓動を落ち着かせてくれる。

「——守るよ。この町も。ソルのことも」

たとえ、自分の身を犠牲にしても。

誰かと一緒に眠るなんて、本当に久しぶりで。自然と心が落ち着いて、すぐに微睡《まどろ》んで、夢も見ずにぐっすりと寝た。

◇◆◇

秋の冷たい夜風が肌を刺す。

いつもなら温かな明かりが灯る家々には、人の気配すらない。張りつめた静寂が辺りを包み込む中で、避難所の細長い建物だけが煌々とした明かりを窓から零《こぼ》していた。

避難所の周りを守るのは、他の領地から応援で来てくれた騎士たちだ。槍や剣を構え、険しい表情で来たる時を待っている。

町の周囲を囲っていた柵は以前よりも強固に補強され、より遠くを見渡せるように、石壁の上には等間隔に見張り台が設置された。町の入り口である門の外には、大勢の騎士と武装した冒険者が待ち構える。

とうとう、この日が来た。

ソルと俺は、一緒に町の門の上で武器を構えていた。町の人々や、昨日ソルの誕生日を祝った孤児院の皆は避難所で待機している。

本当は、ソルにも孤児院の皆と一緒に避難してほしかった。でも、ソルには『僕は冒険者だ。ヒズミが戦うのにオレだけ安全なところにいるなんて、自分が許せない』と強く拒否された。

何度も宥《なだ》めたけど聞いてくれなくて、結局一緒に戦闘に参加することになったのだ。

乙女ゲームのシナリオでは、ソルは生き残ることになっているが、確実とは言えない。緊張して身体と表情が強張《こわば》っているソルの左手を、俺は横から強く握った。ソルの美しい琥珀色の瞳を、まっすぐに見つめる。

「大丈夫だ。ソルは、俺が必ず守るよ」

将来の勇者を、死なせるわけにはいかない。ここで勇者を失えば、この国の未来は絶望に染まる。

何よりも、俺自身が彼を失いたくない。

「……オレだって、ヒズミを守る」

ソルは俺の手を握り返し、強い眼差しで射貫いてきた。ソルは、この短期間で見違えるほどに身体的にも精神的にも強くなった。その成長が嬉しい。

俺たちのような未成年の冒険者は、他の冒険者の後方支援に当たることになっている。もちろん、義務ではない。それでも、俺は自分にできることをしたかった。きっと、ソルも同じ気持ちなんだろう。

俺はこの半年間、この町の冒険者の人にとてもよくしてもらった。それだけじゃない、町の人たちは見ず知らずの俺にも優しく声をかけてくれた。孤児院の子供たちとは、一緒に遊ぶほど仲良くなった。

この町は、俺にとってかけがえのない大切な場所に変わっていた。

この場所を、この地に住む人々を守りたい。

拳を握って、町の外に広がる不穏な闇を見据えた。

静かすぎる夜空に、魔物の襲撃を知らせる、カンカンッ！　と鐘の音が響き渡った。戦闘態勢に入るように、首にかけている冒険者タグから音声伝達が届く。

ドドドドッという足音が遠くから聞こえる。音が町に近づくにつれて、小刻みに地面を震わせていた振動が大きくなっていく。

ついに、黒色の塊が、一直線に押し寄せてくるのが見えた。

暗闇の中に蠢《うごめ》く影には、大小や形の規則性がない。様々な種類の魔物が一同に集まって、土煙を上げながら突進してくる。

「……来た」

誰に言うでもなく、俺は自分に言い聞かせるように呟いた。

覚悟はもうできている。

冒険者や騎士たちの開戦の雄叫びが、秋の夜空をつんざいた。


魔物たちは森のある東側から、一直線に町に向かってきている。様々な獣の濁音が混じった咆哮《ほうこう》が空にこだました。魔物の集団は鬱蒼《うっそう》とした森を抜けて、町と森の境界を越えようと駆ける。

一匹の大きなトカゲに似た魔物が、森から足を出したその時だった。

ドォォオォン!!

魔物の足が地面に着地した瞬間、大気に轟《とどろ》く爆音とともに地面の土が勢いよく上空へ噴射された。爆発に巻き込まれた魔物の身体が宙を舞い、深く開いた闇の穴へと落ちていく。

それを合図にしたかのように、次々と森の境界で爆発が起こる。大地が大きく削れて穴が開いた。

爆風に巻き込まれた魔物たちの焦げた匂いと、血肉が地面へ落ちる鈍い音が頻繁に聞こえる。群れの勢いのままに、スピードを緩められず猛進してきた魔物は、ぽっかりと開いた穴に自ら突っ込んでいった。

これは、俺が提案した感知式の魔道具だ。

魔石に爆風を起こす火魔法を付与して、それが魔物の魔力を感知すると起爆するように細工をした。このあたりはアトリの得意分野だった。

「さすが、元国立魔導師団副団長……」

俺の提案を熱心に聞いてくれた、穏やかなアトリの顔を思い出す。

アトリが急ピッチで開発してくれた魔道具のおかげで、魔物の数を幾分か減らせる。感知型魔道具は森を囲うように設置したから、森と町の境界では深い穴が濠《ほり》のようになっていた。弱い魔物は、穴に落ちただけで命を落とす。

暗い穴から『ギュォオーッ！』という唸《うな》り声と一緒に、中型のサルを醜悪にしたような魔物が穴から這い出てきた。

あと少しで地上というところで、上から複数の火球が穴へ落とされる。

「上がらせるわけがないでしょう？」

隣にいたアトリが、前方へ手を翳《かざ》しながら余裕の笑みを浮かべた。見張り台には、長距離攻撃を得意とする弓部隊と魔導師たちが集まり、一斉に攻撃魔法を放っている。彼らの魔法の閃光が夜闇に火花を散らし、爆風で混乱状態の魔物の群れにさらに追い打ちをかけていった。

しかし、魔道具の爆風も避けて器用に穴を飛び越えた狼型の魔物が、魔法攻撃を掻い潜《くぐ》ってついに町付近まで近づいてくる。

「防御線を突破されるぞ！」

冒険者の怒号が響いたその時、魔物の目の前で、ヒラリと深紅のマントが翻《ひるがえ》った。鎧を着た屈強な男が、大剣を片手で持ち上げて、ブンッ！　と大きく風を切って振り下ろす。

「おりゃぁっ！」

ステルクさんが気合の声とともに振るった大剣からは渦《うず》を巻いた爆風が繰り出され、目の前に迫った狼型の魔物に風穴を開ける。さらには後方にいた魔物にも刃を向けて打ち倒していった。

「……すごい」

他の冒険者や騎士たちも、町に近づく魔物を着実に屠《ほふ》っていく。

その中でもステルクさんは別格だった。身丈ほどもある大剣を片手で振り回し、爆風を起こして一人で数十体の魔物を屠《ほふ》っていく。

今のところ、大きな怪我をした冒険者もいないし、危なげなく魔物を倒している。

最初の魔道具による攻撃がよほど意表を突いたのか、魔物たちの侵攻は思った以上に緩やかだ。このまま確実に魔物を減少させれば、いずれスタンピードは終わる。

そう、このまま何事もなければ。

俺も魔法で後方支援をしていると、ブゥンッという虫の羽音に似た電子音が頭の中に響いた。

それは乙女ゲームでは馴染み深い音で、『索敵』のセンサーに何かしら引っかかったことを意味する。俺は闇魔法を極めたからか、『索敵』の上位である『感知』を使用できた。

その『感知』のセンサーに、強い反応があったのだ。

頭の中では、けたたましく警告音が鳴る。身体を焦らせるその音は、今から来るモノが明らかに規格外であると示していた。『感知』は、反応したものの名前までも教えてくれる。

名前を見た瞬間、俺は血の気が一気に身体から引いていった。

嘘だろ？

「……なぜ、この魔物がここにいる？」

深い濠《ほり》で立ち往生していた魔物たちが、逃げるように四方八方へと駆けだしていく。穴に落ちることさえも意識から忘れさせるほど、本能が逃避を求めたのだろう。

突如、俺たちのいる場所の気温が、息苦しさを感じるほどに熱くなる。夜闇が不自然なまでに明るくなり、赤黒い光が正面からゆらり、ぐらりと近づいてくる。

熱気のせいで、大気が蜃気楼《しんきろう》のように揺れた。

鬱蒼《うっそう》としていた森の木々が次々と折れて、激しい音を出して薙《な》ぎ倒されていく。横倒しにされた木々は、強烈な高温に包まれ一瞬で燃えて黒い炭と化した。

「……うそ、だろ……っ！」

誰もが目を疑った。息を呑む声が、そこかしこから聞こえる。

それの鋭利で強固な鱗が、地面を蛇行して這っている。その動きに合わせて波打つように地面がえぐれ、地層が剥き出しになった。岩にも見える鱗の隙間からは、溶岩のように赤く燃え滾《たぎ》る炎が垣間見える。鱗だけでも、人間の数倍はあるかと言う大きさだ。

一瞬で、この場にいる全員に緊張が走った。ありえない。こんな地上で見るはずがない。

この魔物は、火山地帯の地底深くに潜《ひそ》む超大型の魔物だろ？

「……デフェールスネークっ！」

赤黒い炎を纏《まと》った、灼熱の大蛇が悠々とこちらに近づいてきた。マグマが湧き出るほど、高温な場所に棲む魔物だ。身体は鎧のような岩の鱗に覆われ、長く太い胴体に先の細くなる尻尾は、見た目はまさしく蛇だ。

ただ、その大きさと纏《まと》っている灼熱が規格外なのだ。

大きさは三階建てのビルくらいはある。存在するだけで大気を朦朧《もうろう》とさせる熱を体内に蓄えた巨体は、溶岩が生み出した魔物とも言われている。

「ギャヤアアーーーーッ！」

咆哮《ほうこう》とともに威嚇《いかく》で開かれた口は、左右に大きく裂けおぞましい。骨をも砕く鋭利な牙が、縦に開いた口に生え揃っているのがよく見えた。

強者ぞろいのこの町がゲームで壊滅したのは、この魔物のせいか。

デフェールスネークは、ダンジョンではボスクラスで、最後のボス部屋で対戦する。俺は何度も死にかけて苦戦しながら勝利したから、特徴を覚えている。

急所は、頭の部分にある大きな魔石だ。赤黒い魔石こそ、デフェールスネークの熱の源と言っていい。そこを破壊すれば倒せる。だが、頭部まで安全に接近できる保証はない。

それに、ここはダンジョンではなく、町なのだ。

「まずい……。『熱放射』をされたら一たまりもない」

俺の呟きと同じことを、周囲の騎士や冒険者が口々に宣《のたま》った。

この魔物は弱ってくると、第二形態に姿を変える。そして、姿を変える瞬間に全身に溜めていた熱を一気に放出する『熱放射』という攻撃をしてくるのだ。ダンジョンであれば、攻撃が外に漏れだすことは決してない。あそこは異空間で、外の世界とは隔絶されている。

ただ、ここはそれを遮断する術がないのだ。町には魔導師の人が防御結界を張っているけれども、とてもじゃないが灼熱を防げるとは思えない。

頭の中をフル回転させて、ゲームでの戦闘を思い出す。水系の魔法を何度も繰り出して、じわじわと体力を削り追いつめていった記憶がある。しかし、第二形態になった際の『熱放射』の放出は防ぎようがない。プレイヤーは攻撃を受けたと同時に、光属性の強固な結界魔法を張るか、熱に強い魔道具を使って回避するしかなかった。

ここには強固な結界はないし、熱を防ぐ魔道具もない。

今から、町の人を別の場所に避難させる？

いや、外に逃げ出してしまえば別の魔物の餌食になるから、それはできない。

焦る気持ちで鼓動が早まる。目の前の圧倒的な強者がもたらす悲観的な未来を想像してしまい、頭を振った。

どうにかして、第二形態にさせずに倒す方法はないのか？

「魔導師は、全員避難所に行け！」

ギルド長が避難所に魔導師を集めるように叫んでいる。避難所だけでも、結界を強固にするためだろう。冒険者たちは、各々武器を構えて険しい顔をした。でも、去っていく者はいない。ここで去れば、魔導師たちが避難所に向かう時間さえもなくなってしまうからだ。

「時間を稼ぐぞ！　冒険者の意地を見せてやれ」

「魔物の数をできるだけ減らせ！」

冒険者の声が飛び交う中で、俺は必死に思考を巡らせた。

何か、ないのか。この絶望の状況を打開できる方法は。

考えろ。絶望している場合じゃない。

――『絶望』。

そこで、はたと気が付いた。頭の中にあるモノが浮かぶ。

俺は、自分の腰に付けていた革鞄――マジックバッグに手を突っ込んだ。そこから、茨がぐるりと輪になったデザインの金色の指輪を取り出した。

これはアンデッド系の魔物しか出てこない、不気味なダンジョンで手に入れた代物だ。せっかくのダンジョン攻略報酬なのに呪われたアイテムだったから、攻略後に脱力してしまったのを覚えている。

アイテムを使用した代償は、毒による一週間の麻痺。呪いだから、苦痛を味わうため体力も減っていく。

そして、魔法属性の永久消失と、三か月に一度の状態異常。

永久消失は文字通り、代償として消失した属性を二度と使えなくなるのだ。消失する魔法属性もランダム。一属性の場合もあれば、複数属性が消えることもある。唯一の救いは、取得した属性のうちどれか一つは必ず残ること。

苦労して取得した魔法属性を手放す者など、そうそういない。だから、ネットでもこのアイテムは疎まれていた。三か月に一度の状態異常は、どういうものかは全く知らない。

……まあ、なんとかなるだろう。

ただ、大きな代償と同時に得られる威力は、桁違いである。

俺は躊躇《ためら》わず、その指輪を左の中指にはめた。魔力を最大に練り上げて指輪に流し込む。指輪の茨が指に食い込んで、チクリとした痛みが走った。

もう、これで指輪は外れない。

元国立魔導師団副団長のアトリから、魔法を使うときのコツを教えてもらった。魔法を使うときは想像力がモノを言う。強くイメージしたことが具現化する。

脆くなる鱗。砕ける身体。空気の遮断。生命を一瞬にして奪う闇。

魔力も熱も生命も、全てを閉じ込める。

一撃だ、一撃で仕留めろ。それで、この戦いを終わらせる！

俺は呪いの指輪『絶望《ぜつぼう》の倒錯《とうさく》』へと、内にある魔力を限界まで込めた。

「朽ちろ！」

俺の全魔力を、デフェールスネークへ向けて放った。俺が叫んだと同時に、灼熱の大蛇がいる地面から紫紺《しこん》の魔力渦《うず》が現れる。紫色の閃光の渦《うず》は、逃げ出そうと身体を捻《ひね》ったデフェールスネークの全身を一瞬にして包み込んだ。

夜空が怪しげな闇魔法の色に染まった。

「グギャァァ……ァ」

デフェールスネークの断末魔が空気を裂く。苦しげな大蛇の悲鳴が収まれば、紫紺《しこん》の渦《うず》はぶわりと風に弾かれたように霧散した。

「……なっ⁉」

隣から、アトリの驚いた声が聞こえた。先ほどまでデフェールスネークがいた場所には、薄紫色の鉱石でできた大蛇の巨像が立っていた。渦《うず》の中でのたうち回ったのか、捩《よじ》った身体が躍動感を生み、美しい薄紫色のガラス彫刻のようだった。

「……一体、何が？」

そこかしこで、驚いた人の声が聞こえた。血走っていた大蛇の赤黒い目は、鉱石に覆われ生気がない。急所である頭の魔石には、深々と鉱石の杭が刺さっていた。

美しき鉱石でできた大蛇の巨像に見とれていると、ピキッ、ピキッ、とガラスにヒビが入るような音が聞こえ始めた。その音は次第に広がっていき、デフェールスネークの全身に無数の亀裂が走る。

パリンッ！

ガラスが割れるような破壊音と同時に、石化したデフェールスネークの身体が砕け散った。鋭利な薄紫色の破片が一斉に森へと降り注ぐ。夜の闇にキラキラと舞うそれは、なんだかとても幻想的で綺麗だった。

俺が魔法を放つときにイメージしたのは、瞬間的な石化。しかも、ボロボロに朽ちていく石だ。呪いの指輪『絶望の倒錯』で、俺が放った魔法の威力を通常の五十倍にした。

……ああ、倒せたんだ。

安心したからなのか、俺は力が抜けてぐらりと身体を前に傾けていた。視界がぐりゃりと歪《ゆが》んで、意識がぼんやりと暗くなっていく。踏ん張ろうと思っても、全然力が入らない。身体が重くて、言うことを聞いてくれなかった。

だめだ、倒れる。

「ヒズミっ！」

焦ったソルの声を最後に、俺は意識を手放した。

◆◇◆

デフェールスネークが一瞬にして美しい薄紫の巨像に変わった。それがバラバラと砕け散っていくのを、オレは呆気に取られて見ていた。闇魔法が、瞬く間にデフェールスネークを包み込んで朽ちさせたのだ。

何が起こったのか、全く分からない。ただ、凄まじい魔力が近くから放たれたのを感じ取った。

驚きで動けないでいると、オレの隣にいるヒズミの身体が不自然にぐらりと傾いた。力が一気に抜けたかのように、前へと倒れていくのが見える。

「ヒズミっ！」

オレは咄嗟に、ヒズミの身体を横から抱きとめた。力が入らないのか、ぐったりと身体を預けている。肩口にヒズミの額が触れ、そのひんやりとした冷たさに、ビクッと肩が跳ねた。受けとめた細い身体は、心なしかカタカタと小刻みに震えている。

ヒズミの体温が、異様に冷たい。

「……えっ？　ヒズミ……？」

艶《つや》のある絹の肌は、血の気のない蒼白に変わっている。いつもの凛とした微笑みは消え、苦しげに眉間に皺を寄せていた。血色の悪い唇から呻《うめ》き声が漏れ出ている。

「しっかりして！　ヒズミっ！」

何度名前を呼んでも、ヒズミは答えてはくれなかった。意識があるのかも怪しい。腕の中の身体はどんどん冷えていく。

「ヒズミっ！　大丈夫ですかっ!?」

ヒズミの反対隣にいたアイトリアも、異変に気がついてこちらを覗き込んでくる。オレが抱きしめているヒズミの様子を見て、おもむろに左手に視線を向けると、はっとしたように息を呑んだ。

水色の目を瞠《みは》ったかと思うと、眉間に深い皺を寄せて唸《うな》った。

「……まさか、『絶望の倒錯』っ!?　なんてことを」

――『絶望の倒錯』？

聞きなれない言葉に疑問を持ちながらも、アイトリアの視線を追ってヒズミの左手を見た。

ヒズミの左中指には、茨の細工が美しい細身の指輪が嵌《は》められている。アイトリアが引き抜こうとしても、指輪は指の付け根からぴくりとも動かない。まるで、指に張り付いているかのようだった。

「『絶望の倒錯』って……？」

指輪を外すのを諦めたアイトリアは素早く自分の上着を脱いで丸め、地面に置いた。そこにヒズミを寝かせるようにオレに促し、焦った様子で答える。

「今は、説明している暇はありません……。魔力枯渇です」

魔力枯渇。まさか、身体の震えは魔力枯渇によるものか。

魔力は生命の源だ。魔力を完全に失えば命を落とす。身体が震えるという症状は危険だ。これ以上魔力を失ってはいけないという、生命維持のための身体からの警告である。

オレがヒズミを石床に慎重に寝かせると、アイトリアが腰の革鞄から小瓶を取り出した。小瓶の中にはドロリとした濃い桃色の液体が入っている。魔力補給のためのポーションだ。色が濃いのは、その分効能が高いという表れだった。

「このポーションを、時間をかけてヒズミに飲ませなさい。一気に飲ませては駄目です。魔力の急激な補給は、身体が受け付けません。……少しずつ飲ませるのです」

オレにポーションを渡したアイトリアは、悔しげな表情をした後に冒険者たちにすぐさま指示を出す。

デフェールスネークが倒されたからと言って、魔物の侵攻が収まったわけではない。勢いはなくなったが、それでも町に向かってくる魔物がいるのだ。アイトリアは、副ギルド長として町を守るために必死に戦っていた。

オレはアイトリアから受け取った小瓶の蓋を開けて、ヒズミの口元に飲み口を宛がった。

「ヒズミ、お願いだ。飲んでくれ……」

意識のないヒズミは、中々小瓶の口を食んでくれない。小瓶を傾けてみたが、口へと入らずに端から零《こぼ》れ伝っていく。焦りが募って、自分の手元も覚束ない。

「くそっ！」

もう、形振《なり》り構っていられない。

オレはポーションを一口煽ると、ヒズミの震える唇に口付けた。

力の入らない柔らかな唇をそっと食んで、僅かに開いた隙間から舌を入れ込み、ドロリとしたほのかに甘い液体を流し込んだ。ヒズミの舌をオレの舌で押し下げて、ポーションが奥まで流れ込むようにする。コクンッと喉が鳴ったのを確認して、一度口を離した。

なんとか、飲んではくれた。

その後は、もう必死だった。ポーションを一口煽っては、ヒズミに口移しで飲ませることを繰り返した。やがて瓶の中が空になる頃には、ヒズミの浅かった呼吸は幾分か落ち着いていた。

オレは詰めていた息を、どっと吐き出した。窮地はとりあえず脱したようだ。ヒズミの蒼白だった顔にも、血色が少しだけ戻っていた。だけど、ヒズミが苦しげなのには変わりない。

「ヒズミを、ギルドの救護室へ運んでください」

ヒズミの様子を見遣ったアイトリアは、オレに追加で魔力補充のポーションを手渡した。僅かに安堵したような息を吐くと、アイトリアは再び視線を戦場へと戻す。

「……ソレイユ、ヒズミのことは頼みましたよ」

オレはその言葉に強く頷くと、自分のコートをバサリと脱いだ。ヒズミをそっと抱き起こして、震える身体をコートでぐるりと包み込む。膝裏に手を回し抱き抱えて、そのまま見張り台からギルドへと向かった。

いまだに眉根を寄せて苦しそうな呻《うめ》き声を漏らすヒズミに、どうしようもない焦燥に駆られる。抱いている腕に、ぎゅっと力を込めて走り続けた。

勢いよくギルドの扉を足蹴りして、オレは救護室へと急いだ。

「フロルさん！　ヒズミがっ！」

「アイトリアから緊急連絡で聞いている。早くこっちに」

オレの焦る様子とは対照的に、救護班のフロルさんは努めて冷静にベッドを指し示す。ヒズミをベッドに横たえると、フロルさんはさっそく診察を始めた。

仰向けになったヒズミに、フロルさんが両手を翳《かざ》す。陽光のように温かい光が手の平から発せられ、その暖色の光はゆっくりとヒズミの全身を包み込んでいった。

静かに光が消えていくと、フロルさんは両手をゆっくりと下ろす。その表情は硬い。

「明け方までは、ポーションで魔力補給を。……毒は、ヒズミ自身の身体が耐え抜くのを待つしかない」

「……毒？」

毒を持つ魔物になんか、ヒズミは触れていない。それどころか、オレたちは後方支援部隊だったから、近接戦闘もしていないのに。

なぜ、ヒズミの身体に毒が入り込んでいる？

オレの疑問が伝わったのか、フロルさんがヒズミの左手を掴んでオレに見せる。左中指にはめられた金色の茨が、月明かりのもとで怪しげに光った。フロルさんはその指輪を示しながら、状況が分からないオレに説明してくれた。悔しさが滲《にじ》んだ声だった。

「これは『絶望の倒錯』という呪いの指輪だ。魔法の威力が大幅に上がるが、指輪が消えるまでの一週間、茨から出る毒に犯される」

「呪いの、指輪……？」

オレは見張り台でのアイトリアの様子を思い出した。普段の穏やかで冷静なアイトリアが、焦った様子で必死にヒズミの左中指から指輪を外そうとしていた。あれは、呪いのアイテムだったからか。

「茨の毒に、解毒剤はない。試しに鎮痛剤は投与してみるが、苦痛を完全に取り除くことはできないだろう。……俺たちはヒズミが目覚めるのを信じて、待つしかないんだ」

「……っ」

息が詰まって、呼吸の仕方を一瞬忘れる。喉が異様にひりついて、同時に目の奥が熱くなっていくのが自分でも分かった。

あの、デフェールスネークを鉱石に変え滅ぼした魔法は、ヒズミが放ったものだった。

自分自身を代償にして。

手の平にひりついた痛みが滲《にじ》む。爪が食い込まんばかりに、オレは強く拳を握っていたようだ。

力の入れ過ぎで震える身体を、目をぎゅっと瞑って抑え込む。

口の中でジワリと痛みが走り血の味が広がった。無意識に下唇も噛んでいたらしい。

「魔力補充ポーションの予備は持っているな？　少し回復したとはいえ、まだヒズミは魔力が足りない。ヒズミの看病はお前に任せる。……少しでも傍にいてやってくれ」

オレはそれに、ただ黙って頷くことしかできなかった。

オレは数時間置きに、ポーションを口移しで飲ませ続けた。何回目かのポーションを飲ませ終わると、冷たかったヒズミの体温が急激に熱を持ち始めた。はぁ、はぁと荒い息を吐きながら、高熱でうなされている。

「ヒズミ……」

額に冷水で冷やした布を当てつつ、時折水も飲ませる。唇が今度は熱い。頬に張り付いた黒壇《こくたん》の髪を、そっと払いのけた。

「うぅっ！」と呻《うめ》き、眉根を寄せて身じろぎするヒズミを見て泣きそうになった。

自分よりもやや小さい色白の手が投げ出されている。そっと、その手を掬い取り、震える両手でぎゅっと握り込む。

「ごめん……。ヒズミ。……ごめん」

いつもならこの柔らかな手が、オレの手を握り返してくれるのに。

ヒズミの覚悟は、オレとは比べ物にならないほどに強かった。

オレの口にした「守る」なんて、ヒズミの足元にも及ばなかった。オレは、あの強敵を前にして諦めかけていたのだ。最凶に立ち向かわないままに、敗北を認めた。

ヒズミは違った。諦めたりなんかしなかった。ただ、ひたすらにオレたちを守るために戦い抜いた。

自分自身のことなど、厭《いと》わないというように。

『絶望の倒錯』の代償は毒だけではないと、フロルさんに聞いた。魔法属性の消失と、三か月に一度のなんらかの状態異常が未来永劫続くらしい。この先の自分の未来も、ヒズミは犠牲にした。

ヒズミの左手に重ねた、自分自身の手を見遣る。愛しい人の手を包み込めるほどに、大きいのに。

「なにも……、できなかった」

オレのこの手は、何も守れなかった。

力がないということは、こんなにも苦しいものなのか。愛しい人を守れないという無力さは、心を刃物で貫かれるような、鋭く突き刺さる痛みだった。

ヒズミを抱きしめた時の、その身体の冷たさにぞっとした。この世で一番大切な存在が、天へ連れ去られそうでずっと怖かった。腕に力を込めて、存在を確かめながら、消えないでと願うことしかオレにはできなかった。

なんて、情けない。なんて、不甲斐ない。

自分の無力さが、弱さが、憎い。

「ヒズミ……」

強くなりたい。いや、必ず強くなる。

目の前で眠る愛しい人が、これ以上自分自身を犠牲にしないように。

愛しい人を守り抜ける、確かな力がほしい。

闇に包まれていた空が、美しい人の瞳に似た紫色へと変わっていく。

この不思議な色は、夕闇だけではなく、暁の色だったのか。

空が白んで、夜明けの陽光が室内を薄白く照らした。朝の静寂が漂う部屋の中で、人々の勝利の雄叫びが遠くから聞こえた。

◇◆◇

俺が目覚めたのは、スタンピードが終わってきっかり一週間後だった。眠っていたときは熱で妙に息苦しくて、ひどい目眩《めまい》に苦しむ中、時折、茨の棘がチクリと指を刺した。

俺はずっと夢を見ていたんだ。

黒色の茨が絡まった、繊細な細工の鳥籠の中に俺はいた。時間が流れているのかも分からない、静かなモノクロの世界に囚われていた。しばらくすると、身体がじんわり熱くなって、俺の胸の中から一羽の蝶がぽわりと生まれる。

夢だから、自分の中から蝶が生まれることは疑問に思わなかった。ただ蝶が生み出されるごとに、俺の中から何かが抜け出ていく感覚がした。

蝶は黒で縁取られて各々色が違っていた。

最初に抜け出したのは青色、そして紅色。その次が橙色、緑色。最後は金色だ。

蝶は羽をはためかせ、俺の指先にとまる。そしてふわりと宙へ飛んで、俺を取り残して鳥籠の外へ出て行ってしまう。

咄嗟に追いかけてみたけど、鳥籠の鉄格子が俺を阻んだ。隙間から手を伸ばしても、蝶たちはそのまま羽ばたいてしまった。俺は、五羽の蝶を見届けた。

俺の中から、何かがずるりと抜け落ちていく。蝶を見送る度に、頭がずきずきと痛んで、胸が苦しくなった。

そういう時は決まって、手に温かな体温を感じて、誰かの心配そうな声が聞こえた気がする。頭痛で熱を持った額に、ひんやりとしたものが当てられて心地よかった。

そんな不思議な夢を見て、やっと目が覚めた。


「……んっ。ソ、ル？」

「ヒズミ！」

ベッドに頭を突っ伏して眠っていたソルは、俺の声を聞いた途端に勢いよく起きた。泣きそうな顔をしながら俺の名前を何度も呼ぶ。

随分と心配をさせてしまったようだ。

「……町は、無事か？」

「うん。……ヒズミのおかげで、被害がなかったよ」

俺の問いかけに、ソルは苦しいとも、悲しいとも言えない、なんとも複雑そうな表情で教えてくれた。

冒険者や騎士たちに怪我人は出たものの、町に魔物が侵入することはなかったそうだ。建物も壊れることなく、これほどまでに被害が少なかったスタンピードは例がないという。

「よかった……」

本当に、心からの安堵で肩から力が抜けた。

俺は町も、人々の命も。ソルの過去も、守れたんだな。

ソルが急いでフロルさんを呼びに行き、俺は診察を受けた。ベッドに腰かけている俺に、フロルさんが両手を翳《かざ》す。フロルさんの手の平から出る光は、とても穏やかで温かい。全身を包んでいた金色の光が、しばらくして消えた。

「魔力も回復しているし、熱も下がって体力も少し回復したな。あと数日は様子見で安静にしていること。それと……」

そこで言葉を切ると、フロルさんは円形の魔道具を取り出した。手の平くらいの円形のそれは、針のないコンパスのような見た目をしている。

円の中にはこちらの世界の言葉で、水、火、風、土、光、闇、聖と均等な間隔で書かれていた。文字の下には丸い透明な石が嵌《は》めこまれている。円の中心には針の代わりに、大きな石が設置されていた。これは、自分の保持する魔法属性を調べるための魔道具だ。

フロルさんは魔道具を俺に差し出すと、言いづらそうに俺に告げた。

「ギルドから借りてきた。……自分で確かめたほうがいい」

フロルさんの声は、最後のほうが微かに震えていた。近くに座るソルも、ずっと不安げに俺を見ている。

あの夢からして、予想はしている。

俺はフロルさんから魔道具を受け取ると、中心にある魔石に指でそっと触れた。中心の魔石に魔力が流れ、『闇』と記された場所の石が紫色に強く光り出す。

ただ、それだけだった。

「……闇属性以外、全部持っていかれたな」

予想はしていたが、やはり現実を見ると少しショックで、俺はぽつりと声を漏らしてしまった。

俺は七属性の内の聖魔法以外は、一通りマスターしていたのだ。俺が一番得意な闇魔法が残っているだけ、よしとしよう。

「闇魔法が残ってよかった。俺が一番得意な魔法だから」

失くしてしまったものを、いつまでも考えているのはよくない。俺は、気持ちを切り替えるために明るく言った。別に魔法属性を失ったからといって、死ぬわけじゃない。

フロルさんとソルは痛ましげに俺を見ていた。

……なんだ？　俺、能天気すぎたかな。

「……ヒズミ」

ソルは魔道具を持っていた俺の手を、両手で包んでぎゅっと握りしめた。重なったソルの手が、小さく震えている。

「オレが、ヒズミの分まで頑張るから」

ソルの声に、後悔が滲《にじ》んでいる。心優しいソルは、俺が属性を失ったことに心を痛めているようだ。この勇者は、あまりにも優しすぎる。

確かに、俺は魔法属性を消失させてしまったけど、ソルがそこまで責任を感じる必要はない。だって、これは俺が自分で決めたことだから。

俯《うつむ》いたままでいるソルへ、俺は宥《なだ》めるように言った。

「そんな、ソルが気負う必要はない。……これは、俺が選択した結果だ。後悔はない」

俺がそう言った途端、ソルの手が俺の左手をさらにぎゅっと握りしめた。金色の髪がふわりと揺れて、ソルが顔を上げる。

「……もう、ヒズミに自分の何かを犠牲にする選択なんてさせたくない」

静かな決意が籠った瞳と目が合った。陽の光のように強く、まっすぐとした思いが、言葉の一つ一つから伝わってくる。固い覚悟を持った声は、ソルが自分自身に刻んでいるようにも感じた。まるで、神に誓いを立てるかのように。

「ヒズミは、オレが守る」

短い言葉の中に、ソルの全ての決意が籠っていた。どこまでも真摯《しんし》な誓いに、俺の心が大きく震える。

「……あまり、無茶はしないでくれよ？」

嬉しくて思わず微笑むと、ソルはまた泣き出しそうな顔をして強く頷いた。でも、ソルには、自分のために頑張ってほしい。この世界を救うという使命のために。

「ほら。まだ、体調が万全ではないだろう。今日はもう休みなさい」

少し話しただけで、眠気が襲ってくる。やはり、まだ本調子ではないようだ。

フロルさんに促されるまま、俺はまた眠りについた。


スタンピードから数か月後、この世界に来てから二度目の春がやってきた。

体調も完全回復した俺は、相変わらずソルと一緒に修行に明け暮れ、冒険者ギルドの依頼を二人で一緒に請け負っていた。コツコツと依頼を達成した成果で、ソルの冒険者レベルは、なんとCまで上がった。

「ふぅ。……よし。今日も依頼達成だな」

「うん。順調に終わってよかった」

地面に落ちた乳白色の大きな角をソルと協力して麻袋に入れ終え、ふうっと二人で息を吐いた。

今日の依頼は、鹿型の魔物から角を採取するというものだった。極力魔物を傷つけないように気配を消して、瞬時に角を切り落とす。

角は人間にとって薬や装飾品の材料になる。それに、魔物にとっても大きくなりすぎた角は負担になって、最悪の場合絶滅することもあるから、人間が管理をするのだ。

ソルの攻撃魔法も上達して、この日の依頼は早々に終わった。森の中を町方向に向かい、二人でのんびり歩いていた時だ。羽音のような音が頭に響いた。

「っ！」

波紋状に展開していた感知のセンサーに、素早く移動する何かが引っかかった。警告音が頭の中で鳴ったということは、魔物だろう。

歩きながら腰に下げていた双剣を素早く抜くと、俺の行動に気付いたソルも真剣な面持ちで腰の長剣を抜いた。

ソルの長剣は、中心に金色の芯がある美しい剣だ。鍔は横に細長い金色で、よく見ると複雑な模様が彫られているのだ。父親からの形見だと、ソルは言っていた。ソルは、孤児院にこの剣と一緒に預けられたらしい。

「ソル。動きの速い魔物が五匹、こっちに向かってきてる。……おそらくだが、ネブラウルフだ」

ネブラウルフは、ここよりも森の奥に生息する狼型の魔物だ。狼と言うだけあって素早いし、肉食で性格も獰猛《どうもう》。途中まで群れで行動していた五匹は、それぞれ駆けるスピードを変化させ、バラバラに走り出している。

なるほど。俺たちを囲む気だな。

これぞ、獣の狩りだ。俺たちを数匹で追い込んで、最後に背後で待ち伏せている仲間に仕留めさせるのだろう。

「……まもなく到達。到達と同時に襲われると思う」

「了解」

周囲を警戒しつつ、ソルは冷静に返事をした。落ち着いた声音に、頼もしさを感じる。

俺は歩いていた足を止めて、ソルと背中合わせになった。俺の頭のてっぺんは、丁度ソルの項《うなじ》くらいの高さだ。ソルは体格も逞しく成長した。

俺よりも身長が伸びやがって。悲しくなんて、ないんだからなっ！

ちょっぴりしょぼくれた俺は気を取り直して、いつ襲われてもいいように、双剣を構える。感知のセンサーによると、ネブラウルフたち先ほどの素早い移動とは打って変わり、今度はこちらを探るようにゆっくりと動いている。

やはり、四方を囲まれたか。

ネブラウルフたちも、気配を殺しているのが分かる。糸が張りつめたような静寂が辺りを支配した。

何かのきっかけがあれば、この場が動き出す……その瞬間、葉が擦《こす》れる音が微かに聞こえた。

「来るぞ！」

ほんの僅かな草の動きを、ソルは完全に捉えた。

一匹のネブラウルフがソルの正面にある茂みから踊り出た。その体躯は二メートル以上ある。鋭利な牙が生えそろう口を、血色の口内が見えるほど大きく開きながら、ソルに襲いかかろうと前足を上へと蹴り上げた。

「はっ！」

ソルは姿勢を低くすると、ネブラウルフの懐に入り込む。気迫とともに、ソルは長剣を下から振り払うと、狼の腹を裂いた。突っ込んできた勢いをそのままに、ネブラウルフは緑色の血飛沫で弧を描きながらソルの後ろへと倒れた。

「グギャッ……」

短い断末魔とともに、ソルの斬ったネブラウルフが絶命する。まずは一匹。合間を置かずに、左右から時間差で二匹のネブラウルフが駆けてくる。

「貫け」

俺が言葉を発したと同時に、闇魔法による漆黒の槍が雨のように静かに降り注ぐ。音もなく現れた槍は、俺に向かってきた二匹のネブラウルフの脳天を突き刺した。

黒色の長細い鋭利な槍に頭を貫かれた二匹は、口から緑色の血を吐いて息絶えた。

これで、あと二匹。

残りの二匹は確かに俺たちの近くにいるのだが、その場から動こうとしない。ソルは魔力を練ると、振り向きざまに風魔法で刃を作り斬撃を後方に放った。

「ギャンッ！」

風の刃で刈り取られた茂みの中から、獣の悲鳴が聞こえた。一匹のネブラウルフの足から血が出ているのが、茂みの隙間から見える。茂みの葉が揺れが俺たちから離れていく。感知に反応していた二つの影も遠のいていった。

どうやら、俺たちのことを諦めたらしい。

他の魔物が現れないか周囲を警戒して、大丈夫だと判断した俺たちは武装を解いた。

「ソル、怪我はないか？」

「うん、大丈夫」

ソルに怪我がないことを念のため確認しつつ、俺は絶命している魔物たちを見遣る。

……それにしても、ネブラウルフか。

俺は思案しつつ、先ほどネブラウルフがいたであろう茂みへ入った。

怪我は負わせたが取り逃がしたネブラウルフの血が、木の根や葉に飛び散っている。ドロリとした緑色の血液は、まだ乾かずに低い木の葉先から滴っていた。

血液には魔力が多分に含まれていると、アトリが言っていたな。

俺は、緑の血が滴っている葉を一枚千切って、魔力を流した。葉がぼんやりと紫色の光を帯びる。

魔力が行き渡ったところで、イメージを膨らませる。

血液の中に溶け込む魔力を、風に流れる残り香のようなものだと想像する。

相手に気付かれないように。巧妙に。

追尾して、探れ。

「……追え」

俺が呟くと同時に、ヒュンッ！　と風切り音を立てながら葉が指から離れていった。凄まじい早さで、ネブラウルフの魔力を葉が追っていく。

俺は葉の軌跡を、追跡魔法を発動して頭の中で追った。結構な速度で飛んでいっている。頭の中の地図だけでは追いきれない。

俺はマジックバッグからこの森の地図を取り出した。葉の軌跡を、指に光を纏《まと》わせ地図に印を付けつつ辿っていく。

「……何をしているの？」

「ネブラウルフの血液が付着した葉で、さっき負傷させた一匹を追尾してみる」

近くで問われた声に、地図に視線を向けたまま答える。視線を逸らせば見失いそうだった。

俺の言葉に、驚きの声が返ってきた。

「ほう……。そんなこと、できるのか？」

「初めてだから、成功するか分からないけど……。血液が乾いていなかったから、まだ魔力が多く含まれていたはずだ。残っていた魔力が持ち主に返るように、追尾魔法をかけた」

ついでに闇魔法で隠蔽を施して、決して相手には悟られないようにした。変に勘付かれて移動されたら厄介だからだ。負傷したネブラウルフは、必ず巣に帰るはず。

「へえ……。だけど、手負いでしょ？　なんで追いかけるの？」

そうだよな。そう思って当然だ。

俺も、もっと森の奥であれば追うことまで考えなかった。

「ネブラウルフは、狩り場の近くに群れで巣を作る習性がある。ここで俺たちを襲ったのなら、近くに巣を作っているはずだ。こんな町近くに巣があるのは危険だ。あまり数が多いようなら間引かないと――」

「ヒズミっ！」

「……えっ？」

俺の名前を呼ぶソルの声が、思いの外遠くから聞こえた。

んっ？

じゃあ、今まで話をしていたのって……？

疑問に思って、俺は地図から恐る恐る顔を上げる。思った以上に、人の顔が近くにあったことに驚いた。しかも、左右から挟まれている。イケメン二人に。

……えっと、誰？

「それで？　追尾はできたのか？」

俺の右にいた男性が、首を傾げて顔を覗き込んできた。濃紺の髪に、切れ長で灰色に近いアイスブルーの瞳が鋭く光っている。

ていうか、顔が近いな。

猛禽類を思わせる、鋭い雰囲気を纏《まと》っている精悍《せいかん》なイケメンだ。確実に俺たちより歳上の硬派な魅力ある男性。なぜ、もれなくこの世界の人はイケメンなんだ。

「……えっと？」

俺が戸惑いの声を上げていると、翡翠《ひすい》色が視界の端にちらついた。

「うわっ。近くで見ると、マジでヤバいね……。俺、どうにかなっちゃいそう」

そう軽い口調で、左から俺の顔を覗き込んできたのは、先ほどの男性と同じ年頃の人だ。癖のある薄緑色の髪を悪戯《いたずら》っぽく揺らして、人懐こい笑みを浮かべている。翡翠《ひすい》色の瞳は美しいけど、口角を上げた笑みが嘘臭い。

こっちはなんだか軟派なイケメンだな。軽そうな雰囲気は、相手を油断させるためだろう。どことなく隙がない。

タイプの違うイケメンに左右から挟まれながら、ちらりとソルの声がしたほうへ視線を移す。俺たちの周囲には、揃いの深緑色のコートを着た男性たちが複数立っていて、武器を手に辺りを警戒していた。

ソルは心配そうな顔をしながら、その人たちに一声かけて、こちらに近づいてきた。

正面から来たソルも、言わずもがな超美形である。

イケメンに完全包囲された。なんだこの画は。

女の子なら飛び跳ねて、目にハートを浮かべて喜ぶ場面かもしれない。俺は男だから、胸キュンとかはない。

近くにいる年上イケメンたちの服を見れば、丈夫そうなコートの左胸に、鳥の羽に盾と剣の重なったエンブレムが刺繍されていた。

このマーク、どこかで見たことがある気がする。

「驚いている顔も可愛いけど、追尾のほうはどうだい？」

まじまじと二人のことを観察していた俺は、軟派な男性に問われ、再び葉の動きに集中する。

ちょうど葉の動きが遅くなっていた。どうやら、追尾している標的に近づいているようだ。

しばらくすると、ピタリと完全に止まり動かなくなる。葉の動きが止まると同時に、魔力が波紋を描くように葉を中心として広がっていった。俺が葉に付与した、感知の魔法だ。

「止まりました。……ここから北西方向に進んだ場所で巣を作っているようです。何匹も魔物の反応があります」

「数は、どれぐらいだ？」

精悍《せいかん》な男性に問いかけられ、感知に反応がある個体数を頭の中で数える。

数え終わった俺は、思わず顔を顰《しか》めた。いくら集団で行動する性質があるとは言えど、かなりの数だ。

早く見つけられて正解だった。

「三十四ほどはいるかと」

「っ!?　多いな……」

顎先に手を当てながら、精悍《せいかん》な男性は切れ長の目を細めた。軟派そうな男は、自身の懐から地図を取り出すと、俺の持っている地図の上に開いて見せる。

「その場所、こっちの地図に書いてくれないかな？」

先ほどの揶揄《からか》うような声音とは違い、真剣みを帯びた声に俺は頷いた。

ネブラウルフの巣だと思われる場所にペンで×印を付け、現在地は〇で囲った。おおよそ、ここから歩いて三十分以上はかかるだろう。

「こんな町の近くに……。よし。大体の場所は分かったよ。ありがとう」

軟派な男は俺にお礼を言うと、地図を仕舞いながら俺たちから離れた。切れ長の目をした男と目だけで合図を送ると、俺たちに向かい合う。

「？　ソル？」

「……」

ソルが無言のまま、なぜか向かい合う二人と俺の間に立った。ソルの背中に俺が隠れてしまい、顔を少し傾けないと二人の姿が見えない。

ソルのほうが背が高いんだから、ちょっと避けてくれないだろうか。

「君たちのおかげで、早めに魔物を討伐できそうだ。ありがとう。……私は緑風騎士団《りょくふうきしだん》のヴィンセント・ゼフィロスだ」

精悍《せいかん》な男性は灰色に近いアイスブルーの瞳をすいっとこちらに向けて、威厳ある声で名乗った。

その名前に、俺はどこか引っかかりを覚える。やはり、どこかで聞いたことがある気がする。

「俺はジェイド・ドゥンケルハイト。よろしくね？」

相変わらず人懐っこそうな笑みを浮かべながら、砕けた口調で軟派な男が名乗る。

緑風騎士団。硬派と軟派な二人組。……眠っていた記憶が、引き出された。

「緑風騎士団団長と、副団長っ……！」

国が所有している騎士団は大きく分けて三つある。

王族や国賓の守護を任務とする、清風騎士団《せいふうきしだん》。治安維持や街の犯罪取締を任務とする、紅風騎士《こうふうきし》団《だん》。そして、魔物討伐に特化した、緑風騎士団。

国立騎士団の中でも、緑風騎士団は力がモノを言う実力主義な騎士団である。

「……ほう。私たちのことを知っているのか？　身分は名乗らなかったはずなんだが……？」

ヴィンセント騎士団長が、鋭い眼光で俺を探るようにチラリと見遣った。知っているも何も、俺からすると当たり前だ。

国立緑風騎士団団長のヴィンセント・ゼフィロスは、乙女ゲーム『聖女と紋章の騎士』の攻略対象者だ。

そして、国立緑風騎士団副団長ジェイド・ドゥンケルハイト。彼の名前も、妹の口から、よく聞いていた。甘いマスクと、掴みどころのない人を惑わせるような性格とのギャップが人気のサブキャラだ。

サブキャラなのに、グッズまで販売されていたという人気ぶりだった。『なんで、こんなに顔がいいのに、攻略対象者じゃないの⁉』と、妹が愚痴を零《こぼ》していたのを覚えている。

俺が黙ったままでいると、ソルがさらに俺を後ろに隠すように前に出た。

たぶん、ヴィンセント騎士団長の鋭い視線を受けた俺を、心配しているのだと思う。なんて仲間思いで、いい子なんだ。

ヴィンセント騎士団長は、俺たちの様子を見て目元をほんの少しだけ和《やわ》らげた。

「……まあ、いい。それよりも、君たちの名前は？」

ヴィンセント騎士団長に問われ、ソルは躊躇《ためら》いながらも名乗る。俺もソルに倣って名乗ると、騎士団長は俺たちと目線を合わせて真剣な表情に変わった。

「ヒズミ、ソレイユ。……魔物討伐任務への協力に感謝する。ここからは騎士団の仕事だ。君たちはネブラウルフを深追いせずに帰りなさい。依頼達成は大丈夫か？」

俺たちを気遣ってのヴィンセント騎士団長の言葉に、ソルはやや冷たい声音で答えた。

「はい。既に依頼は達成しているので大丈夫です。僕たちは帰ります。……行こう、ヒズミ」

「えっ？　ああ、うん」

ソルは俺の手を引っ張ると、その場を足早に立ち去ろうとする。そんなに急がなくてもいいのに、と首を傾げる。

「ヒズミに、ソレイユか……。また、後で会おうね」

ジェイド副団長はにっこりと笑って、俺たちに手を振った。

ソルに半ば強引に手を引かれた俺は、足早に森を抜けて町に戻ったのだった。

「……絶対ヒズミのこと気に入ってた。はぁ……」

森を抜ける最中、俺の手をずっと引っ張っていたソルが、良く分からないことを呟きながらため息を漏らしていた。

緑風騎士団と出会った次の日の朝、ソルと冒険者ギルドを訪れた俺は、いつも通り木製の扉を開けた。蝶番《ちょうつがい》が軋む音が、やけにギルド内に響く。

「っ⁉」

扉を開けた瞬間、バッ！　と音がするくらい、勢いよく皆に振り返られた。思わずビクッ！　と肩が上がる。ギルド内の全ての視線が、俺とソルに集まっているようだ。

……えっ、怖っ……。何？

いつもと室内の雰囲気が違う。普段なら冒険者たちの声が騒がしく響いているのに、今は少し大人しい。なんだろう、皆が部屋の中の音を聞き逃すまいとしているようだ。

中央の受付カウンターには、アトリが立っていた。普段から俺が依頼を受けるときは、アトリが笑顔で手続きをしてくれるんだけど。

いつもの穏やかな表情とは違って、どことなく渋っているというか、迷っているような複雑な表情をしている。アトリは水色の瞳を、カウンターを挟んだ二人の人物に向けていた。

二人とも背が高く、百九十センチメートル以上はあるのではないだろうか。彼らは深緑色のコートを翻《ひるがえ》し、俺たちのほうへと振り返る。

「……噂をすれば、だな。おはよう。ヒズミ、ソレイユ」

「おはよう！　また会えてよかったよ」

噂とは、一体なんの話だろうか。その話で、アトリがあんな気難しい顔をしているのか。

「おはようございます。ヴィンセント騎士団長。ジェイド副騎士団長」

俺が挨拶をすると、二人は満足そうに微笑んだ。ヴィンセント騎士団長の、ふっと力を抜いた笑顔がすごくカッコイイ。大人の余裕というやつだろうか。

ジェイド副騎士団長は相変わらず、人懐っこそうな笑みで笑っている。

「……おはようございます」

ソルは、相変わらず二人に素っ気ない。ぶっきらぼうに挨拶したソルの態度に、二人の騎士たちは面白そうに片側だけ口角を上げて笑った。

二人とも悪い大人の顔をしていたから、ソルが揶揄《からか》われないか心配だ。何かあったら、俺が小言を言ってやろう。

俺たちが二人に近づくと、ヴィンセント騎士団長がおもむろに口を開いた。

「昨日はありがとう。君たちのおかげで、迅速に魔物を討伐できた。……今日は、二人に用事があってギルドを訪ねたんだ」

「俺たちに、ですか？」

一介の冒険者である俺たちに、国立騎士団の幹部がなんの用事なんだろう。全く想像ができない。俺の疑問の声に、ヴィンセント騎士団長が大きく頷いた。

「ああ、そうだ……。ヒズミ、ソレイユ。私たちと手合わせをしてみないか？」

「っ！」

驚きとともに、俺の脳内でピンッと来るものがあった。

もしや、これはソルが学園に入学するきっかけとなる、あの出来事ではないだろうか。

頭の中で、人を殴って殺せる鈍器のように分厚い、乙女ゲームの攻略本のページを捲《めく》る。ソレイユのプロフィールが記載されたページをもう一度思い出した。

ソレイユは町を訪れていた国立騎士団隊員に、剣術の腕を見込まれる。騎士たちの推薦で、国の最高峰である国立学園に入学するのだ。

そう。その騎士団員こそが、目の前にいるヴィンセント騎士団長とジェイド副騎士団長なのではないのだろうか。

この国では十五歳になると、貴族でも平民でも必ずいずれかの学舎に通わなくてはならない。学舎の種類は様々で、専門学校のように手に職をつけるものから、高度な魔法や戦術を教わる学舎まで多岐にわたる。

そして、その学舎の国内最高峰が国立学園なのだ。

入学する者のほとんどが、貴族や商人などの富裕層の子供だ。ごくわずかだが平民も在籍している。では、なぜ平民が少ないのか？

それは、この学園に入るためには他人からの推薦状が必須であり、かつ難易度の高い入学試験をクリアしなければならないからだ。貴族や富裕層の場合は、この推薦人が家庭教師だったり、親戚だったりすることが多い。だが平民は町長や村長、領主など高位な役職の人から推薦してもらう必要がある。

領地を治めている長など地位のある者に、まずは自分が将来有望であると、認めてもらわなければならない。さらに試験勉強をして、国内でもトップクラスの最難関試験に挑むのだ。

騎士二人は「手合わせをしよう」と言うだけで、学園の推薦については一切口に出していない。おそらく、黙ったままにして、手合わせで俺たちの実力を見極めるつもりだろう。

この『手合わせ』一つで、ソルが学園へ入学できるかが決まる。

「はい。ぜひよろしくお願いします」

俺が意を決して強く頷くと、隣にいたソルが訝《いぶか》しげに俺を見遣った。

「え。ヒズミ？」

学園への推薦については、今はまだソルに言わないほうがいい。変に意識して、手合わせ中に緊張したら大変だ。

「現役の騎士に手合わせしてもらえる機会なんて、そうそうないことだ。きっといい経験になる。だから、なっ？」

不安げに揺れる琥珀色の瞳をまっすぐに見返すと、ソルはぐっと押し黙る。俺の眼差しに根負けしたのか、ふいっと視線を外して頷いた。

「分かった……。よろしくお願いします」

俺たちはヴィンセント騎士団長とジェイド副騎士団長に二人揃ってお辞儀をした。

「ああ。……では、アイトリア副ギルド長。ギルドの訓練場をお借りしてもよろしいですか？」

俺たちの様子を見守っていたアトリに、ふいにヴィンセント騎士団長が話しかけた。アトリの表情がやや強張《こわば》り、ヴィンセント騎士団長をひたと見据えている。

「構いませんが、一つ条件があります。……その手合わせに、私も立ち会います。二人はうちの大切な冒険者なので、万が一にも怪我をしないように監督させてください」

丁寧な言葉の端々に、どこか剣呑な雰囲気を感じたのは俺だけだろうか。あの穏やかで知的なアトリには珍しく、なんだか警戒しているようにも思う。

「ほう。なるほど……。分かりました。訓練場にご案内していただけますか？」

「……ええ。では、こちらです」

俺たち四人は、アトリの案内によってギルドの奥にある訓練場へ足を進めた。

「なんだか、面白いことになったなー。まさか、あの『冷厳《れいげん》の魔導師《まどうし》』も気にかけているとはねぇ。団長も手強いし？　俺も少し本気出そうかな……？」

ジェイド副団長が、廊下を歩きながらぼそっと独り言を呟いた。相変わらず口には笑みを浮かべていたが、翡翠《ひすい》色の瞳には好奇心の熱を帯びているように感じた。

不穏な言葉が、俺の耳に入る。いや、待ってくれ。本気を出さないでくれ。

その呟きを聞いた俺は、「お手柔らかにしてほしい」と心から願った。


ギルドの訓練場は、大小複数存在する。アトリが案内したのはその中でも一番広い場所だった。茶色い土が固められ、部屋の右側の壁には見学用の窓とベンチがある。

周囲に観覧席こそないものの、日本の小さな野球場みたいな感じだなぁと素直に思った。

「最初はソレイユからにしよう。ジェイドが相手でいいか？」

「はーい。よろしくね、ソレイユ？」

ヒラリと手を上げ、ジェイド副騎士団長がソルに右手を差し出した。ソルは戸惑いながらも、握手に応じる。

「はい。よろしくお願いします」

握手を交わした二人は、広い訓練場の真ん中で間合いを取った。

「手合わせのルールを説明する。相手に重大な怪我を負わせない限り、なんでもありだ。魔法も武器も、何を使ってもいい。……危険だと判断した場合はその場で終了とする」

魔法も武器も制限がないのは、より実践的な戦闘ができるかを判断するためだろう。

実際、魔物との戦闘では武器だけでは厳しいことが多い。かといって魔法に頼りすぎると、魔力が枯渇した場合に使い物にならない。

アトリは万一にそなえて、俺たち四人に光魔法が付与された魔石を手渡した。もしも、重大な怪我に繋がる攻撃が行われたら、この魔石が壊れて防御結界が発動するそうだ。

向かい合った二人が、お互いに姿勢をやや屈めた。

ジェイド副騎士団長は、口元に笑みを浮かべ長剣を構えた。翡翠《ひすい》色の瞳は楽しげながらも、惜しげもなくソルに向けて殺気を放っている。

鋭い殺気にも、ソルは動じることはない。ただ冷静に、それでいて勇ましく闘気を内側から放っている。

左手には肘くらいまでの長さの盾を持ち、右手の長剣を正面に構えたソルは、じっと相手を見据えていた。変に身体が強張《こわば》るような緊張もなく、自然に意識を研ぎ澄ましている。この構え方一つをもってしても、ソルがどれほど修行してきたか分かるというものだ。

「始め！」

審判を務めるアトリの合図と同時に、鋭く風が鳴る。地面を蹴り上げた音だけをその場に残し、二人は瞬時に距離を詰めていた。左横から振り払ったソルの長剣を、ジェイド副騎士団長が刃で受け止める。金属が勢いよく交わる、引き攣《つ》れた甲高い音が響いた。

攻撃を受け止められたソルは身体をすぐに離し、そこから切っ先を鋭く繰り出していく。早いうえに、一撃一撃が力強い。ソルを注意深く見ると、身体全体に魔力を纏《まと》わせているようだ。

「うん、いいね。身体強化も上手にできてるよ」

ソルからの突きを寸前で避けながら、ジェイド副騎士団長が誉める。

身体強化魔法は無属性魔法で、敵と体格差や力差がある場合に使用する。ソルは手合わせの開始と同時に身体強化を自身にかけて、戦闘中ずっと維持しているのだ。

魔法を持続するのは、大きな攻撃魔法を放つより難しい。無意識にそれができるようになったのは、ソルの努力だ。

ジェイド副騎士団長は、右顔面を突いてきたソルの攻撃を、躱《かわ》さずにワザと右手の剣で受け止める。キンッ！　という音とともに火花を散らし、ソルの剣を上へと素早く押し上げた。一瞬、ソルの身体が持ち上がったのを、ジェイド副騎士団長は見逃さない。

風魔法を纏《まと》った固い拳が、ソルの腹へと繰り出された。

「……ぐっ！」

「おー。やるねー」

ソルの短い呻《うめ》き声が聞こえた。鈍く重い音と、衝突によるぶわっとした風圧が辺りに広がった。

力強く殴ろうとしていた拳は、ソルが左手に持った盾で瞬時に防御した。

風魔法を纏《まと》った強打の衝撃は、凄まじいものだったのだろう。腹部を防御できたものの、ソルはそのまま後ろに吹っ飛んだ。

「あえて、後ろに吹き飛ばされたな」

俺の隣で手合わせを観戦していたヴィンセント騎士団長が、感心したように呟いた。

ソルは後ろに大きく吹き飛ばされつつ、くるりと宙で一回転して打撃の勢いを殺す。訓練場の端まで飛んだかと思うと、石壁に足を着いてグッと屈んだ。

金色の髪が、ふわりと揺らいだ。

琥珀色の瞳が、まっすぐとジェイド副騎士団長を睨む。

石壁を強く蹴ったであろう、ダンッ！　という音が、大きく響いた。

疾風《しっぷう》を纏《まと》ったソルが、正面にいる相手へとてつもない勢いで突進していく。目でなんて、とてもじゃないが追えない。

ジェイド副騎士団長は、真正面から向かってくるソルに手を翳《かざ》した。

「うーん、これならどうかな？」

そう言うが早いか、ソルに向けて複数の炎の矢が飛んでいく。地面から浮いて宙を駆けていたソルには、避けようがない。

そんなこと、当の本人が一番承知している。

訓練所の地面が、途端に蠢《うごめ》いた。ソルの魔力が地面に向けられ、一本の土の柱が勢いよく出現する。ソルは土の柱に着地すると、横に素早く跳躍した。

先ほどまでソルがいた空中を、炎の矢が通り過ぎていく。

「土魔法もお手のものって感じか。……咄嗟にやったにしては、数が多いね」

ジェイド副騎士団長が感心した声を上げる間も、地面が波打つように震え、次々と土の塔が築き上げられていった。ソルは土の塔を器用に足蹴にしながら、疾風《しっぷう》の勢いをそのままに、縦横無尽に宙を駆け巡る。

「それに、敵を常に狙う冷静さもある。君、すごいな」

密に、ジェイド副騎士団長の四方を囲い込もうと出現したソルの土壁が、彼の風魔法の爪でことごとく壊された。ボロボロと、土壁が脆く崩れ土煙が舞う。

「じゃあ、もうちょっと頑張ろうね？」

ジェイド副騎士団長は悪戯《いたずら》を思いついた子供のように、ニヤリと笑った。先ほどと同じように、ソルに向けて炎の弓矢を一つ放つ。

「……ただの、炎の矢じゃない」

「放たれたと同時に気付いたか。ヒズミもやるな」

俺がぽつりと呟くと、ヴィンセント騎士団長が感心したように頷いた。

一見すると、先ほどと同じ炎の弓矢での攻撃だ。ただ、先ほどの攻撃よりも、魔力の練度が違うのだ。

なんというか、放たれた魔力に重みがある。

ソルは自身が作り出した土壁を蹴って進行方向を変え、軽々と弓矢を避けたかに思えた——その刹那。

「っ！」

ソルが避けた弓矢が、方向を急激に変えて弧を描いた。再びソルへと矢尻を向けて動き出す。ソルは、弓矢の進行方向に土の塔を作り出し進路を阻んだ。

「っ！　……追撃に、分散……！」

その光景に、俺も驚いて声を出していた。

土壁に勢いよく阻まれたかに思われた炎の弓矢は、衝突したと同時にいくつもの弓矢に分裂した。上下左右から、炎の弓矢がソルに迫る。

「っ！　くそっ！」

ソルは短く悪態をつくと、速度をやや落とし身体を捩《ね》じって炎の弓矢を躱《かわ》す。

ただ、躱《かわ》したところで延々と炎の弓矢はソルを追いかけるし、土壁を作って阻もうものなら、さらに分裂して弓矢の本数が増えるだろう。中々に厄介だ。

ソルは、土の塔をビュンビュンと飛び移りながら、四方八方から迫る弓矢を避けつつ、魔力を練り上げていった。

そしてついに、一つの塔の上で動きを止めた。動きを止めた標的を、一斉に炎の弓矢が襲う。

「はっ！」

ソルの気合の声とともに、魔力が大量にぶわっと放たれた。ソルの足元から透明な水柱が勢いよく躍り出る。ソルを覆うように円を描き、流動する水はソルを囲い守る透明な繭を作り上げた。全方位から降り注ぐ炎の弓矢が、水の繭に激突する。

ドォオオオーンッ！

爆音が身体を地面ごと揺らし、爆風が土を巻き上げ、服を翻《ひるがえ》す。

凄まじい風圧に、俺はとっさに目の前に手を翳《かざ》した。土埃と白い霞《かすみ》が視界を覆う。

水蒸気爆発か。

水は、突然とてつもない高温のものに触れると一気に蒸発する。その蒸発の力は凄まじく、正しく爆発が起こるのだ。

「うーん。見えないっ！」

ジェイド副騎士団長の楽しそうな声が聞こえた。ソルはこの霞《かすみ》の中に、気配を消して潜《ひそ》んでいるようだ。

短い風切り音が聞こえた直後、金色の長剣に三連の光の輪を纏《まと》わせたソルが、ジェイド副騎士団長の目と鼻の先に現れる。

「武器強化魔法だな」

ヴィンセント騎士団長がぽつりと呟く声が聞こえた。

ジェイド副騎士団長の右側に躍り出たソルは、長剣を後ろへ引き、右胸に向けて切っ先を勢いよく突き出す。正面を向いたままのジェイド副騎士団長に、ソルの切っ先が届いたように思えた。

カキィィイインッ!!　……ドゴッ！

激しい金属の衝突音とともに、金色の光が宙へ舞った。続いて聞こえたのは、勢いよく肉同士がぶつかる打撃音。擦《こす》れる音を立てながら、地面を金色が滑っていく。

「ぐ……っ！」

しばらくして霞《かすみ》が薄まると、腹に手を当てて膝立ちになっているソルが見えた。喉元に鈍色の鋭利な切っ先をピタッと突きつけられている。

「へえ……。最後の俺の蹴りも防御したんだね。本当なら気絶しても、おかしくないんだけど……」

ソルを見下ろしている翡翠《ひすい》の瞳は、笑いながらも冷酷に敵を見据えていた。怖いくらい鋭利な殺気の余韻が、瞳の奥に残っている。

「そこまで！」

アトリの制止の声が、訓練場内に響き渡った。その声を合図に、ジェイド副騎士団長が剣の切っ先を下ろす。翡翠《ひすい》の瞳から殺気を消すと、ソルの右横から脇に手を差し入れて肩を貸していた。

「ごめんね？　結構本気で蹴ったから痛かったでしょ。いやー、想像以上にやるからさー。思わず……、ね？」

彼はそんなことを宣《のたま》いながら、ソルを見学席のベンチへ座らせる。

ジェイド副騎士団長は、最後にソルが繰り出した攻撃を、息をする間もないほど素早く長剣で受け止めていた。それと同時に、ソルの剣を絡め取り宙へ飛ばし、ソルの腹部へと膝蹴りを喰らわせたのだ。ソルは直前で防御魔法を腹部に展開したが、魔法を纏《まと》った膝蹴りはダメージが大きかった。

「ありがとうございました……」

ソルはアトリからポーションを受け取り、一気に中身を煽った。悔しそうに顔を歪《ゆが》めながら、ジェイド副騎士団長に手合わせのお礼を言う。

「ソル、大丈夫か？」

心配になってソルのもとへ駆け寄る。ソルは俺を心配させないように、努めて明るく言った。

「大丈夫、もうどこも痛くないよ。……ヒズミも頑張って。応援してる」

微笑んだソルに、俺は強く頷いた。

俺は別に、学園とは関係がない。俺はこのゲームの中で既に死んでいる設定の、ソルの幼馴染だ。スタンピードを無事乗り越えたなら、いても、いなくても変わらないキャラクターだろう。だけど、ソルの雄姿を見た俺は、感動と興奮で心が沸き立っていた。ソルの驚くほどの成長ぶりも、すこぶる嬉しい。

ぎこちなかった戦闘が、この短期間の間に全く別次元のものへと変化している。何より、格上の敵だというのに臆することなく全力をぶつけたソルは、とてもカッコよかった。

ここは、ソルを見習って俺も全力を出す場面だろう。

「ヒズミ、準備はいいか？」

黒色の騎士服を着た長身の美丈夫が、切れ長の目でひたと俺を見据えた。

「もちろんです」

アイスブルーの冷淡な眼差しを、俺は見つめ返した。

俺たち二人は訓練場の中央で向かい合う。ヴィンセント騎士団長も俺も、鞘から剣を抜かない。

それは、抜刀さえも攻撃の選択肢としているからだ。

俺はやや姿勢を屈めて、ヴィンセント騎士団長は両肩よりも大きく足を広げる。お互いに剣の柄《つか》に手を添える程度にとどめていた。鷹を思わせる眼光は鋭く、張りつめた緊張の中に厳しい殺気を俺へ向けている。

殺気は確かに相手を威圧し、精神を圧迫する一つの攻撃だ。ヴィンセント騎士団長の殺気は、視線だけで相手を射殺せる。

俺は平和な日本で生まれ育ったから、そんな百戦錬磨の戦士の殺気を喰らってまともでいられるはずがない。本来ならば。

「両者、構えて」

俺の使っているアバターは、戦闘に慣れきっている。鋭利な殺気も、淡々と受け止めていた。身体が変に強張《こわば》ることはないし、意識も凪いでいた。

俺は身体中の空気を外に出すように、深く深呼吸をした。頭に酸素が行きわたって、視界も脳内もクリアになる。

俺は、ヴィンセント騎士団長のように殺気を放つことはしない。これは、父方の祖父からの教えだ。

祖父曰く、うちの先祖はなんと隠密だという。物語に出てくる伊賀忍者と言うものらしい。今でも半信半疑だが、祖父は俺によく伊賀忍者の話をしていた。幼心にカッコいいと思った俺は、祖父に誘われるままに忍者が用いた変な体術を教わった。

その時に教わった、戦いの心得があるのだ。

こんな心得、将来何に使うのかとも思ったが、戦いが間近なこの世界では、役立っていると思う。

暗殺や諜報活動を主とする忍びの者が、戦人《いくさびと》のように殺気を放ってどうするのか。

標的に無様に存在を悟られるのは、恥である。

闘志は内に秘め、決して悟られることなかれ。思考だけは、常に敵を射貫け。身体は自然の流れに任せ、その身体の境界線さえも溶かし込め。そうすれば風が、光が、闇が、お前の姿を隠してくれる。

ただ静かに、冷淡に。密やかに。鼓動さえも自然に隠してしまえ。

俺は自分の気配を、極力消した。

「始めっ！」

アトリの開始の合図を受けて、ヴィンセント騎士団長が瞬時に動き出す。陽の光を何かが反射してチカッと光ったかと思うと、二つの火炎の刃が俺に向けて弧を描いて放たれる。

開始早々に居合いで魔法攻撃を仕掛けてきたか。

抜刀があまりにも素早くて、刀身が抜かれたのさえ見えなかった。火炎の刃は横一線に一つと、その後方から時間差で斜めに一つ。

俺はアトリの合図とともに地面を強く蹴って、上体を低くし駆け出した。目の高さに放たれた一撃目の火炎の刃を低い姿勢で避けつつ、手を交差させて腰の双剣を抜く。

抜きざまに、闇魔法で二つの黒雷の斬撃を正面に放つ。ヴィンセント騎士団長が闇の雷撃刃をなんなく躱《かわ》し、こちらに駆けてくるのが見えた。俺は右斜めに放たれた二撃目の火炎の刃を、右の宙に跳躍して避けた。

身体が自然と右側に傾いた勢いを利用して、右手の剣を下から上へと振り抜く。その反動を使って身体をさらに捩《ね》じり、回転切りをすると、左右の双剣から黒色の斬撃が立て続けにヴィンセント騎士団長を襲う。

「動きが読めないな。面白い……」

ヴィンセント騎士団長が喉奥で笑う。彼の足と喉元に向けて放った俺の闇の刃は、またも素早く避けられて、地面と壁面に亀裂を走らせただけだった。

流石は、実力主義の騎士団を統べるトップ。簡単に攻撃を受けてくれない。

空中で体勢を整えつつ、内心で舌打ちをしていれば、近くでヒュンッ！　という風切り音がした。

俺が地面に着地したと同時に、銀色の刃が頭上から振り下ろされた。

カキンッ！

「っ！」

「やはり、この速さにも対応できるのか」

上からの攻撃を、双剣を交差させて受け止める。目を瞠《みは》る俺を、間近に迫ったアイスブルーの瞳が楽し気に見つめてくる。

いつの間に、こんなに近くに。

先ほどまで闇の刃で牽制して遠くにいたはずなのに、身体強化で一気に距離を詰められた。しかも、姿が消えるほどに速い。

「くっ……！」

金属同士が軋む音が額の上から聞こえてきた。両手が痺れる感覚に思わず顔を顰《しか》める。身体強化をしているからなんとか受け止められたが、長い間は持たない。力で押し負けてしまう。

俺は足にさらに身体強化を施して、地面を滑るように素早く後退した。間合いを詰められないようにするために、後退と同時に闇魔法で俺の周囲にいくつもの紫色の球体を出現させる。間を置かずに、次の攻撃を仕掛けた。

「撃て」

球体から雷の銃弾を、ヴィンセント騎士団長に向けて放った。紫色の閃光を放つ銃弾が、ヴィンセント騎士団長を射貫こうと襲う。

「『障壁』」

低く唸《うな》るように、ヴィンセント騎士団長が呟く。金色の半透明の膜がヴィンセント騎士団長を丸く包む。俺の放った紫色の銃弾が弾かれた。

……やはり、剣術だけじゃない。この人は、魔法の腕もかなり強い。

ヴィンセント騎士団長が扱える魔法属性は、炎、光の二属性のみ。複数の属性を扱える騎士が多い中、戦いでは不利のようにも思える。

ただ、ヴィンセント騎士団長は、その二属性を限界まで極めた。魔法構築も早いし、剣術と合わせて流れるように魔法を操る。

ここまでで、手合わせを開始してほんの数分。こんなに格上の相手に、どう立ち向かおうか。

ふと、正面で構えるヴィンセント騎士団長が眉根を寄せた。

「……気配が薄い……」

どうやら、少しは戦いづらさを感じてくれているようだ。百九十センチメートルは超える長身に、服の上からでも分かるほど鍛え抜かれた筋肉。俺と頭二つ、三つは違う体格差。戦闘経験の差も歴然だろう。

はっきり言って、戦況はかなり不利だ。でも、そんなヴィンセント騎士団長にも、俺が唯一勝っている点がある。

お互いに睨み合ったまま、動き出したのは俺だ。

音も立てず、俺は正面から双剣で斬りかかった。簡単に弾かれるが、構うことなく合間を置かずに攻撃する。

俺がヴィンセント騎士団長に唯一勝っている点は、素早さと身軽さ。

剣を弾かれた勢いで身体を捻《ひね》り、蹴りでも攻める。とにかく、相手に考える隙を与えない。

「……闇雲に素早さで攻めようとしても、私には勝てないぞ？」

俺が振り下ろした剣を長剣で受け止めたヴィンセント騎士団長が、視線を合わせて揶揄《からか》うような声音で言った。

どうやら、気が付いていないようだ。

「……そうですね」

俺はそのアイスブルーの瞳を見つめ返し、一言だけ呟いた。

何度も攻撃をしているのは、魔法を発動する隙を与えないためだけではない。

ヴィンセント騎士団長は長剣に炎の魔力を纏《まと》わせて、大きく俺を吹き飛ばしにかかった。爆風で俺は勢いよく宙へと投げ出された。何もなければ、このまま壁際まで飛ばされるだろう。

……さあ、反撃開始だ。

俺は身体を回転させ、宙に張り巡らされている透明な糸に着地した。ぎゅうっと軋み合う音とともに、ワイヤーのような強度の糸がしなった反動で俺を弾き返す。

吹き飛ばされた直後には、俺はヴィンセント騎士団長のもとへ戻り、再度斬りかかっていた。

「っ⁉　……なっ！」

あまりの反撃の速さに、ヴィンセント騎士団長の驚きの声が聞こえる。

そう、俺はただ攻撃を繰り出していたのではない。

双剣で攻撃をしつつ、気が付かれないように糸を張り巡らせていたのだ。

闇魔法で紡いだ、隠蔽を施して巧妙に隠した糸。俺にだけ見えるワイヤー。

「気を取られ過ぎたか……。『照射』」

ヴィンセント騎士団長が、長剣の切っ先で地面を軽く叩く。叩いた場所から金色の光が波紋状に広がった。空気が少し歪《ゆが》む。

「……すごいな。こんなに張り巡らせていたのか」

ヴィンセント騎士団長が、目を瞠《みは》る。

彼の光魔法によって、俺の隠していた闇魔法の糸が、周囲に現れる。

紫色の半透明の板から板へと、黒色の糸が張りつめている。直径三メートル程度の範囲に、闇魔法で作り出した鉱石を起点にして、闇の糸を渡らせたのだ。

これで、ヴィンセント騎士団長の動きをある程度制限できる。

俺は糸を巧みに足場にしながら、感心しているヴィンセント騎士団長の後方、左右から連撃を喰らわせる。剣が交わる音が、忙しなく訓練場に響いた。

「……実に、厄介だな」

ワイヤー上で構えている俺に、ヴィンセント騎士団長がピタリと切っ先を向けた。鷹を思わせる目に、獰猛《どうもう》で冴え冴えとした殺気を纏《まと》わせた。

空気が、一瞬にして変わる。

ぞくっと背中から冷たい空気が昇ってきて、思わず息を呑んだ。

息が詰まるような緊張と恐怖。肌をも貫かんとする殺気。上から押さえつけられるような重圧。

「久々に骨がある相手で楽しいよ、ヒズミ」

ヴィンセント騎士団長の長剣が、深紅に輝く。炎が長剣を軸に渦《うず》を巻いたようだ。炎には金色の粒子が混ざっているのが見える。

光魔法と、火魔法の複合魔法か！

「上手く躱《かわ》せよ？　『劫火《ごうか》の渦《うず》』」

そう言うや否や、凄まじい魔力が爆発する。

ヴィンセント騎士団長が長剣を地面に突き立てると、切っ先から湧き出るように烈火の火柱が上がる。周囲の空気を巻き込んで、やがてヴィンセント騎士団長を中心に大きな渦《うず》になる。

爆風とともに、火炎が俺に押し寄せた。

「ぐっ！　『障壁』っ……！」

俺はワイヤーを最大限しならせて上に大きく飛んだ。移動がほんの少し遅れ、左手の手袋が焦げて破れる。少し触れただけなのに、ジュッと音をたてて穴が開いた。威力が強い。

闇魔法で黒く半透明な防御障壁を構築して、球体の中で何とかダメージを回避した。上空から見ても、炎の渦《うず》の大きさはかなりデカい。訓練場全体を覆っている。

炎に紛れた金色の粒子で、俺が張っていた闇の糸が溶かされ、煙になって消える。光魔法で闇魔法を打ち消された。

……足場をほとんど消されたな。

金色の粒子を纏《まと》った炎は、糸を消すとぶわっと熱波を放って消えた。上空に留まれるのも、跳躍を利用した僅か数秒だけだ。俺はその数秒間で決意した。

このままではいずれ、俺の体力が尽きる。ここで、決着をつけよう。

「『黒雷《こくらい》の槍《やり》』」

俺は自分の周囲に、複数の黒色の槍を出現させる。バチバチと不穏な音を鳴らす、鋭利な雷だ。

俺は防御障壁を解くと、頭から地面へと急降下した。同時に、雷の槍を地面に向けて放つ。大きな槍が雷撃となって、黒色の太い閃光を描きながら地面に突き刺さっていく。

地面は衝撃で震え、砂埃が舞う。ビリビリと黒色の小さな電気が滞留して、砂埃自体が黒煙となっている。

黒雷の槍を身軽に躱《かわ》したヴィンセント騎士団長を見遣る。

閃光に気を取られている。今しかない。

「えっ？　……ヒズミが消えた？」

遠くからソルの驚いた声が聞こえた。

閃光が敵の目をくらませる中、俺は電気が滞留していた黒煙を利用して自身の姿を隠した。

闇魔法『同化』。闇魔法の雷を自分に纏《まと》わせて、雷を纏《まと》った黒煙に自身を同化させる。

黒煙に紛れた俺の姿は、もはや視覚では追えない。そのまま、動かないヴィンセント騎士団長の右側から攻撃を仕掛けようと躍り出る。

「甘いっ！」

ヴィンセント騎士団長は、姿を消していた俺にも気が付いたようだ。瞬時に身を翻《ひるがえ》し、俺に長剣を突き出した。近づく切っ先を見ながら、俺は心の中で呟いた。

先ほど、ヴィンセント騎士団長はこう言っていた。

『気配が薄い』

まだ、俺の気配を悟られている。呼吸を風に合わせろ。光を利用し、闇に溶け込め。

音を消し、気配を消し、存在自体を消せ。

俺は、闇魔法を解いた。魔力も読ませない。

目元に突き出された長剣をしゃがんで躱《かわ》す。頭の上を切っ先が通過した。地面を蹴って、ヴィンセント騎士団の後ろへと回り込む。足の先まで神経を集中して、地面を蹴った音なんて立てない。

ヴィンセント騎士団長は、俺が後方に回ったことに気が付いていない。目を見開いて長剣を突き出したまま、固まっている。

俺を、追い切れていない。いけるっ！

双剣で、ヴィンセント騎士団長の項《うなじ》に斬りかかろうと構えた。首元にチラリと肌色が見えた瞬間、俺は一瞬慄《おのの》いてしまった。

今まで、人間を傷つけたことなんてない。もし、このまま斬りかかってしまったら。

咄嗟に柄《つか》を遊ばせて逆手に持ち替え、柄《つか》で首元を殴打しようとした、その時だ。

ヒュンッ！

決着は、本当に僅か数秒の差だった。

でも、その数秒に、純然たる強さの格差がある。

俺の喉元に、ヴィンセント騎士団長の鋭い切っ先が当てられた。本当に喉元ギリギリで寸止めされ、あと少し動けば、冷たい切っ先が表皮を裂く距離だった。

「止め！」

アトリの合図で、喉元に当てられていた切っ先が下ろされる。最後の剣を当てられた場面は、速過ぎて剣の動きが見えなかった。

さすが騎士団長。俺も、まだまだ修行が足りないと痛感した。

「……ありがとうございました」

俺が一礼をしてお礼を言うと、ヴィンセント騎士団長は俺に左手を出して握手を求めた。俺は破れてしまった手袋を外して、握手に応える。

「ああ、怪我はないか？　全く見事な戦術だった。それと……」

ヴィンセント騎士団長は、おもむろに握手していた俺の左手を持ち上げた。

「ヒズミだったんだな。呪いを受けてまで身を呈し、町を守ったという冒険者は……」

そう言ったヴィンセント騎士団長は、そのしなやかな指先で、労《いたわ》るように俺の左中指を撫でた。

そこには、漆黒の茨模様が指輪のように描かれている。

指輪を嵌《は》めてから一週間後に、呪いの指輪『絶望の倒錯』は金色から黒色へ変化し、肌に茨の痕《あと》として残ったのだ。

まるで呪いを受けた証拠を誇示して、戒めるように。

ふと、ヴィンセント騎士団長が地面に片膝を付いた。紺色の短髪が、俺の胸辺りまで下がる。ぼんやりとその様子を眺めていれば、恭《うやうや》しく、壊れ物を扱うように優しく、ヴィンセント騎士団長が俺の左手をそっと持ち上げた。

アイスブルーの瞳をゆっくりと伏せて、大人の硬派な色香漂うその美貌を、俺の左手に近づけた。

「……えっ？」

左中指に柔らかい感触が突然降ってきた。そして、少し湿ったような、何かを啄《ついば》むような音が聞こえた。

一瞬、自分が何をされたのか分からなかった。伏せていたアイスブルーの瞳が、俺を射貫くように下から見つめている。左手の指に、柔らかな唇の感触を残したまま。

「んっ……⁉」

ヴィンセント騎士団が、俺の左中指にキスをしていた。ふんわりと触れた人肌の温かさがくすぐったくて、思わずビクッと肩が跳ねる。美しい氷の瞳が俺を捕らえたまま、そっと唇が離れていくのを、俺はただ茫然と見つめていた。

「……ヒズミは、美しくも勇敢で、魅力的だ」

先ほどまで獰猛《どうもう》な殺気を湛えていた切れ長の瞳が、今は柔らかく細められて俺を見ている。美しいアイスブルーの宝石に、真摯《しんし》な思いと燻《くすぶ》る熱を垣間見た気がした。

それは、まるで他人に心を開かない硬派な騎士が、ヒロインを目の前にして忠誠を誓っているような、そんな光景だった。

俺が呆気に取られて、立ち上がったヴィンセント騎士団に未だに左手を握られたままでいると、横から慌てたジェイド副騎士団長が現れる。

「ちょっと、団長！　手が早いっ！」

『えんがちょ』をするように、手刀で俺とヴィンセント騎士団長の手を「ていっ！」と離した。

「『洗浄』っ！」

間髪容れずに、ジェイド副騎士団長が俺の左手に『洗浄』の魔法をかける。戦闘で汚れていた手を、わざわざ綺麗にしてくれたようだ。

「おいっ」

ヴィンセント騎士団長が、ぎゅっと目を細めてジェイド副騎士団長を見つめている。なんだか、とても不機嫌そうだ。

「団長が抜け駆けなんか、するからでしょ？　ズルいっすよ！」

なんだ、なんだ？　よく分からないが、二人が急に揉め始めた。

その後ろから、なんだか黒々とした禍々しいものを感じる。口喧嘩をしていた二人の肩に後ろから手が置かれた。

「どうやら、二人とも力が有り余ってるみたいですね。私がお相手をしましょう。……さあ、準備なさい」

にっこりという音が出そうなほどの笑みを浮かべて、黒いオーラを放ったアトリが二人の肩に掴みかかっていた。笑顔が魔王だ。ものすごく重圧を感じる。怖い。

その後、訓練場にはアトリの大魔法によって、爆撃音や閃光が飛び交った。

『冷厳の魔導師』が、大人げないですよ」

「貴方は黙ってなさい！　このむっつり騎士団長が！」

「うわっ！　ちょっと、大分えげつないんですけど！　俺、完全にとばっちりじゃん！」

なんだか、大人だけではしゃいでいるようにも見える。うん、楽しそうだ。

俺は訓練場の端に設置された、ソルが休んでいるベンチへと向かった。少し疲れたから、休ませてもらおう。

「ヒズミ！　大丈夫？　怪我はない？」

ソルが心配そうに俺を見ながら、アトリから預かっていたというポーションを手渡してくれた。

俺は小瓶の中身を一気に煽ると、ソルを安心させるために微笑んだ。

「ああ、大した怪我もない。ありがとう」

俺の言葉にほっと息を吐いたソルは、少し俯《うつむ》いた。そして、意を決したように顔を上げると俺の左手を握る。

「……ヒズミ」

ソルの目が、どこか緊張した様子で俺を見つめる。

相変わらず、蜂蜜みたいに甘そうで綺麗な瞳だ。

ぽやぽやと思考を飛ばす俺には気付かず、目の前の金色の髪がふるりと揺れて、美少年の顔が左手に近づいてくる。

蜜色の瞳が、金色の睫毛に縁取られた瞼に隠される。

あれ、ナニコレ、デジャブ？？

可愛らしい小さな音を立てて、ソルが俺の左中指にキスを落とす。そして、僅かに唇をずらして、薬指にも口付けた。小さな音がもう一度聞こえる。

「っ？　……ソル？」

訝《いぶか》しげに俺が見上げると、ソルは伏せていた目を開けて、俺をまっすぐに見た。真剣な琥珀色の瞳が、俺を射貫いてくる。その宝石に捕らえられた俺は、目が離せなくなっていた。

「……消毒と予約。ねっ？」

俺を見てほんのりと頬を紅く染めたソルが、少し恥ずかしげに微笑んだ。そのまま、左手に指を絡めて握られる。

「うん？　なんの？」

俺とソルは、しばらく手を握ったまま、大人たちのはしゃぐ様子を見ていた。

◆◇◆

長閑《のどか》な田舎町の宿屋の内装は、木目をあえて見せていて、人を包み込むような温かさを感じる。王都の過剰なまでに豪華絢爛《ごうかけんらん》な宿屋より、ずっと心地よいものだ。

シンプルだが上質なソファにゆったりと腰かける。向かい側で、ミントを浮かべた酒を一口飲んだジェイドを見遣った。この男の容姿は甘く、爽やかに草花の香り漂う酒がよく似合う。だが、中身は一癖も二癖もある面白い男なのだ。

今、ジェイドが口付けた酒と同じ、身体の内から熱を沸き立たせる刺激物のような曲者。だから、自分の補佐に当てていると言ってもいい。普通のやつには務まらん。

ジェイドは背の低いグラスを手に、窓から見える星空を眺めてぽつりと呟いた。

「あんなに可愛いんじゃあ、ギルドが隠したがるのも分からんでもないっすねえ？」

私——ヴィンセント・ゼフィロスが率いる国立緑風騎士団は、魔物の討伐及び調査を主な任務としている。今回、王都から程遠く離れた田舎町カンパーニュに赴いたのも、魔物の調査のためだった……表向きは。

「スタンピードを戦い抜いた町、か……」

金銀の星がちりばめられた夜空の下で、温かな明かりが所々で零《こぼ》れる、こぢんまりとした町並みを窓から見下ろす。

カンパーニュは、広大な森と面している。森の中にはダンジョンもあり、田舎ではあるが冒険者や旅人が訪れるため、賑わいのある町である。そんな町は、二か月前にスタンピードを経験している。

本来であれば、スタンピードに見舞われた町が無事であるはずがない。特に町の規模が小さい場合は、防壁や戦力不足で壊滅状態になるのが常なのだ。

しかし、この町は例外だった。

「……おそらくだが、スタンピードの情報を提供したのも彼だろう」

この町はスタンピードが起こる半年前に、町の門を強化し、さらには避難所の建設、避難時の訓練までをも行っていた。そして、スタンピード当日、冒険者と近隣の町から駆け付けた騎士たちとで集結し、襲いくる数多の魔物を屠《ほふ》った。

この規模の町がスタンピードの被害を免れた例は、他にない。何よりも、実力者ぞろいとはいえ、人的被害だけでなく建物にも被害がなかったなど、ありえない。

どうして、スタンピードが起こることを予想できた？

なぜ、発生する時期が明確に分かった？　被害が全くないのは、どうしてだ？

謎が尽きない今回の件について、私たちは秘密裏に調べていた。そして、カンパーニュに応援に行ったという冒険者たちの口から、数々の噂を耳にした。

『ある一人の冒険者から『半年後にスタンピードが起こる』と情報提供があった。あの言葉を信じなければ、街は今頃なかっただろう』

『デフェールスネークが現れたが、闇魔法で一瞬にして討伐された。冒険者の一人が『絶望の倒錯』を使用したらしい』

名前や特徴までは分からなかったが、その噂の冒険者こそ、今回のスタンピードの重要人物だと察しがついた。

冒険者のことは、冒険者ギルドが一番把握している。だから、真っ先にこの町の冒険者ギルドに問い合わせたのだが。

『情報提供者の個人情報は教えられない』『スタンピード時は混乱していて、誰が攻撃したかは分からない』と有耶無耶にされたのだ。

仕方なく知らせも出さずにこの町に赴けば、森の中で、あの美しい少年に出会った。

実に手練れた魔力操作と、闇魔法の使い手。こちらが名乗らずとも、私たち二人を役職付きだと言ってのけた人物。黒壇《こくたん》の美しい髪を靡《なび》かせ、不思議な紫色の瞳には凛とした光が宿っていた。

神秘的で、清らかなのに魅惑的な存在の彼に。

「どこかの刺客《しかく》、あるいは諜報部員ですかね……？　それにしては、お人好しな気もしますけど」

「いくら周りを油断させるためだったとしても、呪いの指輪まで使わないだろ……。たぶんな」

そこまで考えて自身に呪いをかけたのなら、どれほどの密命を受けているのだろうか。

グラスの中の酒を口に含み、氷を遊ばせる。亜麻色の液体に、溶け出した水が揺らめいた。溶け込んで一つになっていくのをゆっくりと眺める。

溶け込んでいく、か。

あの少年は何とも無防備なのに、戦闘は凄まじかった。

手合わせを申し出ると、あっさりと承諾された。普通、何か魂胆があるのであれば、国立騎士団に目を付けられるようなことはしたくないだろう。ましてや、自分の戦闘能力を見せる手合わせである。そこは、まだ幼さが残って無防備なのか……

そして、戦闘。

アイトリア副ギルド長から聞いたが、あの二人の少年の剣術の師は、元国立騎士団団長であり『剣聖』と呼ばれた、ステルク・バーナードだそうだ。確かにもう一人の少年、ソレイユには『剣聖』の剣術に通ずるものがある。

ただ、ヒズミには全くその面影がない。あれは、騎士の戦い方ではないのだ。あの素早さと、身のこなしは暗部の戦術だ。

戦闘をしてみれば、相当な手練れだった。攻撃を仕掛けながら、相手に気付かれないように魔法を操り、さらには気配を完全に消した。最初から気配が薄かったため、光魔法で魔力の動きを探り、常に追っていたのだが、最後は完全に気配を絶たれ、見失った。

もしあの時、少年が一瞬の躊躇《ためら》いを見せなければ、私は無様に負けていたかもしれない。その躊《ちゅう》躇《ちょ》した気配で、なんとか防御できた。

「ヒズミ、か……」

あの躊躇《ためら》いは、人を傷つけることへの迷いだ。暗殺や諜報活動をする者にしては、あまりにも優し過ぎる。

「しばらくは様子見だな。国立学園の話をして、どう出るか……」

この国は学問にかなり力を入れている。十五歳以上の国内にいる子供は、学舎に通うように義務づけられていた。そして、国内にいる異国の者についても同様だ。

ソレイユとヒズミは十四歳。来年には学舎に通う年齢だ。それを聞いた私たちは、あることを思い付いた。ソレイユと、ヒズミに、国立学園に通ってもらうことを。

「国立学園は国の管理下にある。あそこであれば、監視もしやすい」

国立学園は、学舎であるとともに国の研究機関でもある。あそこには私の知り合いがたくさんいるし、国の要所でもあるため警備が厳しい。下手な動きはできないはずだ。

「私たち二人の推薦状があれば、入学試験の許可は得られるだろう。……あの二人は、少し勉強すれば受かるはずだ」

実技についてはなんら問題ない。むしろ、余裕で合格するだろう。魔物や魔法の知識も、実践で鍛えているので問題ない。一般教養は、冒険者ギルドにいるあの優秀な職員が教えるはずだ。

「……もし、拒否したら？」

「ありえなくはないが、たとえ近隣の学舎に通ったとしても、どうせ国立学園に編入する羽目になる。二人の剣術と魔法は、この周辺の学舎では持て余す。……有能過ぎるんだ」

ヒズミはもちろんだが、あのソレイユという少年もレベルが高い。ヒズミと行動をともにしているからか、魔法についての知識が自然と身に付いている。剣術は言わずもがなだ。

優秀な人材を見つけた場合、地方の学舎は国立学園に報告する義務がある。それなら、最初から監視しやすい場所にいてくれたほうがいい。

「明日、二人に話す」

「了解。……それはそうと団長、ヒズミのことかなり気に入ってたでしょ？　どうです？　学園卒業後はうちに入れませんか？」

ニヤリと口角を上げたジェイドが、爽やかな翡翠《ひすい》色の瞳を細めて私に言った。目の奥は、何やらこちらを探るような色を湛えている。

「……何を企んでいる？」

そう問いかけた時に、ジェイドの瞳がギラッと光った。感情を見せるとは、珍しいな。

「団長、最後、結構本気でしたよね？……俺も、参戦していいっすか？」

ほう、色恋沙汰に本気にならない目の前の男も気に入るほどか。まさか、同じ騎士団員同士で一人を取り合うとは。

「ヒズミがうちに入れば、俺と団長で可愛がれるし？　『冷厳の魔導師』に、将来有望な金髪美少年が相手だから、団長と二人で結託するのもありかなぁって」

ソレイユは、いずれ強者となるだろう。素直な努力家であり、身体能力が高く、魔力量も多い。それに、何よりも。

「いい面構えだったな」

あの意志を宿した瞳は、覚悟を決めた者の目だ。実に、将来が楽しみな若者である。

あの少年は、強敵だな。

「確かに、お前と手を組むのもありか」

そんな冗談とも、本気とも取れない会話をしているうちに、夜は更けた。

◇◆◇

「国立学園？」

ソルが訝《いぶか》しげな声で、対面に座った美丈夫へと問い返す。

ここは、質素でありながら、重厚な雰囲気が漂うギルド長の執務室。窓からの日差しは心地よくて、ふんわりと茶葉の香りが鼻をくすぐる、おやつ時だ。

ゆったりとしたソファに、すうっと背筋を伸ばして座るヴィンセント騎士団長は、しなやかな指先で優雅にカップを持ち上げる。形のいい唇がティーカップの縁に触れるのを、そういえば柔らかかったなぁ、と俺はぼんやりと眺めていた。

「ああ、そうだ。二人は国立学園に入れるほどの実力がある。……もし、その気があるなら、私たちから推薦状を書こう」

……んっ？『二人』？

聞き間違えだろうか。

ヴィンセント騎士団長は、隣に座って茶菓子のクッキーをひょいっと頬張るジェイド副騎士団長に視線を送る。ジェイド副騎士団長も、口を動かしながら頷き返していた。

俺とソレイユは、今日は休息日にする予定だった。冒険者ギルドには採取物の換金をしようと訪れたのだが、アトリに話があると呼び止められたのだった。

そして、案内されたのが、この冒険者ギルド長執務室だった。執務机の目の前にあるソファセットに俺たちは腰かけている。

ギルド長とアトリ、さらに緑風騎士団団長と副団長が同席して、何やら大事になっている。

「国立学園だなんて、考えたこともありません。あそこは、貴族か商人の子が行く場所だから……。平民でも、かなり優秀じゃないと入学できないと聞きました」

ソレイユが率直な意見を述べた。実際、この町から国立学園へ入学した者は過去で一名だけで、しかも、かなり前のことだという。

ソルの言葉に、ジェイド副騎士団長が答える。

「その情報は正しいよ。でも、二人の実力なら十分に入試試験を突破できる。一般教養の勉強は、そこにいるアイトリア副ギルド長が教えてくれるって」

「アトリが？」

これには、俺が驚きの声を上げた。右側の一人掛けソファに座るアトリを見遣ると、真剣な表情で強く頷いた。

「私は、国立学園の卒業生です。一般教養やマナー、入試試験に必要な知識を教えることができます。冒険者ギルドも、全面的に協力しますよ」

アトリの言葉に、執務机で両手を組んで話を聞いていたギルド長も深く頷いた。

「ヒズミとソレイユなら、今から勉強すれば、試験に間に合います」

「えっ？　俺も？」

やはり、先ほどの『二人』という数は、聞き間違えではなかったようだ。

乙女ゲームでは、この町から国立学園に入学するのはソレイユ一人だけだったはず。もう、ソレイユは十分強い。一人でも立派に、国立学園で自立していけるだろう。

「俺は、別に――」

国立学園じゃなく、この町の学舎に通います、と言おうとした言葉を、ジェイド副騎士団長に遮られた。

「学園では寮生活になるけど、慣れない環境に一人でいるのは心細いよね……。身近に知り合いがいると心強いし、安心できると思うよ？」

「っ⁉」

確かに。生徒の大半は学園内の寮で生活する。素直で心根の優しいソレイユなら、簡単に周囲の人間と打ち解けることができるだろうが……

学園内では平民と貴族を平等に扱うとは言っても、きっと暗黙の了解などもあるのだろう……。そんな息苦しそうな場所に、一人は辛そうだ。

うちの可愛いソルが、悪い貴族にイビられてしまうかもしれない。

俺が押し黙っていると、ジェイド副騎士団長はミルクを入れた紅茶をコクリと一口飲んだ。伏し目がちになって隠れた翡翠《ひすい》色の瞳を、今度はソレイユへと移す。軟派な甘い顔貌に、楽しげな笑みを浮かべている。

「それに、学園には呪いの研究をしている学者もいる。ヒズミの呪いを解く手懸かりが、見つかるかもしれない」

「っ……！」

その言葉に、今度は隣にいたソルが反応した。革張りのソファから振動が伝わる。

「学園に通いながら、冒険者活動もしていいことになっている。何より、君たちの将来には有意義な経験となるだろう。……どうだ？」

ヴィンセント騎士団長の提案に、俺とソルは二人で顔を見合わせた。

「ヒズミ。オレ、国立学園に行きたい。……一緒に来てくれる？」

「ああ、ソルに寂しい思いはさせない。一緒に頑張ろう」

ソルに大きく頷かれ、俺と同じ考えだということが分かる。

「「よろしくお願いします」」

二人で声を揃えてお辞儀をしながら、俺たちは学園への推薦状をお願いしたのだった。

「……ふふっ、腹芸にもならないよ。……素直でチョロい」

紅茶を気持ちよく飲み干したジェイド副騎士団長が、笑い声を漏らしながら呟いた。

次の日から、試験に向けた勉強が始まった。冒険者の依頼を受けるのは少なめにして、その分勉強と修行に時間を充てた。歴史や算術、魔法学などの一般教養は、アトリが教鞭《きょうべん》を執《と》ってくれた。アトリは教師の経験もあるようで、授業はとても分かりやすい。

この国の歴史については苦戦したけど、算術は中身が大学生の俺にとっては問題がない。ソルは基本的な知識を院長から教わっていたようで、試験勉強もスムーズに進んでいった。

あとは、貴族に対するマナーやしきたりを身に付ければいいのだけれど。

「ヒズミ、もう少し肩の力を抜いて。リラックス」

「はい」

右手を目線の高さで繋いで、腰にソルの手を回されながら、俺の足は華麗とは程遠いステップを踏んでいた。

ラッパのような蓄音機型の魔道具から、優雅な音楽が流麗に奏でられる。机を端に避けた会議室で、オレとソル、アトリはダンスの練習の真っ最中だ。

生徒の大半が貴族ということもあって、マナーも覚えないといけないのだが……その一環として、ダンスがあると誰が思う。

さすが乙女ゲームと言うべきか、舞踏会なんてものが学園内でも存在することが衝撃だ。

「わっ」

姿勢に気を付けていたら、ステップを踏んでいた足元がおろそかになった。足がもつれて後ろに仰け反った俺を、ソルが咄嗟に支える。

「うわっ。ヒズミ、大丈夫？」

目の前でソルの綺麗な金髪が揺れて、同じ色の睫毛までよく見える。鼻先が触れるほどに端整な顔が近づき、鼓動が跳ねてしまった。この陶器のような滑《なめ》らかな肌と、精悍《せいかん》さが増した美少年の顔は国宝だろう。

あまりに近過ぎて眩しいと、ドギマギして顔を逸らす。

何とか体勢を立て直して、踊りを再開する。曲が終わって、ソルの足がきちんと止まる。俺は一足遅れて止まった。教えてくれるアトリが、優しく俺の頭を撫でた。

「今日はここまでにしましょう」

「……はい、ありがとうございました」

じんわりとした汗をかきながら、ダンスの終わりの挨拶であるお辞儀をして離れる。ダンスは、俺はどうも苦手だった。

リードする側と、リードされる側、両方とも習得してなければいけないなんて。妹よ、これは聞いてないぞ。

「ソルはダンスも得意だよな」

俺と同じタイミングで練習を始めたはずのソルは、やはり勇者補正なのだろう、卒なくダンスを踊り、危なげがない。この勇者、ハイスペック過ぎる。さっきも体勢を崩した俺を、まるで王子様のように華麗に受け止めていた。

「ダンスは、町のお祭りの時に似たようなやつを踊るから。よかったら、今日も孤児院でダンスの練習をしない？　皆もヒズミが泊まりにくるのを、楽しみにしてるんだ」

ソルの鶴の一声で、その日から俺はたびたび孤児院に泊まり込み、夜はソルと一緒に、孤児院の空き部屋を借りてダンスの練習をすることになった。

今日も今日とて、身体がリズムに乗らない。

「ここは、こう。オレにもう少し身体を預けて」

「うぅ。こうか？」

気恥ずかしくて、無意識に離していた身体を、腰に回されたソルの手で引き寄せられる。ソルの顔が近づいてきて、男でも惚れてしまいそうに綺麗で、頬に熱が溜まった。

「もう、恥ずかしがっちゃダメだよ。……それに、オレ以外に、そんな可愛い顔見せちゃうのもダメ。ダンスのときは、どんな相手にも、感情を見せない笑みを浮かべて」

「……かわっ？　う、分かった」

前半のほうは意味が分からなかったが、後半の話はなんとなく分かる。

たとえ嫌な相手であっても、社交界では時としてダンスを踊らないといけない。そのためのアルカイックスマイルなのだろう。顔が引き攣《つ》りそうだ。

そうやって孤児院でダンスの練習を終えた日は、同じ部屋で一緒に眠った。同じベッドとはいえ、夜眠る時は少し身体を離しているというのに、朝起きると、なぜかソルの胸の中に抱きしめられているのが日常茶飯事になった。

完璧な未来の勇者にも、寝相が悪いという弱点があったのだと、可愛らしく思えた。

お互いに苦手なところは教え合って、一緒に勉強をしつつ、実技試験に向けての修行も怠《おこた》らない。

そんな、忙しない日々を送りながらも着実に実力を身に付けて、いよいよ試験が近づいてきた。


明日は、いよいよ出発日だ。

国立学園の入試試験は、各主要都市に試験官が赴いて実施する。より多くの優秀な人材が受験できるようにするためだ。俺たちは、馬車で丸一日かかる距離の街で試験を受ける。入試試験の二日前に町を出発することになっていた。

仲良くなったこの町の冒険者たちも、皆が「頑張れよ！」と応援してくれた。事前準備ももう終わっているし、やれるだけのことはやったと思う。

ひょんなことから、俺も国立学園の入学試験を受けることになったけど、これもソルを立派な勇者にするためだと思うと頑張れる。

ソルが勇者に成長していく姿を、すぐ隣で見ていたい。

そんなことをツラツラと考えながら眠りにつこうとしたけど。

「うーん。寝付けないな……」

この世界にきてから、町を出たことがないのも影響しているのだろう。まだ見ぬ街への期待と、試験への不安で高ぶっているようだ。

気持ちを落ち着けようと意識すると、逆に興奮してしまってため息が出た。

少し、夜風に当たるか。

ワイシャツに長めのニットガウンを羽織って、秋風で頭を冷やすために自室を出た。

ぽつり、ぽつり、と暖色の明かりが灯る廊下をしばらく歩いて、古びた木製の扉を開ける。ふわっと控えめで甘い香りが、扉を開けたと同時に俺の鼻をくすぐった。深く息を吸って、みずみずしい果実の香りで身体を満たす。甘く爽やかで風に馴染んだ香りは、包み込むように優しい。

扉を開けた先は、ギルドの中庭だ。手入れが簡単なようにと、中央に木が一本だけ。あとは小さな木製ベンチが一つと、自然に生える白色の小花が群生している。

「ここは、本当にファンタジーの世界なんだよなあ……」

中央に静かに佇む大きな木は、なんとも幻想的だ。生い茂る葉の所々に、鬼灯《ほおずき》に似た小さな果実が、そよりと吹く秋風にゆらゆらと揺れる。果物の中には、オレンジ色のまあるい光が呼吸をするように、ゆっくりと灯っては消えていった。

光る鬼灯《ほおずき》をちりばめた木は、線の細い月に代わって夜闇をまったりと、のんびりと照らす。自ら光を発する植物なんて、日本では見たことがない。なんとも穏やかで美しい光景なことか。

思わず、呼吸をする鬼灯《ほおずき》の木に見惚れていると、カチャリという静かな音とともに、落ち着いた声が聞こえてきた。

「おや……？　ヒズミ。こんな夜遅くに、どうしたんです？」

ギルドの紺色の制服を着たアトリが、ミルクティー色の髪をふんわりと風に靡《なび》かせて俺に問いかける。振り返って見れば、深い空色の瞳は少し驚いたような様子だった。

「ちょっと、眠れなくて……。アトリは、夜番なのか？」

授業の時以外は、アトリに敬語は使わない。以前アトリに『敬語だとなんだか距離があって寂しいです』と言われて、そうなった。

「ええ、休憩がてら夜風に当たろうと思っていました……」

アトリは、着ていた紺色の上着を手早く脱ぐと俺の肩にそっとかけた。

「夜になると少し肌寒いので、これを着て。そんなに薄着じゃ、風邪を引いてしまいますよ？」

袖も指先が隠れてしまうくらい長いし、本来腰くらいまでの長さの裾はお尻まですっぽりと隠してしまう。大きな制服は、アトリの体温と香りがほんのりと残っていた。爽やかだけど安らぐ香りに、全身が包まれる。暖かい。

「ありがとう…」

俺が素直にお礼を言うと、アトリは満足そうに水色の瞳を細めて微笑んだ。そして、ゆっくりと俺を宥《なだ》めるような口調で問いかける。

「明日は、出発の日ですね。緊張して、眠れなくなっちゃった？」

「うん。やれることは、全部やったと思っているよ。だけど、なんだか落ち着かないんだ……。この町を初めて離れるから、かな？」

自分の心の中で、色々な気持ちが絡み合って、ぐちゃぐちゃで。なんだか、心細くなってしまって、俺は俯《うつむ》いてぽつりと呟いた。無意識に、上着の襟部分を掻き合わせるように両手で握りしめていた。

「ヒズミ……」

ふと、握っていた手に、しなやかな手がそっと重なる。暖かさに少しだけ拳の力が緩んで、意図せず浅くなっていた息を吐いた。不思議に思って左隣に立つアトリを見上げると、オレンジ色の明かりが映った瞳を穏やかに俺に向けていた。

「少し、私と踊りましょう。ねっ？」

「……うん？」

握っていた両手をそっと襟から離される。俺たちは明かりが揺らめく鬼灯《ほおずき》の木の近くで向かい合った。右手を繋ぎながら、左手はアトリの肩に添える。アトリの手は俺の腰を包むようにそっと添えられる。

アトリは俺のペースに合わせて、ゆったりとリードしてくれた。音楽はないから、のんびりと踊る。華麗というよりは、身体をゆらりと動かす、気ままなダンスだった。

「随分と上達しましたね。強張《こわば》っていた身体も、今はリラックスできていますよ」

頭上で聞こえたアトリの言葉に、俺は思わず苦笑いをした。

初めは、本当にひどかったもんなぁ。人と密着して動くということは、なんとも難しくて。複雑なステップに苦労した。

「最初の頃は、アトリの足をよく踏んでいたもんな」

水色の瞳を見上げると、懐かしそうにクスクスと笑うアトリの顔が見えた。

仕事をしている時の、いつものすっとした顔もカッコいいけど、こういう自然な微笑みもカッコいい。攻略対象者じゃないことが、信じられないくらいだ。

しばらくゆらゆらと踊っていると、やがて動きがゆっくりになって止まる。アトリは手をおもむろに離すと、そのまま壊れモノを包み込むように、俺をそっと抱きしめた。背中に回された手が、ポンポンと俺を撫でる。

「……アトリ？」

俺が驚いたまま固まっていると、左の耳元からあやすように、低くも柔らかい声で囁《ささや》かれた。

「大丈夫。ヒズミの頑張りは、私が一番よく知っています。上手くいかないことなんて、ありませんよ。それに――」

密着していた体温が少しだけ離れると、今度は両頬を温かい手で包まれた。

「この町は、もうヒズミの帰る場所でもあるんです。ヒズミが好きな時に、好きなだけ、ここに帰ってきていいんですよ？　……私が、いつでも喜んで迎え入れましょう」

優しく上向かされた先には、穏やかな光を宿した澄んだ空色の瞳。

「この町が、この場所が、貴方の心のどこかで、拠り所になってくれていると嬉しいです」

「……っ！」

はっとして、俺は目を瞠《みは》った。アトリが優しく語りかけてくれた言葉は、俺の胸からじんわりと染みて、全身に広がっていく。

目の奥がほんの少し熱を帯びて、でもすごく嬉しくて、ほんの少しくすぐったくて。

「困った時は、私を頼って？　私は、どんな時だってヒズミの味方です。そのことを、どうか忘れないでくださいね」

優しく、温かく、呼吸をするように灯る明かり。ベージュのふわりとした髪が、ふわりと風に靡《なび》く。どこまでも穏やかで、優し気に細められた瞳と、柔らかく微笑む口元。

空を思わせる瞳は、深く慈しむように俺の目を見つめていた。そのあまりの優しい美しさに、俺は吸い込まれて目を離せなくなっていた。

なんて、温かい言葉なんだろう。

心に綯《な》い交ぜになっていた感情たちが、ぬるま湯で溶かされていくような。

そんな、ひどく優しい、心がほろりと解けていく呪文だった。

「……うん。ありがとう、アトリ」

心地よい温かさから、俺は自然と微笑んでいた。アトリは俺のお礼に満足げに頷くと、俺の両頬を手で挟み込んだまま頭上へと顔を近づけてくる。

俺の額に柔らかなものが、そっと優しく押し当てられた。ふんわりと一瞬だけ触れて、名残惜しそうに離れていく。

「……えっ？」

アトリは呆けたままでいる俺の顔を覗き込むと、悪戯《いたずら》が成功した子供のような顔でクスっと笑った。肩から羽織っていた上着を、そっと脱がされる。

「……さあ、もうおやすみ」

いつものように、ポンッと頭を撫でた後、アトリは俺の背中を扉へと押した。俺は夢心地のようなふわふわとした気持ちのまま、ドアノブに手をかけて振り返る。

「……えっと、おやすみなさい？」

語尾がなぜか、疑問形になってしまった。

アトリは、ふふっと楽しげに笑って夜の挨拶を返してくれた。

「ええ、おやすみなさい。……いい夢を」

扉を閉めて静かな廊下を自室に進んでいると、ぼんやりとした思考が少しだけ晴れた。額に手を当てる。

……あれ……？　俺って今、アトリにデコチューされた？

なんで、と考える思考は浮ついていて、ふわふわしていて。胸に広がった心地よい優しさを抱きしめながら、出発の朝まで眠りについた。


「……ソル、いよいよだな……」

「いよいよだね……、ヒズミ」

二人で顔を見合わせて、ゴクリと唾を飲み込んだ。ふうっと息を整える。俺たちは意を決して、相変わらず軋んだ音が鳴るギルドの古びた扉を開けた。

今日は、国立学園入試試験の結果発表の日だ。結果は封書で知らされ、受験者本人しか開けられない魔法がかかっている。

俺とソルの封書は、冒険者ギルドに届けてもらえるようにお願いしていた。そして、先ほどアトりから、封書が届いたと伝達魔法で知らせを受けたのだ。

やれるだけのことはやったし、試験当日もアトリのおかげで緊張せずに済んだ。筆記試験は空欄を残すことなく、全て回答を記載できた。

でも、実技の試験で一属性しか魔法を扱えないと言って、試験官に渋い顔をされてしまったのが、どうしても気にかかる。その後に剣術と魔法を披露すると、試験官の人の目が点になっていたんだよな……

誰も何も言わないから、止められるまで延々と魔法を繰り出していた。慌てたように『しっ、試験終了、です!!』って叫ばれて、異様な雰囲気だったんだ。俺の実力は、試験官にどう評価されたのだろうか?

二人ともなんだか落ち着かなくて、朝早くギルドに来てしまった。この時間帯は多くの冒険者が掲示板を見たり、受付で手続きをしたりと騒がしいはずなんだけど。

なぜか、今日は皆が待合席のベンチに座っていた。ギルドの喧噪《けんそう》も、いつもより控えめだ。まるで皆何かを待っているような。

俺たちは迷うことなく、アトリがいる受付へと向かった。

「おはよう、アトリ。いよいよだな」

「おはようございます。アイトリアさん」

アトリは普段と同じように、穏やかに微笑んだ。この間の一件から、俺に向ける笑顔が、より一層柔らかくなったような気がする。

「ヒズミ、ソレイユ。おはようございます。……こちらが、国立学園からの封書です」

アトリは、わざわざ受付カウンターから出てきてくれた。その手には暗い紺色に、赤色の封蝋が施された封筒を持っている。封筒の表面には剣と杖が交わり、その間に王冠を描いて、さらに周りを植物の葉で囲ったマークが箔押しされている。国立学園の校章だ。

「校章に、受験者本人が魔力を流すと、封が開く仕組みになっています」

アトリに促されて、銀色で箔押しされた校章をするりと指先で撫でる。指で揺れた部分から、校章が虹色の光彩を放ち光り出す。光が模様全体に広がって収まると、封蝋がパキッと音を立てて割れ始め、閉じていた封が独りでに上へ持ち上がった。

俺たちは、封筒から緊張の面持ちで手紙を取り出す。美しい花の装飾が施された優雅な書面を、ソルと一緒に黙々と読んだ。

騒がしかった室内に、俺たちの様子を窺《うかが》うように変な緊張が走る。アトリも固唾を呑んで俺たちの様子を見守っていた。ゴクリと誰かが息を呑む音が聞こえる。

「……ソル」

「……ヒズミ」

俺とソルは、顔を見合わせた。示し合わせたように、お互いの書面をぺらりと見せ合う。

中央の大きな文字が見えて、思わず勢いよくソルに抱き着いた。ソルも力強く俺を抱きしめて、喜びの声を上げた。

「「合格だっ！」」

俺たちの声が室内に届いた瞬間、『うぉおぉぉおーっ！』という冒険者たちの野太い歓声がギルドを震わせた。椅子から勢いよく立ち上がる音、温かい拍手が大きく響きわたる。

その歓声はギルドの外にまで響きわたり、俺たちが国立学園に合格したことが町中に知られることとなった。

「おめでとうございます！　ヒズミも、ソレイユも、本当に素晴らしいです！」

アトリは、俺たち二人をまとめて力強く抱きしめた。俺たちとともに、アトリもこの試験を戦い抜いてくれた恩人だ。陰の功労者はアトリである。ソルと一緒に、俺はアトリの背中に手を回して抱きしめた。

「アトリ、本当にありがとう。アトリが俺たちに一生懸命教えてくれたおかげで、合格できた」

「オレも、今まで本格的な勉強なんてしたことがなかったのに……アイトリアさんのおかげで、ちゃんと毎日勉強できるようになった。本当に、ありがとうございます」

抱きしめ合っていた身体をそっと離して、俺たちが紡いだ言葉に、アイトリアは水色の瞳にほんの少し光を潤ませた。少し気恥ずかしそうにしながらも、嬉しそうに微笑んだ。

「二人の努力の賜物《たまもの》ですよ。……この数か月間、本当によく頑張りましたね」

アトリは俺たち二人の頭を、優しく撫でてくれた。三人で喜びに浸っていたのも束の間、ギルドの二階にある食堂から、恰幅のいい食堂のおばちゃんの大声が聞こえてきた。

「今日は祝い酒だよっ！　さあ、たらふく食って、飲んで、どんちゃん騒ぎしな！」

「ギルドの仕事は、今日は休みとする！　宴にするぞ。ギルドの奢りだ！」

いつの間にか俺たちの近くにいたギルド長が、ギルド中に響く大きな声で宣った。

祝宴だ、宴会だと、冒険者ギルド内はさらに熱気に包まれて喜びの雄叫びが上がる。カウンターにいたギルド職員も、「やったーっ！」と言いながらジャンプしていた。中にはいそいそと、一階の待合席のテーブルへエールを運び込むギルド職員までいた。ギルド中お祭り騒ぎだ。

「ヒズミ、ソレイユ、よく頑張ったな。……アイトリアもお疲れさん。三人とも、たらふく食えよ」

アトリの肩を労《いたわ》るように叩くと、ギルド長は俺たちにもウィンクを飛ばす。イケオジのギルド長のウィンク、さすができる男はカッコいい。

その日は朝から、夜遅くまで冒険者ギルドは食べて、飲んで、騒いでと賑やかだった。噂を聞きつけた町の人もやってきて、歌ったり、踊ったり、腕相撲大会が始まったりと、しっちゃかめっちゃかだ。

冒険者の皆には口々にお祝いの言葉をもらって、心の中がほっこりとした。俺は皆に支えてもらって合格できたんだよってお礼を言ったら、『なんていい子なんだ！』となぜか泣かれた。厳《いか》つい顔の冒険者たちが泣く姿は、なんとも混乱極まる感じだった。

陽気な音楽が聞こえてくる中で、俺とソルはアトリがいる席へとやってきた。

「アトリ、少しいいか？」

「ええ、もちろん。……ヒズミ、ソレイユ、ちゃんとご飯は食べていますか？」

俺たちのことを気遣うアトリは、周りを見ながら苦笑いをした。

確かに、冒険者たちの食欲と勢いは半端ない。傍から見ると、山賊の宴というか。気持ちいいくらい豪快な飲みっぷりと食いっぷりだ。

俺たちも負けじと食べてはいるけれど、さすがにお腹いっぱい。

「うん。お腹いっぱいだよ。ありがとう。……実は、アトリに俺たちから渡したいものがあるんだ」

「……私に？」

俺たち二人はこくりと頷くと、背中に隠していた片手ほどの大きさの小箱を取り出した。

「お世話になったお礼です。オレたちの気持ち、受け取ってください」

ソルと一緒にアトリの目の前に差し出したのは、上品なベージュの箱だ。アトリの瞳と同じ、空色のリボンで閉じられている。

アトリは呆気に取られ、しばらく言葉を失っていた。俺たちが受け取るようにとアトリの手を取って促すと、されるがままに小箱を受け取った。

「なんてことでしょう。あまりにも嬉しくて……。開けても？」

言葉少なに言いながらも、アトリは頬をほんのりと赤く上気させて嬉しそうにしている。俺たちはその顔を見て、二人で微笑んだ。

「「もちろん」」

慎重に水色のリボンを解き、箱の蓋を開けたアトリは、中に入っているものを見て感嘆の声を上げた。

「これは、なんて美しい。それに、この香り……。もしかして、中庭のカルドですか？」

箱の中に入っていたのは、ツタ模様が複雑で美しいアロマポットだ。

男性でも部屋に飾れるように、シックな茶色の金属でできた球体にした。自分の好きな香りのポプリを容器に入れて魔力を流すと、中心が光って香りを広げていく魔道具だ。

箱の中には、ソルと二人で一緒に作ったポプリも入っている。

カルドというのは、あの鬼灯《ほおずき》の実った木のことだ。ほのかに甘く優しい香りは、疲労軽減やリラックス作用、睡眠の質を高める効果がある。ギルドの中庭に植えられたカルドの実を、少しもらって作った。

「うん。俺たち二人でポプリを作ったんだ」

アロマポットは、町に来ていた旅商人から買ったものだ。ソルと二人でお金を出し合った。

「俺はあの夜、アトリに励ましてもらえて、すごく心強かった。だから、あの時のことをどうにか形にできないかなと思って……」

眠れぬ夜のアトリとの思い出は、俺の心を幾分も軽くしてくれた。この町が帰る場所でいいのだと言われて、心から嬉しかった。

「……ありがとう、ヒズミ、ソレイユ。大切にします。二人は、私の自慢の教え子です」

アトリはその美しく透き通った空色の瞳に、うるりと光を移した。泣き笑いのような笑顔で、俺たちをもう一度そっと抱きしめる。

先生と生徒で、しばらく食事を楽しんでいれば、ふと冒険者たちに名前を呼ばれた。

「おーい！　ヒズミー。こっち来いよ！」

「今行くよ」

俺が他の冒険者に呼ばれて席を立った時、ソルがアトリに真剣な顔で話しかけているのが去り際に見えた。

「アイトリアさんは、オレたちの先生だけど……。負けないから」

「おや？　……ふふっ。最初から分かってましたけどね？　宣戦布告されちゃいましたか……。お互いに頑張りましょう？」

二人の会話は遠くて全く聞こえなかったけれど、琥珀色の瞳はまっすぐにアトリを見ていて、アトリは楽しそうに笑っているのが見えた。

◇◆◇

乗合馬車の小窓から見えた王都の白磁の城壁は、遠くから見てもとても大きかったが、こうして目の前にするとスケールの大きさに言葉が出ない。太陽の眩しさに目の上で陰を作って、なんとか見上げる。

「すごく大きい……」

隣に立っていたソルも、城壁を見上げながら呆気に取られたような声を上げていた。

外敵から王都を守るための頑強な造りはもとより、滑《なめ》らかに研摩され、文化を誇るような洗練されたデザインだ。所々には、強さを象徴するドラゴンの彫像が羽を閉じた姿勢で設置されている。あれは、魔除けと明かり取りの両方を兼ねていると、乗合馬車に一緒に乗っていた親子が教えてくれた。

「あそこの門番が、身分確認の手続きをしてくれるそうだ」

開け放たれたままの門へと、人々の列が続いている。その先では、甲冑を着た門番と思しき男性たちが、一人一人に声をかけていた。俺たちも例に漏れず、王都へ入るための手続き待ちの列へと並ぶ。

俺たちは四日前に、勇者の始まりの町であるカンパーニュを出発した。町から王都までは、乗合馬車で三日以上はかかる距離だった。途中の町で宿に泊まり、また乗合馬車に乗ってを繰り返して、今やっと王都へ辿り着いたのだ。

全ては、国立学園へ入学するため。

俺たちは冒険者装備のまま、乗合馬車で旅をしていた。道中で馬車に近づいた魔物を俺とソルで撃退すると、馬車の運転手に護衛任務を依頼されて請け負った。その分、運賃を三割安くしてくれたのはラッキーだ。

乗合馬車の旅は、知らない場所や見たことのない景色を、ソルと一緒に楽しんだ。宿では常にソルと同室で、まるで学生旅行をしている気分だ。

王都へ入る手続き待ちの列に並びながら、この王都までの旅路を俺は思い出していた。

学生旅行と言えば、風呂での裸の付き合いに、夜のベッドでの秘密の会話だろう。少し浮かれていた俺は、初日の宿でソルに『一緒に風呂に入ろう』と誘ったのだ。

ソルは最初、ぽかんと口を開けて固まってしまった。男同士だしいいじゃないか、ってしつこく誘ったら、ぷんすかと怒って逆に説教されたのだ。

『ヒズミは、男同士でも注意して！　学園では他の人と一緒に、風呂に入っちゃダメだ！　男は皆、狼なんだよ』

この世界では同性同士でも恋人になれる。そのせいか同性でも日本で言う裸の付き合いというものは珍しいらしい。楽しみにしていた催し物がなくなって、俺が床に正座してしょんぼりしていたせいか、ソルはその後に赤い顔をしながら呟いてくれた。

『でも、誘ってくれたのは嬉しいから……。その、その時が来たら一緒に入ろうね？　だから、誘うのはオレだけにして？』

その時がいつになるか分からないけれど、今後の楽しみが一つ増えたいい思い出だ。

そんな道中での思い出に浸りながら、俺たちは難なく身分確認の手続きを終えた。

アーチ状の門をくぐって、広がった光景に俺たちは感嘆した。

「……すごい」

綺麗なレンガが敷き詰められた、幾何学《きかがく》模様の石畳。カンパーニュにはない四、五階建ての高い建物。中世ヨーロッパを思わせる民家は、淡いベージュの壁で統一され、厳《おごそ》かな歴史を感じる美しい街並みだ。

「こんなに人が多いところ、初めてだ……。色んな国の人がいるね」

ソルもあの田舎町から出たことがなく、王都の華やかさと人の熱気に終始目を瞬いていた。

地元民だけでなく、見たこともない異国情緒あふれる服装の人、さらには獣の耳と尻尾を生やした獣人まで、多国籍な人波は活気に溢れている。

乙女ゲームの舞台は、ここオルトロス国。

豊かな自然と鉱山資源を有し、教育にも力を入れている国家だ。周辺諸国からは『知識の国』と呼ばれている。貿易も盛んで財産も潤沢。長きにわたって繁栄している国だということは、この活気のある王都の様子から一目瞭然だ。

俺たちのすぐ横を、犬と一緒に駆け抜ける少年たち。色とりどりの布が張られた屋台から漂う香ばしい香り、母親と手を繋ぐ子供の風船をせがむ声。聞こえる音はどれも、活気と生命力に溢れていた。

王都の華やかな街並みを楽しみつつ、俺たちは学園行きの馬車に乗り込んだ。

国立学園は、王都でも北西角に位置する。この国の教育機関の要であるため、王城に近い場所にあるのだ。

馬車が目的地に近づくにつれて、そのスケールの大きさに圧倒される。

「え。ここ全部が学園の敷地なの？」

「そう、みたいだな……」

馬車は先ほどから学園を囲っている優美な鉄柵の横をずっと走っている。端が見えないあたり、かなり広大な敷地を有しているらしい。

馬車から学園の鉄柵を横目にして数分後、やっとのこと学園の正門に辿り着いた。

国立学園の校章が大きく描かれた鉄門は固く閉ざされている。

「えっと、確かこの校章に魔力を流すんだっけ？」

「手紙にはそう書いてあったな……」

隣でソルが校章の、剣と杖が交わっている部分にそっと手を置き、意図的に魔力を流した。

小さくカチッ、という音がして、重い音を立てながら鉄門が独りでに内側へ開いていく。

門から続く長く幅広い白磁の道の先には、荘厳な雰囲気を纏《まと》った巨大な石づくりの建物。

「さすが国立学園。本当に大きいね」

「学園っていうより、もはやお城だな」

俺の通っていた大学より全然デカいし、何よりもこの圧倒的な重要文化財感。大層立派で、豪華な装飾は控えめだが、所々に気品と長い歴史を感じる。道の脇にある彫刻が素晴らしい大きな噴水なんて、遠くから見ても世界遺産的な素晴らしい芸術品だ。

極めつけは、道の両端を彩る薔薇の列。こんな満開の赤い薔薇が、建物まで延々と続いているのだ。

何と言うか、圧倒的乙女ゲームの学園感。乙女たちの夢をそのまま現実にした景色が、目の前に広がっていた。ここに妹がいたら『聖地巡礼！』と喜んでいたに違いない。

どこからか薔薇の赤い花びらが風に吹かれて、目の前を通り過ぎていった。乙女ゲームのオープニングか！　と内心で遠い目になった。

「とりあえず、行こうか」

「うん。そうだな……」

思考を飛ばしていた俺は、ソルの声で白磁の道をトコトコと進むのだった。

学園に到着して数日は、荷物整理やら入寮手続きで忙しく過ごした。

そして、今日は俺とソルが、初めて学校に登校する日。

「ヒズミー、着替え終わったー？」

「ああー、もう大丈夫だー」

鏡で自分の姿を最終確認しながら、扉の外にいるソルに声を張り上げた。準備を整え終わった俺は、自室の扉のドアノブに手をかける。

寮の部屋は、偶然にもソルと同室になった。真ん中に小さなキッチンがあるリビングルーム、その両サイドに各個室がある。プライバシーを重視しつつ、お互いに交流もできるように考えられている。

「じゃあ、いくよー。せーの！」

俺たちは、お互いの部屋のドアを同時に開けた。今日になって初めて、お互いに制服姿を披露するのだ。

向かいの扉から元気よく出てきたソルの姿に、思わず感嘆の声を上げる。

「ソルは、本当にこの制服が似合うな。なんて、カッコイイんだ」

乙女ゲームの攻略本に記載されていた、ソルの絵そのものが目の前にいる。国立学園の制服に身を包んだソルは、若者の勇ましさもありつつ、気品に溢れていた。言われなければ、平民出身だと誰が思うだろうか。

鍛えられた身体に、高貴な色である黒紫色の制服をピシッと着こなす。

身長がさらに伸びて、しなやかな足と手。マッスルな筋肉と言うよりは、必要な場所にしっかりと柔軟性のある筋肉をつけた細マッチョで、腰も細くてスタイルがいいのだ。

スーツに似たかっちりとした服装が、スラリとした身体を強調する。

黄金色の太陽の髪と、裾に施された金糸の線がなんともマッチしていてカッコイイ。シンプルなデザインだからこそ、ソルの若く意志の強い美貌が引き立つ。

乙女ゲーム開発者は、ソルに合わせてこの制服を作ったのではないだろうか。俺はこの世界に来て初めて、日本のイラストレーター様を拝んだ。

なんて、いい仕事をされたのだ。まさに眼福。

ありがとうございます。

自分の気が済むままにソルの制服姿を堪能していると、目を瞠《みは》るソルの顔が見えた。そう言えば、扉を開けてからソルの声を聞いていない。ソルはなぜか、その場で固まって動かなかった。俺の誉め言葉さえも、耳に入っていなかったようだ。

「ソル？」

黙ったまま動かないのが不思議で、俺はソルの名前を呼んだ。

「えっ？　あっ」

俺の声で、ソルは我に返ったようだ。長い思考の時から、帰ってきたらしい。

ソルの視線は、未だに俺に注がれたままだ。そんなに固まるほど、俺の制服姿は変なのだろうか。

制服なんて何年ぶりだろう。袖を通す時には、コスプレをするように思えてなんだか恥ずかしかった。

「……ヒズミ、すごく制服似合ってる。似合ってるけど……っ！」

すぅっごく間を置いてから、ソルが気まずそうに眉を寄せて俺に言ってくれた。ソルの顔をそんなに歪《ゆが》ませるくらい、俺の制服姿は馬子にも衣裳のようだ。言葉を詰まらせてまで、感想を言わせてしまって申し訳なくなる。

分かっていたさ。このシンプルなデザインの制服は、着る人をとても選り好みすることを。

ぼんやり顔の俺が着れば、この制服の気品ある雰囲気も、そりゃ霞《かす》むだろう。

「ちょっと待って、どうしようこれ。こんなの、隠しようがないじゃないか……」

小さなソルの呟きを、俺は聞き逃さなかった。自嘲気味なため息が口から零《こぼ》れる。

「ふっ、隠さなくていいぞ？　ソル、俺には似合っていないのだろう？　周りの人が見慣れるまで、我慢してもらうしかないな」

制服は特例以外、学園内で必ず着用しなければならない。一週間もすれば、皆の目が俺の制服姿にも慣れてくれるだろう。

というか、俺はあくまでも美貌のソルの隣に付き添う、ただのモブ。ソルの太陽の美貌の影で良いのだ。

「全然違うよ、ヒズミ。……でも、そうだね。見慣れるかもしれないね……」

これ以上は、心が細枝のようにぱっきりと折れてしまいそうだ。

二人でもだもだと話をしていると、部屋の時計がチリンッと可愛らしいベルを鳴らした。

「っ！　もう、こんな時間！　行こう、ヒズミ」

「そうだな。入学式に遅れないようにしないと」

ソルに手を引かれながら、俺は寮室を速足で後にした。

そう、今日は国立学園の入学式。不安と期待の入り交じった初々しい新入生たちとともに、俺たちも会場の講堂へと足を運んだ。

ちなみに一学年時には、主人公である聖女は学園にいない。この時点では覚醒しておらず、聖魔法が使用できないのだ。二学年になると、突如として王家の意向により編入させられる。

だから、聖女よりも先に、俺たちが彼らに出会うことになる。

入学式は、大きく古めかしい講堂で行われた。国で学びの最高峰とされる学園だけあって、実に厳《おごそ》かな式典だった。その中でも、ひと際大勢の生徒が注目したのは、新入生挨拶だろう。

その男子生徒が登壇した瞬間、席に着いていた生徒たちが一気に華やいだ。

「新入生代表、アウルム・カヴァリエ・オルトロス」

「はい」

落ち着いた声音で司会に返事をすると、高らかに靴音を鳴らして壇上へと姿を現す。

佇まいだけで高貴な人間だと分かるほど洗練された雰囲気と、若いながらに人を統べるオーラを纏《まと》っていた。

「……第二王子」

見覚えのある人物に、俺はぽつりと独り言を零《こぼ》す。

アウルム・カヴァリエ・オルトロス。

国名である『オルトロス』を家名として名乗れるのは、王族のみ。オルトロス国の第二王子で、もちろんだが、乙女ゲームの攻略対象者だ。

それにしても……。おふっ。見事な金髪碧眼ではないか。

なんだこの、王子様のテンプレです！　みたいな人物は……

壇上で白金色の髪を照明に煌めかせ、圧倒的な存在感を放つその人物は、他の追随を許さないほどの美青年だ。その美しい容姿は、神が作り上げた人形だと言われている。

同じ金髪でも、ソルとは色合いが違う。ソルは太陽みたいに黄金に近い色なんだけど、第二王子は白金色。光の加減では透き通っているようにも見える金糸の髪だ。

知性を感じさせる深い蒼の瞳は、サファイアのように美しい。

王子が登場したと同時に、花びらがぶわっとこれでもかと舞い、陽の光が差し込んできたような錯覚に陥った。俺は思わず、眩しさに目を細める。

キラっ、キラっで、全体的に眩しい。物理的にではなく、『私こそが乙女ゲームの王子だ』というオーラが全開だ。

新入生代表を務めるからには、あの入試試験をトップの成績で合格したのだろう。低くも滑《なめ》らかな声が、見事な挨拶を終えて会場は盛大な拍手に包まれた。

俺も拍手を送りながら、席に戻るアウルム殿下を視線で追う。

第二王子がいるということは、彼らもいるのだろう。

これから、ソルの恋のライバルとなり得る彼らが。

アウルム殿下が座った席の隣で、眼鏡を人差し指で上げた冷たそうな印象の美形が、アウルム殿下に不敵な笑みを送っている。その隣には、快活そうに笑う体格のガッチリとした生徒も見えた。

冷たい美貌の青年は、宰相の息子。そして、快活そうに笑う男子は、国立騎士団トップである騎士団総括の息子。この二人はともに、攻略対象者だ。

ここで、攻略対象者が一気に集まったな。

親しげに話す彼らは、襟の左側にピンバッチを二つ付けている。

生徒が左襟に着けているピンバッチは二つ。一つは学年を意味するローマ数字『Ⅰ』。もう一つは校章の形をしたもので、生徒によって色が異なる。

この学園では、三つにクラス分けされている。

高位貴族や成績優秀な貴族が所属する、象徴カラーが蒼色のSクラス。

貴族、成績優秀な平民が所属する、カラーが紅色のAクラス。

主に平民が所属する、カラーが緑色のBクラス。

壇上近くに座る、第二王子たちの襟をチラリと見遣る。彼らのピンバッチの色は、一番高位クラらない。

つまり、ソルが二学年時に聖女に会うためには、この一年間で、クラスを一つ昇格しなければな

対して、俺たちが着けている校章の色は、臙脂《えんじ》色。

スとされている深い蒼だ。

◇◆◇

この学園の学習制度は、日本で言う大学に近い。必修科目以外は、自分で学びたい科目を選択し単位を取得する。様々なタイプの生徒に合わせて、学べる学問の幅を広げているのだろう。

そう、俺みたいな生徒にも。

「あれだろ？　闇魔法しか使えないやつって。よくそれで、この学園に入れたな」

「隣にいるやつは、闇魔法以外の全属性を使えるらしいぞ。あいつの、おまけだったんじゃないか？」

移動教室で廊下を歩いていると、何やらコソコソと陰口を言われる。入学してからずっと言われ続けているせいか、もう慣れてしまった。言われてしまうのも無理はない。

この学園の入学者は、魔力属性を複数使用できるのが当たり前。最低三属性は扱えないと合格できないという噂まで飛び交っていた。

例外はあのヴィンセント騎士団長。彼は光と炎属性の魔法が強力で、剣術の実力がずば抜けてい

たため入学できた。

つまり、一属性しか使えない俺は、かなりの特例だった。

まあ、闇魔法と剣術をかなり鍛えたし、冒険者活動によって培った実践的な戦闘技術は自分でも自信がある。試験官にはそこを評価されたのだろう。ソルと同じAクラスになれたことは、奇跡に近い。

「なんで、俺じゃなくて、あいつがAクラスなんだよ。もしかして、身体を――ヒィッ！」

不満そうな声が、途中で引き攣《つ》った悲鳴に変わった。

不思議に思って声がしたほうを見遣ると、Bクラスの緑のピンバッチを付けた男子生徒が、震えながら顔を青ざめて立っていた。俺と目が合うと弾かれたように逃げ出す。

……いや、そんな逃げなくても。

隣からは、ソルは苛立たしげな呻《うめ》き声を上げた。

「……気に喰わない。ヒズミは俺よりも強いのに」

どうやら、俺の陰口を言われていることに腹が立っているらしい。俺のために、ソルは怒ってくれていたようだ。友達思いのいいやつだ。

「気にすることはないさ。一属性しか扱えないことは、事実だしな」

「っ！　それだって、あの指輪のふぇいふぁんにゃいか……。いひゃい」

ソルの言葉が途中から、ふにゃん、ふにゃんになる。俺がソルの両頬を指で掴んで、むにむにと引っ張ったからだ。カンパーニュの町の人も、ソルも気にし過ぎだ。

「ソル。俺は後悔なんか、これっぽっちもしていない。それ以上言うなよ？」

あの時の最善は、あの作戦しかなかったのだ。代償など、人の命に比べればなんてことはない。心からそれを伝えるために、俺は微笑んだ。

ちなみに『絶望の倒錯』を使用した呪いの痕《あと》は、少し幅広の黒い指輪で隠している。

呪いを受けていると知られると、生徒たちに怖がられたり、差別される可能性があるらしい。学園側から隠したほうがいいと、親切に教えてくれた。

「それに俺だって、言わせたままなのは性に合わない。こういうやつらはな、実力でねじ伏せるのが、一番手っ取り早いんだ」

正直、貴族や裕福な家庭のご子息、ご令嬢たちが通う場所だから、こういった陰口はウフフ、オホホ、と煙に巻くものだと思っていた。案外、素直に口に出してくるあたり、子供らしくて可愛いじゃないか。

中身が十九歳（この世界で過ごした年齢を入れると二十歳以上か……）の大人だが、売られた喧嘩は受けて立つ。それに俺が舐められていては、一緒にいるソルにも迷惑をかけてしまうだろう。

俺も、ぼんやりと過ごせない。戦闘だけではなく、自分の知識にも磨きをかけなければ。

「……ヒズミは、相変わらずカッコイイなぁ」

そんなことを、ソルから呟かれて反射的に言葉を返した。

「何言ってんだ。ソルが一番カッコイイに、決まっているだろう？」

先ほどから、周りの生徒の視線をひしひしと感じている。太陽の美貌のソルを見て、頬を赤く染めるご令嬢のなんと多いことか。その中には、可愛い系の男子まで交じっていて、ソルは男女関係なく虜にしている。

さっきは『なんて凛として美しい』と吐息を思わず零《こぼ》している、青色のピンバッチを付けた男子生徒もいた。俺は鼻高々になって、ソルを見せびらかしたい衝動に駆られた。

そうだろう。そうだろうとも！

あの繊細な彫刻にも思える、作られた美貌の第二王子とは違うのだよ。

こっちは豊かな生命力に溢れる、自然界が生み出したナチュラル正統派イケメンだ。

さあ、存分に見なさい。そして崇めなさい。うちのソルを。

俺は、幼馴染である勇者が誇らしくなって、大きく胸を張った。

「はぁぁ。もう、ヒズミのそういうとこが……」

大きなため息とともに、ソルは両目を片手で覆って上を向いた。耳が赤くなっているから、照れているのかもしれないな。可愛いやつめ。

ソルとじゃれ合いながら、俺たちは次の授業へと向かったのだった。


俺たちが向かった先は、学園内にある訓練場だ。日本で言うドームに近い。観客席があるけど天井はなくて、その代わり結界が張られているそうだ。

この学園に来て約二週間。初めて『実践戦闘』の授業を受けることになった。武器はなんでも使用可能、魔法も有りの戦闘訓練の授業である。

「今日は、皆の実力を確認したい。この訓練用の魔道具を使用する」

そう言った先生の片手には、拳大の水晶型魔道具が握られていた。先生が魔力を流すと、透明な水晶の中に徐々に白色の煙が流れ込んでいく。

渦《うず》巻く煙が水晶内に充満し、ぶわっと外へと溢れた。放出された煙は、地上でモクモクと何かを形作り、動きを止める。

現れたのは、陶磁器のように艶《つや》のある白色の人型と、大きな魔物だった。鎧を身に着けた騎士と、狼形の魔物を再現しているようだ。かなり精巧で、鎧騎士は盾と剣を持ち、魔物は鋭利な爪から牙まである。

さすが魔法のある世界。幻影の敵を作る訓練用の魔道具のようだ。

「こちらがやめと言うまで、この疑似体の敵と順番に戦ってもらう。致命傷を負わせれば、疑似体は自然に消滅する。それじゃあ、名前を呼ばれた者から前に出ろ！」

次々と生徒たちが名前を呼ばれて、幻影の敵と戦闘を始める。硬いもの同士が激しくぶつかる音が、そこかしこから聞こえてきた。

さすが学園に入学しただけあって、敵に怯むものはいない。白色の騎士相手と魔物に、果敢《かかん》に武器と魔法で攻撃を繰り出していた。

だが、よく見れば、皆が手こずっているのが分かる。

「うわっ！」

ある生徒が魔物の大きな口に噛まれ、教師たちの『やめ！』の声がかかる。他の生徒たちも、魔物に翻弄され悔しそうな声を上げながら倒されていた。

「くそっ！　こんな大型の魔物なんて……」

Ａクラスのほとんどは貴族や、裕福層の平民たちだ。こんな森の中やダンジョン内に住む大型魔物となんて、今まで戦ったことがないのだろう。人とは違う、予想できない魔物の攻撃に、次々と幻影の魔物たちの餌食になっていた。

「ぐはっ⁉　……魔物に気を取られ過ぎた！」

魔物にばかり目を向け、鎧騎士への注意を怠《おこた》ったのだろう。こっちでは魔物の攻撃を躱《かわ》した生徒が、背中から鎧騎士に斬りつけられていた。この訓練は、動きが全く違う複数の敵にどうやって対応するかも見られているようだ。

「次、ソレイユ」

「はい」

ソレイユが名前を呼ばれて、落ち着いて返事をする。鞘から美しい金銀に輝く長剣を抜いた。銀色の刃体に、一筋の光のようにまっすぐと伸びる金色の装飾。勇者が持つに相応しい剣だ。

「始め！」

教師の合図と同時にソルは動き出す。そこから、ソルの戦闘は圧巻だった。

幻影の敵は、対峙する生徒によって形や数が変化した。ソルの場合は人型の敵が二体、獅子の形をした大型魔物が一体。

他の生徒たちと比べても、明らかに魔物のレベルが高い。だが、日常的に鍛えられたソルにとっては、なんら問題がなかった。

鎧騎士たちは、素早い動きで距離を詰め、武器を強化して固い鎧ごと斬りつけて瞬殺。獅子型の魔物の鋭い爪での攻撃を、ヒラリと簡単に動いて躱《かわ》す。躱《かわ》したと同時に剣を振り抜いて、獅子の足を攻撃して足止めをする。怯んで動きが鈍くなったところを、次々に長剣で攻撃していった。

やがて、幻影の魔物が白い煙となって消えていく。ほんの数分の出来事だ。

「やめ！」という教師の合図で、ソルは警戒を解いた。敵を倒しても警戒態勢でいたのは、冒険者の癖だなあと思うとクスリと笑ってしまった。

ソルの戦闘の様子に、周囲のざわめく声が聞こえる。

「……すげぇな、あの身のこなし」

「あっという間に、倒しちゃったよ。……あいつだろ？　Aクラスでも上位の成績で合格した平民って」

魔物との戦闘は、冒険者の依頼で何度もこなしているし、対人戦は、ステルクさんに鍛えられていたからお手の物だ。

周囲から聞こえるソルへの賛辞に、俺は内心で誇らしくて鼻高々となっていた。

「ソル、お疲れ」

拳を差し出すと、ソルがこつんっと右拳をぶつける。ソルの戦闘を労《いたわ》っていると、すぐさま俺の名前を呼ぶ声が聞こえた。

「行ってくる」

「うん。行ってらっしゃい」

ソルに見送られながら、俺は模擬戦へと挑む。俺の目の前に現れた幻影の敵は、獅子型の大型魔物一体と、鎧騎士が一体だ。

学園に来てから、忙しくて冒険者活動を休んでいた。久々に魔物と対峙するから油断せずに頑張ろうと意気込んでいると、獅子型の魔物に違和感を覚える。

よく見たら、普通の獅子型の魔物じゃない？

「……おい、あれって、キメイラじゃないか？」

そこかしこから、生徒たちの驚きの声が聞こえる。

逞しい猛獣の胴体に、長い立派な鬣《たてがみ》を靡《なび》かせる獅子の顔。その顔の横には、左右に裂けた口を大きく開いて威嚇《いかく》する蛇の顔まである。胴体が獅子で、尻尾が毒蛇の大型魔物だ。レベルもそこそこ強い。

いや、なんで俺だけキメイラなんだ。

そんな文句は、教師たちの「始め！」の合図で呑み込んだ。仕方ない。どんな状況でも冷静に対応し、最善を尽くすのが冒険者だ。

開始の合図と同時に、俺は地面を蹴った。手始めに鎧騎士一体を鞘から双剣を抜き出す動作で、斬撃を飛ばして居合切りする。ステルクさんに比べれば、鎧騎士の動きなど緩慢だ。

白色の煙が、地面を駆ける俺の身体をぶわっと撫でた。

「あいつ、剣をいつ抜いたんだ？」

「なんだ、あれ……。動きが速過ぎて、目で追えない」

そんな生徒の声が聞こえた気がした。

俺はキメイラの位置をチラリと確認し、既に練り上げていた魔力を放った。

「刺せ」

鋭利な紫色の鉱石が、炎の咆哮《ほうこう》を上げようと踏ん張っていたキメイラの前足を貫いた。

ギャーッ！　という獅子の悲鳴が空をつんざいた。キメイラが苦しみ悶えている間に、後方へと回る。後方では、尻尾である毒蛇がグネグネと身体を曲げて蠢《うごめ》いていた。

獅子の尻尾となっている毒蛇は、胴体が通常の蛇に比べて太い。

俺の双剣では切れない――普通に攻撃をすれば。

俺は、地面を蹴って宙へ跳んだ。双剣に魔力を纏《まと》わせて、身体を左に捩《ね》じって勢いをつける。

魔法のイメージは、命を刈り取る大きな使者の武器。

重く断ち切る、三日月の刃。

「……『鎌』」

両手に持った双剣を揃えて重ね、毒蛇の胴体が繋がる尻尾の付け根へ、勢いよく振り下ろす。

二つの刃が重なり、大きな斬撃が黒色の鎌の刃のように弧を描いて、獅子の胴と蛇の尻尾を切り離した。そのまま、キメイラの胴体に着地して、切り離された蛇へ瞬時に黒色の槍を放つ。

キメイラは、胴体と尻尾が別々に動くのだ。切り離すと、毒蛇が自由に動き回って毒ガスを吐いたりする。だから、切り離したらすぐに毒蛇を倒さなければならない。

毒蛇の脳天へ黒色の槍が突き刺さり、絶命した。あとは、トドメだ。

『感電』」

俺はキメイラの胴体に立ったまま、黒色の雷を身体に纏《まと》わせた。キメイラ全体に電流を移動させて、すっと離れる。

実はキメイラや獅子の皮は、愛好家が絨毯などの装飾品にすることが多い。そのままの姿が残っているほど、高く売れる。だから、感電死させて綺麗な状態で討伐してしまおうと思ったのだ。幻影相手にそう考えた自分自身も、大概、職業病だなあと心の中で自嘲した。

バチバチと不穏な音を立てる黒色の雷が、キメイラの身体を包み込んだ。稲妻が駆け回り、キメイラの身体がぶわっと白色の煙となって消えていく。

どうやら、勝負ありのようだ。

「やめ！」

教師の声で俺も警戒を解き、鞘に双剣を納める。

久々に緊張感のある戦闘だった。また近々、魔物討伐の依頼を受けようかと考えつつ、ソルの元へ戻った。

「剣術を止めることなく、魔法を繰り出すなんて」

「おい、誰だよ。闇魔法しか使えない、無能な平民とか言ったやつ……」

「綺麗なのに、戦闘時はカッコイイなんて反則だ……」

周りが何かコソコソ話をしているのが聞こえるが、よく聞こえないから気にしないことにした。

「お疲れ」と言って駆け寄ってくるソルは、なんだか神妙な顔をしている。

「こうなると分かってはいたし、ヒズミの実力が示せてよかったけど。ヒズミが、色んなやつに知られるのはヤダな……」

ソルはおもむろに顔を寄せると、耳元で俺だけに聞こえるように言葉を紡いだ。

「……それに、なんだか、ずっと見られていたね」

ソルは訓練場の隣にある塔へ、チラリと視線を向ける。

その五階建ての塔は、図書棟と呼ばれている、いわゆる図書館だ。ソルはじっと、その図書棟の一角を見上げていた。

俺も訓練中、ずっと気配は感じていたが、どうやらソルも感じ取っていたらしい。

ソルの視線に合わせて、俺も図書棟の最上階の小窓へ視線を移した。

覗き見とは、いささか無粋なんじゃないだろうか。

「へぇ、面白いね」

「こちらに気付けるくらいには、実力者のようだ」

「クラスが違うから、まだ戦えないか……。いずれ、手合わせしてぇなあ」

図書棟の一室で、深い蒼色のピンバッチを付けた生徒たちが、興味深げにそんな話をしていたことを、俺たちは知る由もない。

授業の終わりの合図を機に、俺たちはその小窓から視線を逸らした。

『実践戦闘』の授業を終えた後の昼休憩。

木洩れ日が心地よい中庭で、一休みしていた俺とソルは今、とても困惑している。

「頼む！　俺たちにも戦闘を教えてくれ！」

「お願いします！」

二人の生徒が、目の前で深々と頭を下げていた。声の感じが切実で、切羽詰まっている感じがする。中庭には人はまばらだが、それでも視線が俺たちに集まっていた。

「とりあえず、顔を上げてくれ。立ち話はなんだから、あそこの東屋《あずまや》で話をしよう」

二人の頭をなんとか上げさせて、俺とソル、そして生徒二名が東屋《あずまや》のベンチに腰かける。しばらくの気まずい沈黙の後、対面に座る男子生徒の一人がおもむろに口を開いた。

「初めて話をするよな。俺は、同じクラスのガゼットベルト・フェーレース」

そうはっきりと自己紹介をしてきたのは、ツンツンとした硬そうな茶褐色の髪と瞳のクラスメイトだ。不機嫌な猫のように目つきが悪い。確か、辺境伯の三男坊だったはず。

「初めまして……。僕は、リュイシル・ツァールトハイト」

クルンとした焦げ茶色の髪を不安げに揺らすのは、伯爵家の次男。緑色の垂れ目は、見るからに気弱そうな印象だ。

「それで戦闘を教えてほしいって、一体どういうことだ？」

俺から話を振ると、二人は神妙な顔で頷き合う。しばらくして、意を決したようにこちらを向いて話し始めた。

「俺とリュイの治める領地は隣り合っているんだ。お互いの領地は火山に面している」

ガゼットベルトの領地は温泉街、リュイシルの領地は地熱を利用した農業や、美しい自然を楽しむ保養地で有名だ。

「最近、その火山の近くで新なダンジョンが発見されたんだ。まだ、誰も攻略できていなくて……」

ぽつりと呟いたリュイシル曰く、そのダンジョンが発見されたのは約四か月前。本来、新たなダンジョンとなると、こぞって冒険者たちが攻略しようと躍起になって集まってくる。

「それが、ダンジョンの難易度が高いのか、冒険者に人気がないんだ。火山の麓にあるから、耐熱性の装備も必要で。冒険者に面倒だと思わせている……」

挑戦する冒険者が少ないダンジョンは、やがて魔物が溢れ出てくる。スタンピードが起こる確率が高くなってしまうのだ。

「だから、俺たちでそのダンジョンを攻略したいんだ。それに、もしスタンピードが起きたら、自分たちも戦って領地を守りたい。……自分たちの手で、できるだけ多くの人を守りたいんだ」

「僕たちはそのために、強くなりたい」

そう言い切った二人の真剣な表情からは、切実さがありありと伝わってきた。そして、領地の人々を守りたいという強い責任感と意思も。

この歳にして、彼らは既に『領民を守る』という重責を理解し、受け止めていた。

「学校にいる間、二人が忙しくない時だけでいい。俺たちに戦闘を教えてほしい。お願いします！」

「お願いします！」

本来であれば、貴族が平民に頭を下げるなんて、あってはならないことだ。学園内は平等を謳ってはいるものの、暗黙のルールも存在する。だが、二人はそのルールを破って、机に頭が付くほど深々と頭を下げてまで、俺たちにお願いをしてきている。

俺は、ソルと顔を見合わせた。俺たちに教わりたいという話だから、ソルにも確認する必要がある。強く頷いてくれるソルを見るに、おおむね同じ意見なのだろう。

「分かった。俺たちのできる範囲で教えるよ」

「っ！　ありがとう！　俺のことは、ガゼットと呼んでくれ！」

お礼を言いながら、白い歯を見せて笑うガゼットは爽やかだ。スポーツマン的なイケメン。

「ありがとう……。僕のことも、リュイって呼んで？」

リュイは遠慮がちにそう言った。小さく微笑む姿に、人知れず和む。なんだろう、ウサギとかリスとか、そんな小動物感がある。ちょっと雰囲気がプルプルと震えてる感じ。

こうしてソルと俺は、学園に来て初めての友達ができた。

一日の授業が終わって、生徒たちの気安い空気が放課後の学園内に流れている。

俺は一人、今日の授業中に見上げていた巨大な塔へ足を向かった。あの戦闘訓練の授業後に、ふと思い立ったことがあるんだ。

ちなみに、ここに来ることはソルには秘密にしている。一人でどこに行くのかとソルに聞かれて、『先生に呼び出された』と咄嗟に嘘をついてきてしまった。

でも、ソルにはまだ重圧を背負わせたくない。今はまだ、普通の学生でいてほしいと思うのは、俺の我儘だろうか。

「……『知識《ちしき》の巣窟《そうくつ》』」

この学園には、巨大な図書塔がある。

五階建ての建物で、古びた濃い茶色の外観と、ステンドグラスの丸窓が趣のある巨大な書庫だ。通称が『知識の巣窟』。この飾り気があまりないデザインも、巣窟の所以なのだろう。

重厚な黒色の扉を開けると、古びた紙の匂いと、どこか落ち着くインクの匂いが鼻をくすぐる。思わず、独特の歴史の香りを吸い込んだ。

それにしても……

「……すごいな」

艶《つや》やかな幾何学《きかがく》模様の石床を踏む足音が、静かな室内に響きわたる。

天井まで、壁が全て本で埋め尽くされている。限りなく黒に近い木目が、薄暗い内装を際立たせてお洒落《しゃれ》だ。『知識の巣窟』と言う名前通り、隠れ家の雰囲気がある。

長い廊下を進んでいと、大きな広間へ辿り着いた。この広間を中心として、廊下が四方へと伸びているようだ。広間の中央を見上げた俺は、感嘆の声を上げていた。

「塔の中に木があるなんて……」

目の前に飛び込んできたのは、背の高い一本の大樹だ。青々と茂る枝葉を上に広げながら、吹き抜けの天窓の光を一身に浴びている。

よく見ると枝の所々にリンゴのように紅く、真ん中に穴の開いた丸い置物がぶら下がっていた。

「？　なにか、いる……？」

紅いリンゴの中から、いきなり白色の顔がぴょこっと出てきた。大きな黒色の目と、ちょこんと出た小さな手が悶絶級に可愛い。

どうやら、あの木にぶら下がった置物はその小動物の棲み処らしい。部屋をちょんっ、ちょんっと動き回る白色の小動物がたくさんいる。小さな足でリスのように跳ね、大きな稲穂型の尻尾がユラユラと動いている。思わず触りたくなってしまう魅惑のもふもふ。

小動物が棲む森の図書館に、迷い込んだような素敵な空間だ。

木を見上げながら、紙の香りと、自然の緑の爽やかな匂いを深く吸って堪能していると、突然上から四角い影がヒューーッと近づいてきて、顔面にボフッと覆い被さった。

「キュキュッ！」

「わぶっ⁉」

クリッとしたまん丸目と、ボフッとした長めの尻尾。

この生き物って確か……

「モモンガ？」

肌触りのいい毛布？

温かいし、もうなんだかとても幸せだ……

俺にぶつかったモモンガは、ずるずると俺の身体からずり落ちると、そのまま何食わぬ顔でちょこちょこ離れていった。

突如として訪れたご褒美タイムに悶絶しつつ、俺は受付カウンターに近づいていく。

木を囲う円形のカウンターで、図書館司書がせっせと生徒たちに貸し出しの手続きをしているのを見ながら、俺も空いている受付へと近づいた。

今回の目的を、司書の人に伝える。重厚なカウンターの上では、手の平より小さいフクフクとした顔のモモンガが、小さな前足で木の実をかじっていた。

「英傑の詳細が書かれた本ですか……。五階の歴史書区画にあるかもしれません。五階に着いたら、お手伝いモモンガたちに聞いてみてください。本がある場所に案内してくれます」

先ほど俺の顔面にぶつかったのは、なんとこの図書館で仕事をしている『お手伝いモモンガ』という生き物だった。

なんて、可愛い名前。いい職場だ。

手の平サイズの小さなモモンガたちは、人間の言葉が分かるほど賢いらしい。お仕事の報酬は美味しい木の実。時々、空を滑空中に着地に失敗して人にぶつかるそうだ。

なんだ、その可愛い鈍臭さは。なんのご褒美ですか。

図書館司書の男性にお礼を言い、俺はエレベーターで五階へと向かった。美しい格子状の扉で、魔石をエネルギーとして動く木製のエレベーターだ。到着階を知らせる文字盤を見ながら、俺は思考に耽《ふけ》っていた。

ここに来た理由は一つ。

それは英傑の証明となる紋章について、調べるためだ。

乙女ゲーム『聖女と紋章の騎士』の中で、魔王を屠《ほふ》る役割を担う英傑たちは、身体の一部に紋章が現れる。

実は、学園にいるソル以外の攻略対象者たちは、既に紋章が身体に発現している。彼らは、幼少期に紋章が身体に現れている。そのため、幼い頃から英傑になるべく厳しく育てられるのだ。

その苦しみや葛藤を慰め、取り除いてあげるのがヒロインの役目だ。

第二王子は左手の甲に、宰相の息子は左腕に、騎士団総括の息子は右腕に紋章が刻まれている。

しかし、今のところ、ソルには紋章が現れていない。

攻略本のプロフィールの姿絵には、右手の甲にくっきりと紋章が描かれていた。でも、紋章の発現時期については何も記載がなかった。心配しなくても、二学年に進学するまでに紋章が発現するとは思うのだが、俺は、一つ懸念していることがある。

それはストーリーの改変だ。

俺という転生者のせいで、少しずつストーリーが変化しているのではないか。今のところ、それがいい方向へ進んでいるのだが。

乙女ゲームの本来のストーリーでは、ソルは故郷を失い、親しい人間を失う。哀しみに暮れて、自分を鍛え上げて学園に入学するのだ。

でも、今の状況は全く異なってる。

ソルの故郷であるカンパーニュは壊滅していない。幼馴染ポジションの俺も生き残っている。勇者の暗い過去とされる、喪失という事柄がない。

そこで、俺の中である仮説が生まれる。

ソルの紋章が発現するのは、スタンピード直後だったのではないか。

傷心したソルが覚醒し、紋章が現れたのでは？

それであれば、ソルの身体に今も紋章が現れていないことに納得がいく。俺がストーリーを変えてしまったがために、まだ覚醒していないのだとしたら。

ソルを勇者として覚醒させなければ、進学どころか、この世界が滅びてしまう。

他の攻略対象者たちの情報を思い出しても、やはり明確な覚醒時期については記載されていなかった。それならば、彼らに直接話を聞ければ早いのだが、なんたって彼らはSクラス。揃いも揃って高位貴族だし、第二王子に至っては王族だ。俺がおいそれと話しかけられるような身分の人たちじゃない。

いくら身分平等を謳う学園内でも、平民が声をかけることはご法度である。不敬で退学、最悪の場合は罪に問われ牢屋行きだ。

小気味いいベルの音が鳴り、目的の階に到着したことを知らされる。蛇腹の鉄扉が開いた。

進んだ廊下の左右は、やはり本でみっちりだ。暗めの室内を照らす星形の浮遊輝石《ふゆうきせき》が、照明代わりにぼんやりと宙に浮いている。

ノスタルジックな温かみが、俺を迎えてくれた。

「確か、この置物を指先で優しくノックしろと……」

本棚の端には、木にぶら下がっていたのと同じリンゴの置物がくっついていた。司書の人に言われた通り、指の爪で、カツリと音を立ててノックする。

「わっ」

ひゅぽっ！　という何かが嵌《は》まった音がしたかと思うと、大きなまん丸の黒色の目と、ふん、ふん、としきりに動く顔が丸窓にすっぽりと収まる。俺の指先の匂いを嗅ぐように、ちょんっと湿った鼻先をつけて小刻みに震えている。忙しない動きが可愛くて、思わず頬が緩む。

「ふふっ。こんにちは。英傑について、詳しいことが書かれた本を探しているんだ。手伝ってくれるか？」

俺がそう言うと、モモンガは丸窓からすぽんっ！　と飛び出して、勢いよく木製の床に着地した。リスのごとく弧を描きながら跳ねていき、しばらくすると止まる。俺のほうを振り返って、俺が近づくとまた離れて止まる。どうやら、ついて来いと言っているようだ。

小さな案内人の後を追いながら、本の海を進む。どこからともなく現れた小さなモフモフが、俺の横の本棚を並走した。

気まぐれに俺の右肩へ、並走する一匹のモモンガが飛び乗った。ちょこんと、お行儀よくお尻をつけて座る。どうやら、そのまま肩に居座る気のようだ。

「さっき俺にぶつかったのは、君だな？」

モモンガには、各々を識別するために小さな腕輪が嵌《は》められている。その腕輪に、魔力と個体番号を登録しているらしい。さっきぶつかったモモンガと、この肩に乗る個体の魔力がなんとなく似ていて気が付いた。

「ぷうっ」

俺をちゃっかり移動手段にしているモモンガは、正解だというように一鳴きすると、大きな尻尾で俺の頬を撫でた。

「ふはっ。くすぐったい」

本当に賢い。ちゃんと人間の言葉を理解しているから、会話が成立している。

俺を案内していたモモンガは、廊下の最奥まで行くとピタッと止まった。壁際の本棚に登り、「キュッ！」と一声鳴く。目的の本棚へと辿り着いたらしい。本棚の上にある、金色のプレートを読み上げた。

「……『歴史書、古代文字資料』か」

本棚は、他の棚よりもさらに古びた本で埋め尽くされていた。中には紐で括られているだけの資料のようなものまである。俺は案内してくれたモモンガにお礼を言いつつ、膨大な量の本が並べられた棚を物色する。上から順番に背表紙を見て、それっぽいのを探そうと目を凝らしていた。

本棚を眺めていた俺は、しばらくして違和感に気が付いた。

「……………？」

試しに、何冊か本に触れて中身を確かめてみる。やはり、どこかおかしい。

先ほどから本に触っているのに、触れている気がしない。しっかりと文字も記載され、手にずっしりと重い感触もするのに。どことなく、重い空気だけを掴まされているような感じがするのだ。

この本棚自体が、空っぽというか、虚《うつ》ろっぽい。

目の前にあるこの容れ物を、視覚でしっかり捉えているのに朧《おぼろ》げに感じてしまう。

「随分と特殊だが、結界魔法か……？」

趣のある図書館に、こういった謎解きがあるのはなんとも滾《たぎ》るものがある。隠し通路とか、隠し部屋とか、男のロマン過ぎて胸のときめきが止まらない。気付いてしまえば、どうしても秘密を解きたくなってしまう。

俺は本棚をじっくりと観察したり、触ったりして仕掛けがないか確かめた。

「……何か、鍵になるものがあるはずだ」

一歩下がって、本棚全体を見られる位置まで離れる。

アンティークの本棚には、金色が美しいアラベスク模様の装飾が施されていた。本棚は四段で、模様は全部で十か所。装飾されている場所も段によって位置が異なる。

一見すると、模様には規則性がない。一つの模様を注意深く見ると、中心には円が刻まれている。さらに円の中に小さな花の模様が描かれていて、花びらが全部で十枚。

「一枚だけ、花びらが欠けている……」

他の装飾を見ても、やはり花びらが一枚ない。しかも、どの花も別々の場所が一片だけ散っているのだ。

花びらの欠けている場所、模様の位置を見るに……

「なるほど、一筆書きか」

俺は試しに、人差し指から魔力を放った。一つの花の装飾へと魔力を飛ばして、そこを起点として魔力で線を描いていく。分かりやすいように魔力に金色を纏《まと》わせておく。

おそらく、欠けた花びらの部分が次点の方向を示している。線は上下に、斜めや左右に動かしやがて一つの形となる。花に魔力を流すたび、花の模様が金色に光っていった。

全てを繋ぎ合わせると、その形が露《あら》わになった。

「六芒星だな」

現れたのは、三角が頂点を逆にして二つ重なった星。全てを繋ぎ終えると、一瞬その六芒星が呼吸をするように金色の光を放つ。

やがて六芒星は下から砂のように、金色の粒子になって宙を流れていった。金の粒子が独りでに宙を舞って集まり出す。渦《うず》を巻いた粒子が、細い線となって俺の目線の高さで文字を編み出した。

それは、この世界では見慣れない文字の羅列だ。でも、以前の世界では見慣れたものと言える。

「……これって、アルファベット？」

この世界の言語は、独特の文字と言葉を使う。当然、文字の形も以前の世界では見たことがないものだった。俺は、転生チートなのか、この世界の言語を普通に操れる。

この世界に来てから、前世での馴染み深い言語を初めて見た。それに、この文字の並び。

「しかも、フランス語だな」

うちの祖母がフランス人で、よく教えてもらった。母方の親戚と話をする時にはフランス語が必須で、必然的に妹も俺も覚えたのだ。乙女ゲーム制作者の中には、フランス語が得意な人がいたのかもしれないな。

宙に浮かぶ金色の言葉を、俺は口にした。

「『見つからないなら、探して追い求めるまで』……」

目線の高さで宙に浮かび上がった言葉は、なんとも果敢《かかん》な言葉だった。フランス語で書いてあったから、俺もついフランス語で呟いていた。

俺の呟きが本の波に消えていくと、どこか奥まったところから、気のせいかと思うほど小さい音が聞こえてくる。それは、水面に一滴の水が落ちたような、透き通った音だった。

「っ!?」

目の前の本棚が、水面に映る景色のように揺らぐ。本棚の波紋が収まると、突如として人が一人だけ通れるほどの木製の扉が現れた。

これは、本棚に偽装された高度な隠蔽と結界魔法だった。ドアノブを回すと、鍵の開く感覚がして、扉が開く。

上品なボルドー色の絨毯が敷かれた室内で、その男子生徒は暖炉の近くに座っていた。

「……ここに自力で辿り着ける者が、同学年にいたとは驚きだな」

銀色の髪が、冷たい夜空の星のように輝く。胸元まである長髪が、顔を上げてサラリと揺れた。ダイヤモンドダストのような、冷たくも細かな輝きを閉じ込めた銀色の瞳が、俺を眼鏡のレンズ越しに興味深げに射貫いている。

攻略対象者の一人。公爵家長男にして、宰相の息子。エストレイア・スヴァルトル。

怜悧な美貌の青年が、優雅にソファで本を広げていた。

ひんやりとした空気を纏《まと》う美少年は、うっそりとした微笑みを口元に浮かべている。表情を読み取らせないが、人を不快にもさせない、そんないかにも貴族らしい上品な笑み。

上質なこっくりとした雰囲気の部屋は、冬になれば暖炉の揺らぎと炎で温かそうだ。そんなことを、頭の中で一瞬考えた後。

「……お邪魔しました」

俺は、踏み入れた足を引いて扉を閉めようとした。

「こら、逃げようとするな」

エストレイアがソファから立ち上がり、立ち去ろうとする俺を呼び止める。

いや、ここ、秘密の隠れ家みたいだし。

小さなキッチンとアンティークのテーブル。そして、例に漏れず背の高い本棚には、本がみっちりと埋まっている。図書棟にいた生徒たちのざわめきも部屋には届かない。完全な防音設備が施された、誰かの書斎って感じだ。そんなところで一人で読書をしている攻略対象者を、邪魔してはいけないと思う。

やっぱりドアを閉めようと俺がドアノブを引いたところ、虚を突かれた顔をしたエストレイアが、俺を追いかけてドアノブを内側に引いた。思いもよらない相手の行動に、俺はドアノブごと中に引っ張られて前のめりになる。

「うわっ」

「おっと」

冷静な声が上から聞こえ、俺はバランスを崩してぽふっとエストレイアの胸に倒れ込んでいた。柑橘系の、甘過ぎない爽やかな香りがふわりと香った。

細身に見えたのに意外に胸板はたくましく、俺の身体を難なく受け止めていた。エストレイアが抱きとめてくれなければ、床に倒れて鼻を打っていただろう。

「……申し訳ありません」

一応謝ったが、先にドアノブを勢いよく引っ張ったのはそっちだ。

俺がばっ！　と勢いよく身体を離すと、エストレイアはあっさりと俺を解放する。そして、顎に手を当てると、興味深げに俺を上から下まで見定めた。

「遠目で見たときより、遥かに美しいな」

銀色の瞳がわずかに細められ、エストレイアは思案気に呟いた。随分と熱心に観察されている気がする。

「あ、の……？　読書の邪魔だと思うので、俺はこれで失礼します」

「まあ、待て。この部屋を見つけたご褒美に、お茶をご馳走しよう。そこに座るといい」

しなやかな指先で、エストレイアが先ほど座っていたソファセットと、反対側の席を指さす。

この時、俺は少し躊躇《ためら》った。はっきり言って、この世界に来てお茶会とかそんなのに出たことはない。アトリにマナーは教えてもらったけど、それも付け焼刃だ。高位貴族の前で、何か失礼があってはいけないと考えると気後れしてしまった。

そんな俺のほんの些細な逡巡を、エストレイアは敏感に感じ取ったらしい。

「『大丈夫だ。マナーなんて気にしなくていい。それに、私はこの部屋を見つけた同士として、話をしたいと思っているんだ』」

穏やかな言葉には、どこか断れない、言い聞かせて自然に従わせるような雰囲気がある。

「『では、お言葉に甘えて……。失礼します』」

俺がそう答えると、エストレイアはますます興味深いというように、口元の笑みを深めた。

「君は、古代語が読めるだけでなく、会話もできるほどに堪能なんだな」

「……っ⁉」

そこで、はたと気が付いた。『話をしたい』という先ほどの会話は、フランス語で投げかけられたものだ。俺は、反射的にフランス語で答えてしまった。どうやら、まんまと相手の意図通りに動いてしまったらしい。

この乙女ゲームの世界では、前世のフランス語が、古代語として使用されているようだ。

してやられたという複雑な気持ちに、俺は口をちょっと引き結んだ。俺の顔を見たエストレイアは、小さくほくそ笑む。美貌の青年の笑みは、それだけで絵になるというものだ。

エストレイアは、背後にあるミニキッチンの戸棚からティーセットを一組取り出した。ティーカップをローテーブルに置くと、ポットの中から香しい湯気の立つ紅茶を注ぎ入れる。

「どうぞ」

お茶請けの焼き菓子とともに、俺にそっと指先で差し出してくれる。一口サイズのマドレーヌが、小皿にこんもりと結構な量が盛られていた。エストレイアは頭脳派で頭をよく使うせいか、めちゃめちゃ甘党なのだ。

「ありがとうございます。……いただきます」

ティーカップに口を近づけると、茶葉のふんわりとした湯気が鼻を掠める。香りを楽しみながら、赤みがかったお茶を一口含む。

すごく、上質なんだろう。芳醇な茶葉の香りと少しの苦みが絶妙で、ほうっと吐息が零《こぼ》れた。こんなにお茶で美味しいと感じたのは初めてだ。

「おいしい……」

思わず口から漏れ出た言葉に、目の前に座るエストレイアは小さく笑った。

「よかった……」

しばしの沈黙の後に、紅茶の美味しさに浸っていた俺は、ふと自分が名乗っていないことを思い出す。

位の低い者は、上位の者に対して自分から先に挨拶をしなければならない。貴族社会のルールの一つだ。

「ご挨拶が遅れて申し訳ございません。私は一学年Aクラス所属のヒズミと申します」

「ヒズミか……。変わった名前だな。私は一学年Sクラス所属、エストレリア・スヴァルトル。……同じ学年だろう？　私と二人きりの時は、堅苦しい敬語は不要だ」

冷たい印象から神経質そうに見えたが、実際は敬語などの些細なことを気にしない、寛容な人物なのかもしれない。ほんの少し、緊張によって強張《こわば》っていた肩から力が抜けた。

「そう言っていただけると、ありがたい」

俺が砕けた口調になると、エストレイアは音も立てずにカップを置いた。

「しかし、よく、この部屋が見抜けたな。ここは、隠蔽魔法を見破った後に古代語を解読し、なおかつ完璧な発音で言わなければ現れない。……この図書棟は、元々我がスヴァルトル家の書庫だったのだ。現在は国に貸し出している」

エストレイアは、この部屋を幼少期に見つけ出した。それ以降は、図書棟で静かに読書をしたい時や、息抜きにこの部屋を使用しているらしい。

「いや、本を探していたら偶然……。本棚の仕掛けにたまたま気が付いただけだ」

俺はチラリと部屋を見回した。

アーチ状の天井近くまで続く明かり取りの窓からは、訓練場がよく見える。五階という高さに、この間取り、そして部屋の位置からしても間違いないだろう。実践訓練で向けられた視線は、ここからのものだ。

「偶然、ねぇ……？」

動かした視線を、どうやらエストレイアはじっと見ていたらしい。

「それで、一体何を探しに図書棟に来たんだ？」

表情は微笑んだままだが、目は笑っていない。まっすぐとした銀色はどこまでも冷たい。

俺は、別にこの場所で行われた覗き見行為を咎めに来たわけではないし、本当に偶然部屋を見つけただけだ。変に警戒されたくない。

ただ、事実を言うには、いかんせん相手が悪い。

「……秘密だ」

というのも、この攻略対象者は『英傑』を心底嫌っている。

宰相家の長男でありながら、英傑の紋章が発現したエストレイア。本人は公爵家を継ぐ気がもちろんあったが、紋章の発現により弟が継ぐことに決まったのだ。エストレイア自身は優秀で、政治や領地運営に関してもなんら問題はない。むしろ、歴代のスヴァルトル家でも随一の頭脳とも言われていた。

しかし、魔王を倒す使命を担う『英傑』へ選別されたことにより、侯爵家の習わしで継承できなくなってしまったのだ。『命をいつ失うか分からない者に、家督を継がせるわけにはいかない』という理由だった。

『英傑』に選ばれることは、神からのギフトとされている。それ自体は大変栄誉なことだ。そして、周囲の人も世界滅亡の危機を恐れて英傑に縋る。

そこに、『英傑』に選ばれた本人たちの意志は、皆無である。

エストレイアは、表では、英傑という重要性を理解し、その責務を全うしようとする立派な青年だ。だが、その心の内では、『英傑』というこの世界のルールを恨んでいる。

そんな人に、『英傑の紋章について調べていた』と言えば、いい顔はされないし、下手したら不快な思いをさせてしまうだろう。

俺の答えに、エストレイアはほんの一瞬ピクリと片眉を上げたが、追及はしてこなかった。

「まあ、いい……。この部屋の本棚には、古文書がたくさん保管されている。好きに読むといい。探し物が見つかるといいな？」

エストレイアが優雅に、部屋の右隅にある本棚を指し示した。一言断ってその本棚に近づくと、古代文字で書かれた背表紙がずらりと並んでいる。

薬草採取方法やポーションの生成、そしてこの国の創設記に歴史書まで。古代語で書かれた本まであり、歴史的貴重な資料がこの本棚には集まっているようだった。

その中でも、俺の目をひと際引いたものがあった。

「……これは」

その本は、他の本となんら変わらないように見えた。ただ、背表紙の複雑な幾何学《きかがく》模様に見覚えがある。

「ソルの長剣と同じ模様だ」

いくつもの金色の細かな線で紡がれた、花のようにも見える美しい曲線。ソルの剣を一目見た時から、俺には花ではなく太陽にも見えて印象深く記憶されている。

焦げ茶色の背表紙に指を引っかけ、本棚からその美しい背表紙の本を取り出し、手に持った。手に馴染む装丁は、古くても大切にされたものだと一触りで分かる。

そして、表紙を見て俺はさらに驚いた。金色で箔押しされた絵は、ソルの長剣そのものが描かれていた。その上には、本のタイトルが筆記体で記されている。

――『光の英傑』――

内容がどうしても気になって、その場で本を開いてページをめくる。文字を追おうとしていたところで、紙面に後ろから影が落ちた。気配に気が付いて振り返った瞬間、本棚がガタッと背後で揺れた。

「っ⁉」

「『英傑』の何が知りたいんだ？」

あまりの顔の近さに、目を瞠《みは》る。銀色のサラリとした髪が、目の前で揺れた。

俺の顔の右側には、エストレイアの腕が置かれている。本棚に肘をついたエストレイアに、俺はどうやら壁ドンをされているらしい。

女性ならときめく状況かもしれないが、これはそんな甘い雰囲気とは違う。顔に微笑みを湛えた氷の貴公子に、これから尋問されるかのようだった。

逃げられないように腕で右側を囲われ、さらに、温度の低い冷たい右の指先で、顎先をついっと持ち上げられて目線を合わせられた。少し背の高いエストレイアの、細かな輝きを放つ目が俺を射貫く。

「ここに本人がいるだろう？　……さあ、何が知りたい？」

声音は優しいが、瞳には吹雪のような凍《い》てつく色が見て取れる。目の奥には温度がなく、まるでこちらを詰問する鋭さがあった。変に取り繕うのは、逆効果に思えた。

彼に問われた言葉が、頭の中に反響する。俺は、ここに何を探し求めにきた？

俺がほしいのは、歴史書から得られる知識じゃない。本当に俺が探し求めていたのは。

「……『英傑』を救う方法が知りたい」

「っ！」

俺の言葉に、エストレイアが息を呑んだ音が聞こえる。感情を読み取らせまいとする切れ長の銀の瞳を、おれはまっすぐ見据えた。

「いずれ、俺の大切な人が『英傑』になるかもしれない……。だから、その人を救う手立てがほしい」

俺は『英傑』の詳細を調べるためにここに来た。ただ、エストレイアに再度問われて、気が付いたのだ。紋章のことだけじゃない。

歴戦の英傑たちはどうやって魔王に立ち向かったのか？

戦術は？　武器は？　魔王を封印するための魔法はなんだ？

英傑の他にともに戦った仲間はいないのか？

歴戦の英傑たちの中には、魔王との闘いで命を落とした者たちがいることを、俺は乙女ゲームの攻略本で知っていた。英傑だからといって、必ず無事に魔王を倒せるとは限らない。命は落とさないまでも、身体の一部を失った者もいる。

俺は、ソルにそんな過酷な思いをさせたくない。

ソルには、勇者の物語のテンプレート通り、『愛する者と結婚して、末永く幸せに暮らしましたとさ』になってほしいんだ。

だから、『英傑』という重く辛い運命から、少しでも救う方法を俺は知りたい。

「……なっ」

見つめ返した銀色の瞳には、明らかな驚きの色が浮かんでいる。エストレイアがこんなにも感情を表したのは、この数刻の中でも初めての出来事ではないだろうか。

驚くと、その大人びた美貌も年相応に見える。銀色の瞳って初めて間近で見たが、落ち着いた輝きが美しい。

そんなことを考えながら、動かないエストレイアをじっと見つめる。というか、顎先を持つ右手がそのままなので、そろそろ首が痛いから離してほしい。

「……呆けるな。それほどまで君に想われている、その者に……」

「？」

誰に聞かせるわけでもなかったのだろう。その呟きは、静かな室内でも聞き取れないほどに小さかった。ただ、呟かれた声には、ほんの少しの寂しさが滲《にじ》んでいた気がする。

しばらく、お互いに見つめ合ったままの状況に、俺は訝《いぶか》しく思ってエストレイアに目で訴えた。

俺の混乱した様子を見抜いたのか、エストレイアは、銀色の瞳を細めて、実に優雅にゆったりと微笑んだ。

先ほどからの貴族然とした微笑とは違う、どこか蠱惑的《こわくてき》で挑発してくるような眼差しだ。

顎先を掬っていた右手が、そっと離れていく。ほっと息を吐いたのも束の間で、その手は本棚へと伸ばされた。エストレイアに両側を腕で囲われ、怜悧な顔貌が近づいてくる。

俺の左顔面を通り過ぎて、耳元に顔を寄せられた。

「私も『英傑』の一人だぞ……？　私のことも、ヒズミが救ってくれるのだろう？」

まるで、猫が主人におねだりをするような、低く甘さを含んだ声音が鼓膜を震わせる。

なんだ、この超絶イケメン、小悪魔ボイスは。

鼓膜から脳を震えさせる甘い声に、項《うなじ》から変に熱を帯びた震えが走った。思わずビクッと跳ねそうになった身体を、俺は男のプライドをかけてなんとか鎮める。

「……そうするつもりだが？」

艶《あで》やかな声に動揺していたのを隠すように、俺は精一杯冷静に言葉を発した。

英傑たちは、過酷な訓練と厳しい環境の中で生きてきた。魔王を倒した暁には、たくさんの幸せというご褒美があってもいいはずだ。俺は少なからず、ソル以外の攻略対象者たちにも情が湧いている。幸せになるなら、皆一緒がいいに決まっている。

俺の返答に満足したのか、耳元で小さな笑い声が聞こえた。覆い被さっていたエストレイアが、そっと離れる。

「この部屋は、ヒズミの好きに使うといい。今度はゆっくり話をしよう」

「ありがとう。エストレイア様」

寛大なエストレイアの言葉にお礼を言うと、エストレイアは俺の唇に、そっと人差し指を押し当てた。

「私と君は秘密の共有者だ。どうか、エストと呼んでくれないか？」

唇から指を離された俺は、言われるままに口を開いた。

「……エスト様？」

そう言うと、彼は首を横に振る。再度、俺の口元に指が伸びて、唇を音と同時に押される。

「様はいらない。エ、ス、トだ。……ほら」

高位貴族を愛称で、なおかつ呼び捨てにするなんて気が引ける。でも、子供に言葉を教えるように、ご本人から直々に指導されているせいで断るのもよくない気がしてきた。

「……エスト」

「よろしい」

満足げに笑ったその顔は、今までの鋭利な氷柱のような表情とは違う、穏やかな微笑みだった。

霜に覆われた氷の彫刻の表面がほんの少しだけ溶けて、氷の中に秘められていた一輪の美しい花を垣間見たような不思議な心地がした。


エストがいる隠れ部屋を後にして寮へと戻る道すがら、俺はつらつらとゲームの内容を思い出す。

乙女ゲームを攻略中だった妹に、いつだったか『この図形ってどうやって一筆書きで書くの？』と聞かれたことがある。確か、その図形こそ、六芒星だった気がするのだ。

妹に書き方を教えたあと、『やっと、氷の貴公子に出会える！』と狂喜乱舞していたのではなかっただろうか。

「……あれっ？」

俺、ヒロインが見つける前に図書棟の隠れ部屋、見つけちゃったっぽい？

◆◇◆

ドアがゆっくりと閉められていくのを、名残惜しく眺める。この扉が開かれた時の私の警戒心など、とうに溶かされていた。

それどころか、今では胸が温かい。

指に残る柔らかな感触に、酔いしれている自分がなんともおかしくて、内心で自嘲した。

「……『英傑』を救いたい……か」

我がスヴァルトル家だけでなく、王族と騎士団総括の家系は、代々英傑を輩出する家系だ。魔王復活の兆《きざ》しがある年の子供たちは、より厳しく育てられる。

英傑と聞けば、自分たちとは違う何か特別な生き物だと周囲の人間は思うらしい。魔王を倒せる特殊な力を持った、最強の者であるというように。

しかし、私たちだってただの人間なのだ。

人よりも少し魔力が多く、厳しい稽古の上で剣術や戦術を身に付けただけの、命に限りがある人間。無作為に、この世の神から選ばれた存在。

幼少期に王宮へ遊びに行った時に聞いた、私たちの紋章を見た一人の貴族の呟きが、頭の中にこびり付いて離れない。

『自分は、英傑を生み出す家系の生まれでなくてよかった』

それは、心からの本音であろう。私はその時に悟ったのだ。

英傑は名誉ある称号とされていたが、実質はこの国の生贄ではないかと。

皆が魔王討伐の責務を押し付けて、この世界の命運を人任せにして、危険な目に遭わずに平穏な生活を送れることに安堵している。厳しい訓練や、教育を施してくれた者たちも、家族でさえも戦いの場に一緒に行こうとは言ってくれなかった。皆、私たち任せだ。

唯一、この国の騎士団員たちはともに戦ってくれるが、それも騎士団の義務としてである。心からの忠義ではない。

『エストレイア様！　私は英傑である貴方様の支えになりたいのです』

『我が娘は、英傑の伴侶に相応しい美貌の持主です』

高位貴族、かつ英傑の伴侶の座は、周囲の貴族たちにとっては喉から手が出るほどにほしいものだった。英傑は命を落としても、魔王討伐の褒美として一生暮らせるほどの賞与が与えられる。生きていれば、英傑の伴侶として社交界でも一目置かれる存在になる。

一生遊べるほどの財産と、名誉を簡単に手に入れることができるのが、英傑の伴侶だ。

その淀んだ蜜に寄ってくる醜き者の、なんと多いことだろうか。そして、なまじ自分の容姿が整っていることもあってか、縁談の話は絶えることがなかった。

中には年端もいかない私と、無理矢理にでも身体を繋ごうとした者までいた。そんな状況は、同じく英傑の紋章が現れた、騎士団長総括の息子や第二王子も同様で、皆が辟易していた。

だから、私達は結託した。

もしも、強引に事を進めようとする輩がいれば、情報を共有して排除しようと。

この部屋に入ってきた彼も、きっとその一人だろうと思った。だから、自分の容姿で彼の本音を引き出そうとした。

もしも、危険だと判断すれば、平民の一人を学園から消すことなど造作もない。彼が、英傑の本を手に取った瞬間に、私の心は冷えきった。

やはり、お前もか……と。

私は凍《い》てつく心とは裏腹に、優雅に微笑み、彼と密着するほどに距離を詰めた。さも、『貴方が気になる。甘やかしたい』とでも言うように、わざと穏やかな声音に変えた。

その美貌の仮面に隠れた、醜い内面を晒すがいいと。

だけど、彼の口から紡がれた言葉は、私の期待をいい意味でことごとく裏切った。

『……『英傑』を救う方法が知りたい』

その言葉は、どこまでもまっすぐで、強かった。偽りなど入り込む隙が、微塵もないほどに。

凛とした深い紫色の瞳の前では、私の誘惑も霧散する。

何よりも、こちらが恐れを成しそうになるほど、意志の強い、清廉潔白《せいれんけっぱく》な眼差しだった。

『いずれ、俺の大切な人が『英傑』になるかもしれない。だから、その人を救う手立てがほしい』

この戦いに、ともに立ち向かうという確固たる意志が、ありありと瞳に映っていた。

その言葉は、あまりにも衝撃的で……思わず固まってしまった。表情を読み取らせない、貴族の微笑みの仮面さえも取り繕えないほどに。

私たちのことを心から想ってくれる人間など、今まで誰一人としていなかった。

どこかの可憐な令嬢に『救いたい』と言われたことなど、いくらでもある。その陳腐《ちんぷ》な偽善を聞いただけでも、怒りが湧き起こり、嫌悪したというのに。

彼の想いの籠った言葉は、その陳腐《ちんぷ》な響きとは遥かに違った。

『救いたい』と真に願ってくれる美しき心が、私の胸を貫いた。

心の奥底にあった淀みが、一滴の清らかな水によって澄みわたっていく。黒かった水面に波紋が広がって、底が見えるくらい透明になる。

清らかな水滴は、とても心地よかった。澄み切っているのに冷たくない。木漏れ日に包まれたような、じんわりとした温かさに泣きそうになった。

その瞬間が、今でも胸に残って離れない。

温かさを思い出した私は、自分の左胸に手を当てて、それからぽつりと呟いた。

「……あいつ、だろうな」

彼の傍には、いつも金髪の青年がいる。

同じ町出身の幼馴染だというが、それだけの関係だと思っているのはヒズミだけだろう。

ヒズミに見惚れたり、声をかけようとする生徒をことごとく睨んで牽制している姿は、まるで忠実な番犬だ。あんなにも分かりやすく、ヒズミに対して好意を示しているのに、当の本人が全く気が付いていないのは、傍から見ていてとても面白い。

それでも、ヒズミに『大切な人』と言わしめていることが、なんとも歯痒い。羨ましい。

思わず、その気持ちの一欠片だけでも私にくれないだろうかと、自分でも驚くほど甘ったるい声で乞うていた。

救いたいと、清廉潔白な彼に純粋に願われる、その心の立ち位置にいる者に嫉妬する。

「……ヒズミ、か……」

この学園に入学する前に、入学者全員の情報は集めていた。

ともに入学する友人が第二王子ということもあって、私はその周辺をしっかりと警戒するように王宮から仰せつかっていた。しっかり目を通したのは同じクラスになる者たちと貴族だけだったが。

自分の胸ポケットに収納している、小さな皮製の袋を取り出す。亜空間と繋がっている小型のマジックバッグに入れていた、生徒たちのリストを取り出した。

生徒氏名：ヒズミ
実技試験：S（剣術：S、魔法：S（闇属性のみ））
筆記試験：S
●異国の出身者。平民。家族は本人のみ。カンパーニュ滞在中の冒険者。
推薦者は国立緑風騎士団団長ヴィンセント・ゼフィロス及び、同副団長ジェイド・ドゥンケルハイト。魔物討伐任務の際に、腕を見込んでとのこと。

●一属性（闇属性）以外は使用不可。呪い持ち（『絶望の倒錯』の痕跡を指に確認）。

試験結果：使用可能な魔法属性が一属性のみだが、戦術、魔法、知識面において入学条件を大幅に満たしている。成績からSクラスが妥当ではあるが、特異性を鑑みてAクラスとする。

やはり。あの訓練用魔道具がキメイラを出した辺りから、想像はついていた。

キメイラのレベルは高い。Bレベル以上の冒険者が単独討伐をする相手であり、本来であれば学生が相手できる魔物ではないのだ。

彼があの戦闘で見せた魔法は美しくも迷いなく振るわれ、いっそ清々しいとも思った。さらには、この部屋を見つける頭脳と、古代語を完璧に発音し会話さえもやってのける知識を鑑みると、彼がAクラスにとどまる人間であるはずがない。

本来であれば、同じSクラスで授業を受けていたであろうに。一緒に過ごせる時間が少ないのは、悔しい。

優秀さをひけらかすことのない、凛とした美貌。夜を思わせる黒髪。宵闇で見せる深い紫色は、私の心を捉えて離してくれない。

英傑の覚醒を、どうやって勘付いたのだろう。古代語があんなにも堪能なのはなぜ。その膨大な魔力と巧みな魔法、あの暗部のような戦闘はどこで覚えたのか。

そのミステリアスな部分さえも魅力的に想えてしまうくらい、私は熱に浮かされているのだろう。

彼があの金髪の青年の好意に気が付いていないのは、私にとっては、またとない好機とも言える。

それに、推薦者は私の顔見知りでもある緑風騎士団団長と、その部下の副騎士団長。ヒズミのことを気に入っているに違いない。卒業後は緑風騎士団に入団させて囲おうという魂胆が見える。あの二人の好意さえも、きっとヒズミは知らないのだろう。

口元に悪い笑みが浮かんでいるのを自覚するが、それを抑えられないほどに、私は策略を練るのを心から楽しんでいた。まさか、自分が私情でこんなにも頭脳を使うとは。

彼らにはすまないが、私も本気だ。どうやって囲い込み、掻っ攫《さら》ってしまおうか。自分だけを見つめるように視線を誘導して、バレないように外堀を埋めて。少しずつ砂糖菓子のような睦言を与えて、気が付いたときには甘く優しい鳥籠の中。

でも、そんな策略よりも。ただ今は。

「会いたい。……また、この部屋で……」

凛とした中にも、優しさがある神秘の美青年。

今度は、この穏やかな場所で二人っきり。ゆっくりと紅茶を嗜みながら、たわいもない会話をして、彼とともに過ごしたい。

◇◆◇

寮室に戻った俺に、ソルは不思議そうな顔を向けた。その視線はなぜか俺の右肩に釘付けだ。

「ヒズミ、そのお手伝いモモンガ、どうしたの？」

「……えっ？　……っ⁉」

ソルに言われて、右肩を見遣る。そこには、図書棟で肩に乗ってしまったモモンガが何食わぬ顔で座っていた。

小さな指がちょこんと肩を掴んでいるのが、なんとも可愛い。じゃないな。

どうりで、道行く人に見られているなぁと思った。

俺が右手を差し出すと、淡い白色のモモンガが手にゆるゆると移動した。大きなまん丸の目をゆっくりと瞬く。図書棟で見た素早い動きとは違って、動きがゆっくりというか、もたついている。心なしか、なんだか眠そうだ。モモンガは夜行性だったと思うんだけど。

「眠くなってついてきちゃったのか？　今日は夜遅いし、モモンガの足では図書棟は遠いよな……」

「キュッ……。プゥ……プゥ……」

もう限界だというように、モモンガは俺の手に頬ずりをして寝息を立て始めた。小さな背中が、膨らんだり縮まったりするたびに、手の平がくすぐったい。気持ちよさそうに眠っているモモンガを、二人でしばらく眺める。

「寝ちゃったね……」

「起こすのもかわいそうだ……。明日、朝一で図書棟に行こう」

図書棟は勤勉な学生のために、朝早くから開かれているのだ。その時に、このモモンガも一緒に連れていこう。

自室の扉を開けて、机の上にモモンガを寝かせるのにちょうどよさそうな籠を置く。その中に柔らかいタオルを敷いてモモンガをそっと寝かせた。タオルの肌触りがよかったのか、もぞもぞ動くと、大きな尻尾に顔を埋めるようにして眠った。

言葉がいらないほどに可愛い。

小さなふわふわの頭を、そっと一撫でする。隣で一緒にモモンガを覗き込んでいたソルが、ぽんっと俺の左肩に手を置いた。

「……ところで、ヒズミ。これ、図書棟のお手伝いモモンガだよね？　先生の呼び出しはどうしたの？」

ギクッ！　と思いのほか自分の身体が跳ねた。いや、別にやましいことはしていない。でも、なぜか左肩に乗ったソルの手から圧を感じる。ソルは、図書棟のお手伝いモモンガを知っていたのか。

「先生の呼び出しはすぐに終わってな……。ちょっと調べものをしていたんだ」

俺はモモンガに毛布替わりのハンカチを被せながら、歯切れ悪く答えた。

調べものをしていたのは、嘘ではない。その内容はソルには言えないけれど。ソル自身が英傑であると自覚した時、どんな影響が出るか怖いからな。

「ふーん」

納得していないような声音で、ソルがじりじりと近づいてくる。俺はたじろいで後ろに下がったが、机に退路を阻まれて動けない。ソルが机に両手をついて、俺の身体を囲った。

「ソ、ル？　どうした……？」

無言のまま、かなりの近距離まで近づかれ、机にほんの少しだけ身体が乗り上げる。鼻先が触れるか触れないかの距離までソルの美形の顔が近づいてきて、その顔がふいに傾いた。頬に柔らかな金の髪が触れて、肩口に重みを感じる。

「ンっ……！」

ソルの鼻先が首元に僅かに触れ、くすぐったさで身じろいだ。俺の首元に顔を埋めたソルは、スンッと鼻を鳴らすと、おもむろに口を開いた。

「……『洗浄』」

俺の身体が、温かな光に包まれる。この陽だまりのような魔力は、ソルのものだ。ソルが俺に洗浄魔法をしてくれたらしい。でも、なんで。

「ソル？　俺、汚れてた？」

「嗅ぎ慣れない香りがしたから、なんとなく」

ソルは少しだけ顔を上げて、ぼそりと答えた。金髪の髪をふよっと揺らし、またぽふっと俺の左肩に頭を預けた。ほんの少しだけ癖のある金髪が、視界の端にちらつく。

そのまま、背中に手を回されてそっと抱きしめられる。肩口にグリグリと頭を擦《こす》りつけられた。まるで猫が甘えるような仕草だ。

なんだ？　今日のソルは、甘えたなのか？

しばらくグリグリしていたソルは、やがてそっと俺から身体を離した。

「遅くまでお疲れ様。疲れてるでしょ？　お風呂に入ってきなよ。湯船にお湯、張っておいたよ」

「……？　ああ、ありがとう……」

俺はソルに促されるまま、風呂に直行した。もしかしたら、遠まわしに汗臭いと言われたのだろうか。

「あれ、貴族がつけてる流行りの香水だ。なんか、小さいのにも気に入られてるみたいだし……。図書棟で何があったのか知らないけど……。もう、ヒズミの無防備」

ふうっと、部屋の中でソルがため息をついていたなんて、俺は知らない。

その日は、ソルに乞われて同じベッドで眠りについた。ソルは寝ぼけていたのか、俺をぎゅっと抱きしめて眠ってしまった。俺はソルの胸にすっぽりと収まって、ソルの爽やかな香りに包まれて安心しながら眠りについた。

◇◆◇

今俺たちが立っているのは、ゴツゴツと険しい岩肌の洞窟だ。

生命を受け付けない硬い地面には、草木が一本も生えていない。ゴロゴロとした巨石が無造作に転がっている。そして、天井には鈍色の鎖が所々交差して張りつめていた。

その鎖の上に黒色の巨大な影が見える。鉤爪を鎖の輪にひっかけ、逆さ吊りになって顔を悪魔のような羽で隠していた。

キィエエーッ！

「十一時からトカゲの子分が五匹来る！」

俺の声で、それぞれが動き出す。

「援護頼んだ！」

長剣を手にしたガゼットが、魔力を剣に纏《まと》わせながら地面を蹴る。

ガゼットが長剣で、成人男性ほどの大きさがある、岩肌を鱗としたトカゲに立ち向かう。五匹のうちの二匹を相手取り、一匹を長剣で袈裟《けさ》斬りにすると、威嚇《いかく》するもう一匹と向き合った。

ガゼットの後ろから、三匹のトカゲが襲おうと迫りくる。

ヒュンッ！　という風切り音がした直後、三匹のトカゲの脳天をリュイが放った赤色の鋭利な矢が貫いた。貫通したと同時に炎を上げ、トカゲたちの全身を包み込んでいく。黒焦げのトカゲが地面に横たわった。ガゼットも難なく、もう一匹を長剣で切りつけ絶命させる。

「ソル、左からコウモリ型の魔物三体」

「了解」

俺の報告に返事をするや否や、ソルはこちらに向かって宙を飛んでいたコウモリへ風の斬撃を飛ばす。

コウモリが黒光りする羽をはためかせて、斬撃を跳ね返そうとするが無駄だ。周囲の風を巻き込んで、風の斬撃の威力が上がっていく。コウモリは跳ね返すことができず、二匹が斬撃の餌食となる。ソルの攻撃を躱《かわ》した一匹は耳障りな咆哮《ほうこう》を発する。目には見えない音で、大気が振動するのを感じ取った。

超音波による、混乱の状態異常を招く攻撃だ。

「……『静寂』」

うっすらとしたドーム型の膜が、俺たち四人を覆った。俺が闇魔法で生み出した薄紫色の結界だ。外の音や人間には聞こえない小さな音も、この結界は一切通さない。

咆哮《ほうこう》が収まった直後、俺は結界を解いて瞬時に剣先をコウモリに向けた。切っ先から、黒色の雷弾を瞬時に放つ。コウモリの心臓部分を打ち抜くと、空中からコウモリが岩肌へとバサッと落ちていった。緑色の血だまりが辺りにいくつもできている。

「中々、お目当ての魔物に会えないもんなんだな……」

魔物の攻撃が落ち着いたところで、ガゼットがふうっと息を吐きながら独り言つ。

今日は、ガゼットの武器を作るのに必要な素材を採取しに、王都近くにあるダンジョン『鉄《てつ》の山《やま》』に潜《もぐ》っていた。メンバーは、俺とソル、そして数か月前にパーティーメンバーになったガゼットと、リュイの四名だ。

ガゼットとリュイに『戦い方を教えてほしい』とお願いされた後、俺たちはパーティーを組むことになった。魔物との戦闘は、実践で覚えるほかない。それならば冒険者活動が一番手っ取り早いのだ。ガゼットとリュイは冒険者登録を行い、学業の合間を縫って冒険者活動もしていた。

「オリハルコンリザードは、臆病だからな……。でも、子分の岩トカゲが出てきているから、何体か洞窟に隠れているはずだ。こればっかりは、運次第だな」

俺たちが求めているオリハルコンリザードは、冒険者レベルD～Cのパーティーが討伐するのに適した魔物だ。『オリハルコン』という特殊な金属を鱗にもった中型のトカゲである。俺たちの目的はその鱗だ。

「攻撃された時の鱗じゃないと、強度が落ちるなんて初めて知ったよ。ただ、魔物を倒して素材を剥ぎ取ればいいってわけじゃないんだね」

弓矢を右手に持ったまま、リュイが感心したように頷いている。

そう、俺たちが採取したいのは、オリハルコンリザードが攻撃時に放った鱗なのだ。この魔物は敵に攻撃を仕掛ける際、鱗をさらに魔力で強化する特性がある。放たれた鋭利な鱗は、身体に纏《まと》っているものより一層硬く、それでいて伸縮性にも優れているのだ。絶命した後の、身体に残った鱗は柔らかくなってしまう。

だから、鱗を集める時は、わざとオリハルコンリザードに鱗を使って攻撃するように誘導する。仲間で鱗を採取し、鱗攻撃をしてこなくなったら、また別の個体へ向かう、を繰り返す。

一匹のオリハルコンリザードから素材として完璧な状態で回収できる鱗は五枚前後と、少ない。さらに、臆病な性格のため警戒心が強く、すぐに穴を掘って地中に逃げてしまうのだ。

そして、武器に加工する際は予備も含めて鍛冶屋に渡さなければいけないため、余分に数が必要になる。ガゼットの武器を作るのに必要な枚数は二十枚。今日一匹に遭遇して五枚回収したので、あと三回は戦わないと手に入らない。

「索敵に反応はあるから、あと二匹は確実にイケると思う」

ソルは周囲を警戒しつつ、索敵の魔法も発動していた。もう、一人前の冒険者と言っていいと思う。

「皆ほんとに、ありがとな……」

ガゼットがしんみりとお礼を言うので、気にするなと明るく返事をする。

「いいって。その代わり、今度ガゼットの領地の温泉街を案内してくれよな？」

「……僕は、食堂のプリンアラモード奢りで」

「オレは、串焼き定食大盛を奢りで」

「おいっ」

冗談を交えつつも、全員で周囲の警戒を怠《おこた》らない。ほんの数か月前まで、ダンジョンに入ったことがないとは思えないほどの成長ぶりだ。

リュイとガゼットの二人は当初、『俺たちは落ちこぼれって言われてんだ』と、俺たちに悲しげに話すくらい、戦闘に自信がなかった。だが、実践訓練の授業で二人の戦闘を見た俺から言わせれば、二人は才能の原石だった。

リュイは長剣よりも弓矢の方が得意だ。授業では騎士に斬られていたが、魔物は弓一つで倒していた。命中率も高く、的確に相手の弱点を射貫く。弓の名手と言ってもいいくらいだ。

魔法操作にも長けていたため、俺は矢に魔力を纏《まと》わせることをリュイに勧めた。

試行錯誤を繰り返した結果、追尾の魔法を備えつつ、味方には決して当たらないリュイ独自の魔力の矢ができた。射程可能な距離もかなり長くなったし、最強の狙撃手になる日も近いだろう。

唯一のデメリットである近距離での戦闘では、武器の機能面でカバーした。

リュイの弓矢は携帯型で、魔力を流して剣に変形できる。これは、以前にソルと俺がダンジョンで見つけてリュイに譲ったものだ。今は使い慣れるために訓練中。

ガゼットは、元々の身体能力が高い。戦闘においても体の動きはしなやかで、まだ成長途中ではあるが骨格もしっかりとしている。鍛え上げれば、屈強な男になるだろう。

ガゼットの戦闘で問題だったのは、武器だった。武器がしっくりこないことを、本人も自覚している。その優秀な身体能力に見合う武器が見つからなかったのだ。

今回作ってもらう特殊な武器が、ガゼットに合えばいいなと願っている。

「ここから、オリハルコンリザードの反応を感じ取った。……行こう」

俺たちは、山肌にぽっかりと穴を開ける洞窟へと入っていった。

「冷たっ！」

ビクッと身体を窄めたガゼットの、驚いた声が洞窟内に響きわたる。天井から伸びる鍾乳石から水滴が落ちたようだ。湿りを帯びて、籠った空気の独特なカビ臭さが洞窟内を満たしていた。

「光るキノコは食べるとお腹壊すって、よく母様が言ってたなー」

洞窟を進む中、リュイはのんびりとそんなことを言う。

ポコポコと光るシメジのようなキノコが壁や床に繁殖し、青白く光っている。まん丸で触ると光る胞子を出して、ぽよよんっと跳ねるのが見ていて楽しい。

「リュイ、子供の時に食べようとしたもんな」

ガゼットがリュイに懐かしげに笑っている。幼馴染特有のやり取りを微笑ましく思っていると、ソルが短剣を片手に俺を振り返った。

「ヒズミ、ルクスキノコ気に入ったの？　何個か持ち帰ろうか？」

ソルが岩肌に生えている光るキノコを指差して、採取しようかと問いかける。植物に詳しいリュイに聞けば、特に毒性もないらしい。寮の自室で、モモンガと隣り合う光るキノコという、ファンタジー感が満載の光景を想像して、俺は素直に頷いていた。

「そうしようかな……」

こんなに綺麗に光るキノコなんて初めて見た。触れるとバネ張りに勢いよくと動くのが楽しくて、ついつい指で突っついて進んでいた。光るぽよよんキノコを触る俺を、皆が生暖かい視線で見ていたらしい。

ソルが採取したキノコをガラス瓶に入れて渡してくれた。それをしばらく眺めていると、なぜか頭をなでなでされた。完全に子ども扱いされている。

洞窟の中は、天井や壁、さらには床にも光を反射して銀色に輝く砂が混ざっていた。暗い闇の洞窟に星が散っているようで、まるで宇宙の中を散歩している気分だった。

「意外にヒズミって、可愛いモノが好きだよな。部屋にいるモモンガも、随分と可愛がってるみたいだし」

「言われてみれば、そうかもな。小さいものとか、モフモフしたものが好きだ」

ふと、ガゼットの話題に出ている、今ではすっかり自分の部屋に居着いたモモンガの姿を思い出す。

あの日を境に、モモンガは俺の部屋にたびたび遊びに来るようになった。

モモンガが来た翌日、俺たちは図書棟の司書さんに謝りに行った。モモンガ自身がついてきたとはいえ、結果的に許可なく図書棟から連れ出してしまったからだ。

司書さんもモモンガがいなくなって心配しているだろうと思っていたのだけれども、司書さんは『おや、別荘を見つけたみたいですね？』とのんびり笑い、お手伝いモモンガの生活スタイルを教えてくれた。

『モモンガたちは、基本的に自由行動です。お手伝いも木の実がほしい時に、気まぐれにします。基本的な巣穴はここですが、学園内であれば好きに行動していいことになっているんですよ』

過去に一度だけ、モモンガが全員働かなかった日があるらしい。その日は図書棟を休館して職員も休みになったのだとか。なんて緩いお手伝いだ、とほっこりしたのは記憶に新しい。

ちなみに、モモンガの居場所は腕輪で分かるようで、お手伝いをしたかどうかも腕輪に記録されるのだそうだ。

ほぼ毎日俺の部屋を訪れるようになったため、司書さんからリンゴの形をした巣箱をもらった。赤いリンゴに丸い穴が開いていて、そこに入ってモモンガは眠る。リンゴの中に入って寝る姿は、悶絶するほどに可愛い。

そんなたわいもない話をしていると、感知のセンサーに反応があった。まだ距離はあるが、構えておいたほうがいい。

「……もうすぐ、オリハルコンリザードに辿り着く」

ここからは声を抑え、気配をなるべく消そう。

俺の忠告に、ガゼットとリュイが喉を鳴らした。魔物と対峙する時は、いつだって油断してはいけない。下ろしていた武器を全員が構える。

足音を立てないようにゆっくりと洞窟内を進んでいくと、やや明るい光が洞窟内を照らし始める。どうやら、開けた場所が近づいているようだ。

「まずは、逃げられないように囲い込む。……そこからは、焦らずに攻撃しよう」

俺が配った音声伝達の魔法を付与した紙で、皆に言葉を伝える。ただの紙に、魔力を込めたインクで魔法陣を描いた。言葉を伝達するための魔道具はあるが、中々に高価で手は出せない。これはその代わりである。

日本の護符にヒントを得て作ってみた。中二病だな、とかは傷つくので言わないでほしい。

皆が音を出さず、無言で俺の指示に頷く。光が差す方向へ足を進めれば、視界が開けて眩しさに目を細めた。

はるか上空に、歪《いびつ》な小さい穴が開いている。そこから降り注ぐ仄暗い光を一身に浴びて、魔物は身体を丸めて目を閉じていた。

「さっきのやつよりも、かなりデカいね。二、三倍はありそうだ」

ソルの言う通り、目にしているオリハルコンリザードは今までの個体で一番大きい。

銀とも、玉虫色とも形容しがたい大きな身体は、鉤爪のような鋭く尖った鱗が幾重にも隙間なく重なり、強固な自然の鎧と化している。

尻尾までも鎧に覆われているが、硬い見た目と違ってよくしなっている。身体に長い尻尾を巻き付け、オリハルコンリザードは洞窟の中でスースーと寝息を立てて眠っていた。

「今のうちに、退路を塞ぐ」

俺は全身に練り上げていた魔力を洞窟内に放った。薄紫色の小さな六角形が床や壁、地面を覆いつくす。半透明な闇魔法のタイルで、天井に至るまでこの空間全てを覆ったのだ。

オリハルコンリザードは眠ったままで、未だこちらに気が付いていないようだ。

先手必勝といこう。

「行くよ」

攻撃を仕掛けるというリュイに、俺たち全員が頷いた。

片膝を地面に着いて弓を構えていたリュイが、一瞬にして魔法で赤色の弓矢を作り出す。弦に弓をかけて、灼熱の矢を引き絞り狙いを定めていた時、オリハルコンリザードの巨体がピクッと動いた。

「気付いたぞ！」

緊迫したガゼットの声が発せられたと同時に、大きなトカゲの重たい瞼が勢いよく開き、黄色の目に縦長の黒色の瞳孔が光る。眠りを妨げた侵入者を補足しようと、ギョロリと視線を動かしたが、その目が俺たちを捉えることはなかった。

疾風《しっぷう》の速さで、リュイの放った矢がオリハルコンリザードの左目に突き刺さった。

「ギィギャヤアァァァー！」

地面を揺るがす悲鳴を上げて、オリハルコンリザードがのたうち回る。太い尻尾を地面に打ち付けると、地面が跳ね、岩がぐらぐらと崩れた。巨体が動くたびに、ギシギシと金属が軋む音が洞窟内に木霊する。

前足を踏ん張り、ワニのように上に大きく口を開け、身体に響く怒りの咆哮《ほうこう》を俺たちに放つ。岩をも噛み砕かんとする硬い顎が地面を擦《こす》った。

「うるせぇっ！『花々《はなばな》の怒《いか》り』」

悪態をつきながら、ガゼットが長剣の切っ先を地面へと突き立てる。

巨体の足元から、スルスルと太い植物のツタが生え、咆哮《ほうこう》を上げていた大きな口を閉じさせようと絡みつく。オリハルコンハザードはツタを振り払おうと首を大きく左右に振り回すが、藻掻くほどツタは血肉に食い込み、拘束が強まっていく。

口の拘束が解けないと分かると、オリハルコンリザードは鼻息を荒くして大きく息を吸いこんだ。鱗の鎧が空気を含んだように逆立ち、身体が膨らむ。

「来るぞっ！」

俺の合図で全員が防御態勢に入る。直後に巨大な金属のトカゲが、太い前足を持ち上げ、閉じていた顔周りの襟巻状のヒダが一斉にバッと開く。

地面に重い前足を振り下ろした瞬間、金属の巨大な鱗が俺たちに一斉に放たれた。先のとがった矢尻のような金属の鱗が、俺たちを貫こうと向かってくる。

この時を待っていた。

俺は手の平に集中させていた魔力を、空間全体に放った。

頭で考えたイメージは、ゆっくりとした流れの渦《うず》。全てを余すことなく集め、閉じ込める闇。

「『螺旋《らせん》』」

言葉を放ったと同時に、俺の手の平から漆黒の風が立ち昇る。細かな紫色の粒子が渦《うず》となり、俺たち四人の周りを大きく囲った。

「……何度見ても、すごいね」

上のほうを見上げたリュイが、感嘆の声を上げているのが聞こえた。

先ほどまで俺たちに向かっていた金属の鱗が、黒色の粒子の波の中で滞留し、そこだけ時間の流れが違うかのように彷徨っている。紫の螺旋《らせん》の中に、いくつものオリハルコンリザードの鱗が光を反射しゆっくりと煌めいていた。

「……『集約』」

蠢《うごめ》いていた螺旋《らせん》が、今度は俺の手の中に巻き戻るように素早く動く。そのまま俺が腰に付けている、蓋を開けた状態のマジックバッグに納まっていった。今戦闘しているオリハルコンリザードの体長が、かなり大きいためだろう。一度に鱗を十枚は回収できた。

鱗攻撃をした直後は、オリハルコンリザードの動きがほんの少し鈍くなる。その隙を見逃さない。

「はっ！」

ソルは気合の声とともに、長剣を構えて地面を蹴っていた。

リュイに射貫かれた左目の死角を利用して、ソルは素早く左側へと移動する。踏ん張っている前足の後方へ回ると、長剣で前足の後ろ部分を斬りつける。

そこはちょうど、関節の後ろだ。鎧と鎧の隙間の柔らかい部分を、ソルは正確に見極めて魔物の肉を切り裂いた。強固な鎧の隙間から緑色の鮮血が飛ぶ。

「グギィッヤャヤーッ！」

再び、オリハルコンリザードの悲鳴が上がる。左前方に傾いた巨体の右足近くを、俺は素早く駆け抜けた。身体強化した両腕を振るい、後ろ足を双剣で素早く斬りつける。前足と後足を一本ずつ攻撃され、オリハルコンリザードは動けなくなる。

「あと少し……」

勝利が近いと確信したリュイの呟きに、黄色の獰猛《どうもう》な瞳がギラッと怪しく光った。

オリハルコンリザードが、ぶるっと大きく身体を震えさせる。巨体の魔力が肥大していくのが分かった。全身に生えている金属の鱗が、ギシッと不穏な音を立てて直角に逆立っていく。先ほどの攻撃後に閉じた頭部のヒダが、ヒクリ、ヒクリと動いていた。

……最後に、何か仕掛ける気か。

右目だけとなった目が、カッと見開かれた。

「キギャァアァ！」

「『光の障壁』！」

頭部のヒダがバッ！　と開かれたと同時に、逆立っていた全身の鱗が四方八方へと弾丸のごとく発射される。

ソルが四人全員の前に立ち、光魔法で編み出した繊細な防御結界を作って、金属片の降り注ぐ雨を耐え忍ぶ。その鱗の数はかなり多く、攻撃を放ったオリハルコンリザード自体の隠された肌が露出するほどだ。

俺は先ほどと同じく、闇魔法で黒色の螺旋《らせん》を空間に放った。金属の鱗を黒色の粒子が飲み込んでいく。鋭利な鱗の雨がやんだ瞬間を見計らって、結界を解く。

「僕に任せて！」

上に向かって弓を構えたリュイが、力強く皆に伝える。

弓に番えた矢は氷でできていた。水魔法の濃い青色の魔力を、ゆらゆらと纏《まと》っている。

同時に番えた十本の矢を、リュイは一度に上空へと放った。

ヒュンッ！　と風切り音が鳴る。

「『氷流星《ひょうりゅうせい》』!!」

上に向かって放たれた氷の弓矢は、オリハルコンリザードの巨体の真上で甲高い音を立てると、空中に霜柱に似た鋭利な氷の花を咲かせる。氷の花は鋭い花びらを散らして、巨体へ降り注いだ。

鱗を失ったオリハルコンリザードの柔らかな皮膚を、氷の矢が次々と襲う。巨体にいくつもの氷が突き刺さると、とうとうその身体が前に傾いた。大きな音とともに、地面が揺れて土埃が舞う。

見開かれた黄色の目の光が失われ、オリハルコンリザードが絶命した。

「すごいな、リュイ。一度に何本も矢を放てるのか」

武装を解きながら、俺はリュイの肩を叩いて労《ねぎら》った。

「練習したらできるようになったんだ。本数はもっと多くもできるよ？」

そう言ったリュイは、なんとも頼もしい。弓術に関しては、本人もかなり自信がついたようだ。

普段の温厚で気弱そうな少年の面影はなく、冷静に標的を狙う狙撃手の顔をしている。

全員で手分けして、倒したオリハルコンリザードから素材を入手する。鱗だけでなく、牙や爪も、素材として売れるのだ。肉は煮て食べると美味しいらしい。

「この肉で、なんか料理を作ろうかな」

牛に近い味らしいから、ローストビーフならぬ、ローストトカゲはどうかという呟きを、ソルは聞いていたようだ。おもむろに、ソルが耳元まで顔を寄せて囁《ささや》いた。

「ヒズミ、オレにも作ってほしいな。また、ヒズミの手料理食べたい。お願い……」

ほんのり頬を赤らめて、ソルが期待の目を俺に向ける。琥珀色の瞳をうるりと潤ませての上目遣い。金髪の癖っ毛をふるりと揺らし、首を傾ける。

美形の全力おねだりに、俺はバキューンッ！　と胸を撃たれた。カッコいいのに、可愛いさをチラッと見せるとか、ずる過ぎる。イケメンが、そんな可愛くおねだりするんじゃありません。

俺だけじゃなくて、女の子とか、下手したら男の子もギャップに胸を貫かれるだろう。本当に心臓に悪い。

「っ！　……うん、もちろん。今度な？」

俺の返事に、ソルは目に喜びの色を素直に浮かべて、嬉しそうに微笑んだ。

今の戦闘で、鱗が二十枚以上取れた。目標を達成したため、早々に俺たちはダンジョンを出て鍛冶屋へ足を進めた。

王都の冒険者ギルドの裏手の路地は、武器を象った看板がぶら下がった建物が並んでいる。それ以外にもポーションを売る薬屋、ダンジョンからの発掘物を買い取るなんでも屋など、冒険者相手のお店が多い。

表通りの洗練された街並みと違い、ここは武骨な雰囲気が漂う。道行く屈強な冒険者たちに交ざって、俺たちもその裏路地を歩く。確か、この辺りにあったはずだ。

「ここの武器屋にしよう」

そう言って俺は、三角屋根のこぢんまりとした建物の前で足を止める。屋根から伸びる煙突から、もくもくと白色の煙が上がっていた。

一見すると、普通の家のようだが、外壁に素っ気なくぶら下がっている銀色の看板には鍛冶屋の名前が刻まれていた。

乙女ゲームでお馴染みだったお抱え職人のいる武器屋だ。規模が小さいと思うかもしれないが、売り場以上に大きな倉庫がこの店の裏にはあるのだ。

そこには、名工が作り出した一品から、ダンジョンで見つけられたレアアイテムまで、なんでも揃っている。自分たちの納得する物しか売らないし、作らないという徹底ぶりだ。

ゲームで見たまんまの外観に感動しつつ、俺は飾り気のない四角いドアを開けた。

「……いらっしゃい」

筋骨隆々の男が、厳《いか》つい顔で素っ気なく出迎えてくれた。カウンターの向こうで椅子に座り、スキンヘッドがきらりと光る。愛想がないのは、一癖も二癖もある冒険者たちに合わせてのことだろう。

「すごい。弓もたくさんある」

リュイが店の中を物珍しそうに見渡し、ところ狭しと並べられた武器に、驚きの声を上げていた。

店の壁には剣だけではなく、弓、槍、さらには大型の斧も陳列されている。樽の中に乱雑に入れられた剣から、ガラスケースに入って棚に飾られた妖刀、鎧等の装備まで。

三人は初めて入るが、俺はゲームで何度も訪れているから、迷うことなく奥のカウンターへと向かう。

「こんにちは。すみません、この素材でオーダーメイドの武器を作ってほしいのですが……」

新聞に向いていた視線が、チラリと俺に移動する。

俺はマジックバッグから、先ほど入手した巨大な『オリハルコンの鱗』を取り出した。玉虫色の鱗をじっと検分するように、店主は鋭い目付きで見遣る。

「……全部で何枚ある？」

「二十五枚以上は」

枚数を述べたところで、ピクッと男性が片眉を上げた。新聞を折り畳みカウンターに置くと、椅子の上で崩していた体勢を正す。カウンター上にある『オリハルコンの鱗』を興味深げに見た後、俺をひたと見据えた。

「ほう……。一体、何を作ってほしいんだ？」

「蛇腹剣《じゃばらけん》を、彼に」

そう言って、俺は傍らにいたガゼットを手で示した。『蛇腹剣《じゃばらけん》』というワードに、一瞬店主は目を瞠《みは》る。そして、厳《いか》つい顔を一層顰《しか》めた。

「あれは癖のある剣だぞ？　扱いが難しい」

店主は顎髭を撫で、俺に向けて警告する。

蛇腹剣《じゃばらけん》は、沢山の刃が一本の軸で繋がっている、蛇のようにしなやかに曲がる剣だ。独特のしなる動きで、下手をすれば対象以外も傷つけてしまう難しさがある。

「彼は、普通の剣のほうが戦いづらいみたいなんです」

店主は顎髭を撫でていた手をそっと下ろし、今度はガゼットに視線を移した。上から下までゆっくりと遠慮なく観察している。

「……お前さん、ちょっと中庭に来な」

「え？」

店主はついてくるよう目線でガゼットに促すと、店の奥へ消えていく。その後ろをついて裏口を通り、外に出た。中央に太い丸太が何本か立っている草原が広がっていて、外壁の近くには標的に見立てた丸い板が設置されている。

「……ここって、訓練場？」

「そうだ。武器を選ぶには、実際に使った時の感覚が大切だからな」

リュイの驚きの声に、店主はぶっきらぼうに答えた。客が武器を試し斬りしたり、実際に武器に魔力を流して魔法を発する場所だと言う。

男性は俺たちを中庭に案内した後、少しの間待つように言って店の中に姿を消した。しばらくすると、一本の剣を手にして戻ってくる。

「……これを、振ってみろ」

そう言って、男性はガゼットに茶褐色の鞘に収まった剣を渡した。鞘から見ても、大分細身な剣に見える。ガゼットは剣を受け取ると、腰のベルトに装着した。金色の柄《つか》に手をかけ、ゆっくりと刀身を引き抜いた。

「っ⁉　……なんだこれ？」

鞘から現れた剣が普通でないことに、ガゼットも気が付いたようだ。

鞘から抜く時は、一本の硬い長剣のようにまっすぐ芯が通っていた。しかし、ガゼットが軽く剣を振った瞬間、シャラッと音を立て剣が湾曲したのだ。よくみると、一本の金属に見えた刃にはいくつもの切れ込みがある。その切れ込みに合わせて、剣も綺麗な音を立てしなやかに踊るのだ。

「好きに、動いてみろ」

店主に言われたガゼットは、戸惑いつつもその細身の蛇腹剣《じゃばらけん》を使って丸太を切り刻む。鞭のようにしなやかに刃が曲がり、丸太の表皮を切り裂いた。

「…すげぇ、しっくりくる」

端から見ていても、ガゼットは水を得た魚のごとく、目を爛々と輝かせて蛇腹剣《じゃばらけん》を見事に使いこなしていた。店主はガゼットの様子を観察し、何度か頷いた後に俺の横にやってきた。

「お前さん、よくアイツが蛇腹剣《じゃばらけん》を使いこなすと見抜いたな？　……蛇腹剣《じゃばらけん》自体、そんなに存在を知られていないはずだ」

不思議そうに質問してくる店主に、俺はガゼットの動きを見ながら答える。

「偶然、その存在を知っていただけです。それに、ガゼットの動きに長剣は単調過ぎる。もっと、柔軟に動く剣があればと考えていた時に、蛇腹剣《じゃばらけん》を思い出しました」

蛇腹剣《じゃばらけん》は、見た目がカッコいいんだよ。それに、普通の剣とは違う独特の動きが、なんとも男心をくすぐるのだ。

店主は感心したような声を上げると、ガゼットに試し斬りを終えるように告げた。

「もっとお前さんに合うような、蛇腹剣《じゃばらけん》を作る。久々に面白そうな仕事で、腕が鳴るな」

店主は俺たちから『オリハルコンの鱗』を預り、ガゼットと武器の詳細を話し合う。かなりの時間話し込んで、辺りはすっかり暗くなっていた。

「よしっ！　完成するのを楽しみに待ってな！」

店主は厳《いか》つい顔を紅潮させ、興奮した様子で俺たちを送り出した。

「自分だけの武器を作ってもらえるなんて、初めてだ」

楽しみだなぁっと、子供のようにはしゃぐガゼットを皆で笑いながら、寮へと急いだ。今日はダンジョンにも潜《もぐ》ったし、武器の作成依頼もして、とても楽しい休日だった。

こんなにも、楽しいのに。

俺はさりげなく、中指に嵌《は》めている幅広の指輪をずらした。左手の中指の付け根が、熱を帯びている。この感覚は、いつも慣れない。

「……今度はなんの状態異常だ？」

中指の黒色の茨が伸びて、黒色の花の蕾が毒々しく芽吹いている。

まるで、自分の命を吸い取られて、花が咲こうとしているようにも見えた。


控えめに星が空を彩る頃、俺たちは学生寮へ帰り着いた。いつもだと夕食を皆と取って、次の冒険者活動について話をするけど、この日ばかりは夕食を断り、足早に寮室へ戻った。

ソルはいつもと違う俺の行動に何か察したようで、部屋まで夕食を運ぼうか、と気遣ってくれた。

俺が謝ると首を緩く振って、心配そうに念押しされた。

「絶対、寮室の鍵は閉めておいてね？　約束ね？」

「分かってるよ……」

ソルはいつも俺に、部屋の鍵をかけるようにと念を押す。学生寮に危険なんてないと思うのに、以前鍵をかけずにお風呂に入っていたら、ソルに正座させられてお説教を喰らった思い出が蘇《よみがえ》る。

俺は素直にソルの言葉に従い、二人の寮室に戻ると鍵をかけた。軽装に着替え、洗浄魔法を自分にかけた後、ふぅっと息をついてリビングのソファに腰かけた。

『絶望の倒錯』を使った代償の一つである、三か月に一度の状態異常の規則性が、この一年間ほどで見えてきた。

状態異常が起こる時は、必ず指輪の痕《あと》が熱くなる。そして、黒色の蕾が一輪だけ実り、花が浮き出てくるのだ。花が完全に開くと、状態異常が始まる。

状態異常の終わりは、花びらが散っていくこと。終わりの時が分かるのは、正直言ってありがたかった。終わりの見えない苦しさほど、辛いものはない。

今まで経験した状態異常は、味覚喪失、聴覚喪失、言葉がしゃべれなくなる、など。命に関わる状態異常がないのは、生きている間、ずっと代償を払わせるためなのだろう。

その時にならないと、何が出るか分からない。今度は、比較的軽いのがいいと俺は願った。

そんな俺の願いを嘲笑うかのように、呪いの指輪の痕《あと》が温度を上げた。俺は顔を顰《しか》めつつ、指輪を完全に外す。そこにはバラに似た黒色の花が、皮肉にも美しく咲き誇っていた。

状態異常が始まったようだけど、特段、身体に異常がない。

強いて言うなら、身体がほんのり熱い。ふわふわと浮くような感じと、少しだけ気怠《けだる》い感じもする。発熱ではなさそうだけど、頭の中もぽわっとして。

どちらかと言うと、楽しい……？

「……？」

俺は自分のステータスを確認しようと頭の中で念じた。頭の中で軽快な警告音が鳴り響いて、ステータス異常の文字が浮かぶ。

――『状態異常（酩酊）』

「えっ」

酩酊って、つまり酔っ払うってことか。

俺は酒を飲んだことなんてないから、これがお酒に酔った感覚なのかと驚いた。じんわりと身体が中から熱を帯びていく。熱さと息苦しさに耐えかねて、俺は首元まで閉めていたワイシャツの襟元を寛《くつろ》げた。心なしか、顔も火照《ほて》っている気がする。

「……熱い」

皮製のソファの、ひんやりとした冷たさが心地よい。ひじ掛け部分に頭を乗せ凭れかかる。ソルが夕食を運んでくれるまで待つことにした。なぜか心細くてなって、近くにあったクッションを抱え込む。

自分の酒癖なんて、全然分からない。お酒の強さは、確か遺伝的なものも関係すると聞いたことがある。うちの両親はどうだったか、と上手く回らない思考で思い出す。

父はお酒に強い人だった。お酒をいくら飲んでも、酔っている姿を見たことがない。むしろ、いつもと変わらない様子に本当に飲んでいるのかと親戚には疑われていた。

母は、お酒をあまり飲んでいなかった。というか、父に人前と子供たちの前では飲まないようにと、止められていた気がする。

『二人っきりの時なら飲んでいいから』と父が母に言うと、母は恥ずかしそうに頬を赤らめていた。父に止められるほど、酔った母は何かやらかしていたのだろうか。

でも、大声で騒ぐとか、そんな人に迷惑をかける感じではなさそうだった気がする。恥ずかしそうにしていた母を、愛しそうに見つめていた父が、何よりの証拠だ。

ただ一つ問題があるとすれば、ここが、未成年たちが住む学生寮だということだ。

呪いの状態異常とはいえ、学生が酔っ払った様子なのはよくないだろう。学園の一部の先生方は知っているが、学生たちは俺の呪いのことを知らない。俺が寮で禁止されている酒を飲んで酔っ払ったと思い、騒ぎになるかもしれない。

状態異常が終わるまでは寮室に缶詰め状態か、と嘆息していると、寮室のドアが開かれた。ぽわんっとした頭のまま、ドアのほうをぼんやりと見遣る。夕食をワゴンに載せて運んできたソルが、室内に入ってくるのが見えた。

ソファに凭れかかっている俺に、ソルが駆け寄ってきた。クッションを抱えている俺の左手を見ると苦々しい顔をする。

「やっぱり、呪いの状態異常だね。今回は何……？」

ソルは、俺の額に手を当てた。おそらく、熱を測っているのだろう。そのひんやりとした手が、火照《ほて》った顔には気持ちいい。熱はないようだと言ってソルの手が離れていくのが名残惜しい。

もっと、撫でてほしいな……

なんか、急に頭の中のぽやぽやが増えた？

「だい、じょうぶだ……。今回の状態異常は、『酩酊』だか、ら……？」

「『酩酊』？　それって……」

心配げに俺の左頬に添えられたソルの手が、ひんやりと気持ちよくて。優しく撫でる指先がなんだか嬉しくて。俺はソルの手にすり寄った。

楽しくなってきた気がする。

ふわふわ、ぽわぽわ、心地いい。

「ふえっ!?」

ソルの普段聞き慣れない、なんか可愛い声と驚いた顔が見えて、さらに俺は愉快な心地になって。

それが、その日の最後の記憶となった。

◆◇◆

二人分の夕食をワゴンに載せて食堂から運びつつ、オレは考えを巡らせていた。

そう言えば、『絶望の倒錯』の状態異常がそろそろのはずだ。

『絶望の倒錯』を使用した代償として起こる、三か月に一度の状態異常の苦しさを、ヒズミは最初の頃、一人で耐えようとした。冒険者ギルドの自室に閉じ籠ったのだ。

当時、ヒズミと数日会えなくて体調が悪いのかと心配になったオレは、ヒズミの部屋を訪れた。

ドアをノックしても返事がなくて出直そうとした時だ。

『くぅっ……、うっ！』

ヒズミの呻《うめ》き声が、扉を隔てて聞こえてきた。急いでアイトリアさんに事情を説明して、部屋の鍵を開けてもらったのだ。その時目にしたのは、ベッドの上で丸くなり、青ざめた顔で痛みに魘《うな》されているヒズミの姿だった。

薬師のフロルさんに診察してもらっても、治療できないと言われて目の前が真っ暗になった。

『……これは呪いの状態異常だ。薬じゃどうにもできない』

それは、針で刺されるような痛みが数刻置きにくる状態異常だった。ヒズミのような少年であれば、痛みで泣き出していてもおかしくないというほど、辛いものだと聞いた。

オレは、ずっとヒズミの看病に当たった。時折目を覚ますヒズミに、水分と栄養剤のポーションを飲ませて、また眠らせる。それが一週間続いた。声を押し殺して、痛みに耐えているのは見ていられなかった。代われるなら、代わってあげたいほどだった。

それからオレとヒズミは、ある約束をしたのだ。状態異常が起こった時は、必ずオレに知らせるようにって。

本人にとって、永遠に続く呪いはとても辛いはずなのに。なんてこともないと微笑みを浮かべるヒズミに、胸が締め付けられた。完全に苦しみを解くことはできないけど、少しでも楽になる手助けがしたかった。

状態異常の発現時は、中指の茨に花が咲く。これはヒズミが教えてくれた。もしヒズミの様子が変だと気が付いたら、その模様を目安にすればよい。

「……どうか今度は、軽い症状のものであってくれ……」

苦痛を伴わない、軽度のものであってほしい。故郷でヒズミの看病をしていた時のやりきれなさを思い出しながら、オレは寮室へと急いだ。

ワゴンを押して部屋に入ると、ソファに凭れかかるヒズミが目に入った。力が抜けている様子に焦りが募った。クッションを抱いている左手に注目してみれば、中指に黒色の花が宝石のように咲き誇っている。状態異常が始まった合図だった。

「やっぱり、呪いの状態異常だね。今回は何……？」

ヒズミに問いかけながらも俺は注意深く様子を窺《うかが》った。頬は薄紅色に染まって、吐息がどことなく熱い。もしかして熱が上がって気怠《けだる》いのかもしれないと、そっとヒズミの額に手を当てた。

「熱はないみたいだけど……」

でも、やっぱり様子がおかしい。

いつもならきっちりと首元まで閉めているワイシャツのボタンを、今日は三つも外して首筋を露《あら》わにしている。白い肌と鎖骨がほんのりと赤く色づいているのが見えて、ゴクリと喉が鳴った。

学園内では隙なく隠している素肌が、目の前で惜しげもなく晒されている。オレと二人っきりだとしても、こんなに着崩すなんて珍しい。

あんまり見ていると、そのまま触れてしまいたくなる。

その露《あら》わになっている首元に吸い寄せられそうになって、オレは慌てて目を逸らした。ヒズミが小首を傾げて不思議そうにオレを見上げる。

幼子がするような仕草に、ますます疑問が湧いてくる。

なんだろう、ヒズミのオレを見つめる目が、ぼんやりしている。いつもの凛とした冬の夜を思わせる紫水晶の瞳が、今やどことなく柔らかい。

雰囲気も、ぽわっとしてる？

「だい、じょうぶだ……。今回の状態異常は、『酩酊』だか、ら……？」

オレの問いかけに、ヒズミはぼんやりとした様子で、なぜか疑問形で答えた。言葉も途切れ途切れだし、覚束ない。

「『酩酊』？　それって……」

酔っ払うってこと？

心配になってヒズミの赤くなっている頬を、そっと右手で覆った。熱ほどではないけど、顔全体が火照《ほて》っているみたい。

「ふふっ」

ヒズミは、笑い声を零《こぼ》して微笑むと、頬を覆っていた俺の右手にすりっと頬ずりをした。

「ふえっ⁉」

オレは、あまりに突然のことで変な声が出てしまう。呆けた声を出して固まるオレをよそに、ヒズミは、ふわふわと楽しげな様子で、オレの手に両手を重ねる。ほっぺにすりすりしたまま。

なにこれ、すっごく可愛い。

目を細めて気持ちよさそうにして、まるで子猫みたいだ。

ヒズミの火照《ほて》った頬は少し熱くて、きめ細やかな肌は手に吸い寄せられるようで。

いつかは触れてみたいと思ってはいたけど、ヒズミ自ら撫でさせてくれるなんて。

「ソル、お帰り」

「えっと、ただいま……？」

オレの返事に満足したのか、ヒズミはまた微笑んだ。ふわっと花びらが舞うような、嬉しさを隠そうともしない笑顔だ。いつもの凛とした、黒曜石を思わせる大人びた姿はどこに行ったのだろう。今は頬をぽやんと赤く染めて、笑顔が年相応にあどけない。

ひとしきり、オレの手に頬ずりをして満足したのか、ヒズミがチラッと夕食の載ったワゴンを見た。あまりの衝撃に夕食のこと忘れてた。

「今、準備するから……。待ってて」

「……うん」

オレがやんわりと頬から手を離そうすると、ヒズミは名残惜しそうに俺を見上げた後、そっと手を離した。

急いで自室で着替えを済ませてリビングに戻る。ローテーブルに食事を並べるオレを、ヒズミはクッションを胸に抱え込みながらじっと見ていた。何それ、可愛い。

二人分の夕食を並べ終わって、食事をしようと向かい側のソファに座ろうとした時だった。後ろから引っ張られて、たたらを踏んだ。

「？」

なんだろうと、振り返る。

ちょんっと、ヒズミの指先がオレの上着を遠慮がちに掴んでいた。

「……ソル。こっち」

ヒズミはそう言って、ポンッと自分の右隣を叩いた。オレの目をじっと見て、ひたすらソファを叩いて、隣に座れと綺麗な目で訴えてくる。いつもと違うヒズミの様子に、俺は困惑しながらもヒズミの隣に座った。

「……えっ、と。こう？」

「うん」

オレが隣に座ると満足したのか、ヒズミは嬉しそうに目を細めて頷いた。ソファに座った直後、ヒズミは隣にいるオレに身体を寄せてくる。肩同士が触れ合って、ヒズミの体温を感じたと思うと、こつんっと僅かな重みがオレの左肩に乗った。黒く柔らかい髪が頬を撫でるし、首筋にはヒズミの吐息が当たってくすぐったい。

柔らかな黒髪からふわりと、涼やかで花のような香りがする。好きな人の香りを堪能したいと思いながらも、突然の出来事に、オレの頭の中はパニック状態だ。

こんなに人に甘えるなんて、普段の孤高なヒズミならあり得ない。さすがに、おかしい。

「どうしたの、ヒズミ？」

「……その、なんか心細くて……。くっついてもいいか？」

遠慮がちにそう言って、でも決して離したくはないというように、キュッと左の袖を引っ張られる。不安と期待が入り交じる紫の瞳が潤んで見上げてくるのを見て、あまりの破壊力にくらっと目《め》眩《まい》がした。

もしかして、ヒズミって酔っ払うと、人に甘えたくなるタイプ？

「……うん。いいよ」

オレが承諾すると、ヒズミは恥ずかしそうにしながらも、紫色の目に嬉しさを滲《にじ》ませた。ほんのりとした赤い頬を緩ませて、ふふっと笑う。ヒズミは基本的に人に甘えることが得意な性格じゃないから、酔っていたとしても慣れなくて気恥ずかしいのかもしれない。

愛しい人がご所望なら、いくらでも甘やかしたい。オレは、ヒズミに向かって両手を広げた。

「ほら、ヒズミ。おいで？」

「うん」

ヒズミはもぞもぞと身体を動かすと、オレの足と足の間に座る。横抱きのような形で収まると、オレの胸元に顔をすりっと寄せた。

「えっ」

ピシッ！　とオレの身体が音を立て固まったのが自分でも分かった。おいでとは言ったけど、そこに座っちゃうの？　もはや恋人同士の距離感なんだけど。

これってオレ、なんか試されてるの？

神様からの試練なの？？

眠っているヒズミを、そっと抱きしめたことは何度もある。でも、こうやってヒズミのほうからオレに触れられるのは初めてだ。

たとえ酔っ払っている状態だったとしても、オレに素直に甘えてくれるのが嬉しい。

ヒズミの腰に両手を回して、姿勢が楽になるよう抱きしめて引き寄せる。ヒズミの顔が近づいて、あともう少しで肌に唇が触れてしまいそうだ。みずみずしい桃色の唇は、とても柔らかそうだ。

オレの右膝の上には、ヒズミの両足が乗っている。ヒズミはご機嫌に、その足をパタパタと動かしていた。

「えへへっ。ソルは、あったかいな……。落ち着く」

そう、気恥ずかしそうにヒズミは笑った。酔っているせいもあるだろうけど、またほんのりと頬が赤らむ。

もう、なんなんだこの可愛い生き物は。相手は酔っ払いだ！　耐えろオレ……

腕の中にぬくもりを感じることも、柔らかい身体をオレに委ねてくれることもすごく嬉しい。愛しい人のご機嫌でふわふわした様子はとっても可愛過ぎて、理性と欲望が、胸の中で押し合い圧し合いして一杯だ。頭がクラクラする。

おまけにヒズミはいい香りがするんだ。主張し過ぎないけど、記憶に残って追わずにはいられない追憶の花の、涼やかで控えめな香りが。

オレじゃなかったら、きっと既に襲われていると思う。

とか言っているオレも、結構ヤバいんだけど……

オレは自分の邪な考えを振り払うように、ふるふると頭を振った。腕の中にいるヒズミが、不思議そうにオレを見つめている。

……うぅ、綺麗な目の上目遣い。つらい。

取りあえず、オレは目の前の食事に集中することにした。ヒズミにも食べてもらわないといけないし。

抱き締めているヒズミを見下ろすと、きょとんっとした顔でヒズミに見つめ返された。この横抱きの体勢じゃ、ヒズミがご飯を食べづらい。

「ヒズミ。このままだと、ご飯食べられないでしょ？　少しだけ離れよ？」

ヒズミが動きやすいようにと、ほんの少しだけ胸元からヒズミの身体を離そうとした。

すると、ヒズミのしなやかな指先がきゅっと、オレの服の胸元を遠慮がちに掴んで、動こうとしない。どうしたのかと、オレはヒズミの顔を覗き込んだ。

「……ヒズミ？」

オレの問いかけには、しばらく返答がなかった。紫色の目はちょっぴり泳いでいて、言おうか言わないか迷っている様子が見て取れる。やがて、胸元からぽつりと小さな声が聞こえてきた。

「……やだ」

「えっ？」

やだ？

……今、『やだ』って言った？

ヒズミ、もしかして駄々こねてるの？

ヒズミの『やだ』なんて、初めて聞いた。しかも、言い方がぽわっとしている。そのせいか幼い感じに聞こえて、本当に控えめな駄々っ子のようだった。

心の中で悶絶する。甘えたに、そんな控えめな我儘なんて。

こんなの、反則だ。可愛いが過ぎる。

でも、このままじゃヒズミが食事できない。今日はダンジョンに潜《もぐ》って戦闘をしているから、体力を消耗しているはずだ。子供を宥《なだ》めるように、優しくヒズミに問いかける。

「でも、ヒズミもご飯食べないと倒れちゃうよ？」

ヒズミは小さな口をちょっと引き結んだ。ほんの少し逡巡して、恐る恐るというように言葉を紡ぐ。

「……ソルが……、食べさせて？」

はうっ……。ヒズミは、オレをどうしたいのかな。もうオレの心臓がいくつあっても足りないくらい、可愛さに悶えさせられる。こんなに甘えただなんて、絶対に他のやつになんか教えてやらない。

ヒズミにどれが食べたいか聞くと、果物の盛り合わせを指差した。食欲はあまりないから、果物だけで十分だとヒズミは言う。やはり、状態異常のせいだろう。明日の朝は、消化にいいものを食堂の人に用意してもらおう、と心に決める。

果物の盛り合わせの中から、艶《つや》めく赤いイチゴをフォークで刺す。果汁が僅かに滴って、甘い香りが広がる。そのまま、ヒズミの口元へとイチゴを近づけた。

ふにっと柔らかな感触が、フォーク越しに伝わる。

「お口、開けて？　ほら、あーん」

孤児院の小さい子たちにする癖で、『あーん』と思わず声に出してしまった。ちょっと恥ずかしくなって、顔が熱くなったのを感じた。ヒズミも少し恥ずかしそうにしながらも、嬉しそうに小さな口をあーんと開ける。いつもオレに微笑みかける形のいい唇が、無防備にも隙間を開けてチラリと舌を覗かせた。

「おいしいよ、ソル」

ほんわりと赤かったヒズミの頬が、さらに赤くなっている。恥ずかしさを誤魔化すように『ふへへっ』と笑いながら目を細めた。

照れてる。あの冷静で澄み切った夜空を思わせる美しい人が、めちゃくちゃ照れている。

ヒズミが唇についたイチゴの果汁を、ペロッと小さな舌で舐め取る。思わず、その薄桃色の舌先を目で追ってしまった。

きっと、今ヒズミの唇はイチゴの甘い味がするんだろうなと、想像してしまって。美味しそうで、今すぐにでも味わいたいと思ってしまった。

「相手は酔っ払い。相手は酔っ払い……。耐えるんだオレ」

邪な思いを隅に追いやり、オレは自分の食事をつまみつつ、ヒズミに次々と果物を食べさせた。

ヒズミが嬉しそうに口を開けるたびに、その唇に吸い寄せられそうになるのを、必死にこらえる。

そんな甘い拷問に耐えて、オレたちは食事を終えた。果物を食べさせただけなのに、オレもなぜか息が上がってる。ヒズミはオレの食事の様子をにこにこと眺めていた。もう、なんでもかんでも楽しいらしい。

ふと、腕の中でヒズミが小さく笑ってオレを見上げてきた。オレの左頬に、ヒズミのしなやかな指先がすいっと伸びる。

「ソルは、本当にカッコよくなったなぁ。皆、ソルのことを『カッコいい』とか、『素敵』って噂してたぞ？」

そう言いながら、ヒズミはオレの頬を指の腹で撫でていく。悪戯《いたずら》に自分の頬を掠めていくヒズミの指先を手に取って、オレはそっと頬から離させた。そのまま、ヒズミの右手に指を絡めてソファに縫い留める。

「ねえ、ヒズミ。ヒズミはオレのこと、カッコイイと思う？」

酔っている好きな人に聞くなんて、自分はなんて臆病者なんだろう。でも、聞かずにはいられなかった。

他の誰かなんて、どうでもいいんだ。

オレは、目の前のただ一人の好きな人に、カッコいいと思われたい。

「もちろん。一番カッコイイに決まっている。ソルは素直で努力家だ。誰よりも厳しい修行を耐え抜いて、自分の弱さにもちゃんと向き合って克服した。……それに、思いやりのある優しい心の持ち主だ」

ヒズミは紫色の瞳でまっすぐオレを見つめた。ずっと見ていたいと思う神秘の色の宝石が、オレだけを映している。

「強くて勇敢なソルは、俺にとって誇りだよ」

まるで、眩しいものを見るように目を細めて。心からの賛辞だと分かる偽りがない澄んだ声音で穏やかに紡がれる言葉は、オレの深部にするりと入り込んで、心の中を温かく満たしてくれる。

どうしてこうも、この愛しい人は。オレの欲しい言葉を、たくさん紡いでくれるのだろう。

奪われたくない。離したくない。

「ソルの金色の髪は、太陽みたいに眩しいのに温かい。瞳は蜂蜜みたいで、綺麗で美味しそう」

オレの顔をスルスルと撫でながら、クスッとヒズミは笑う。頬に悪戯《いたずら》に触れる左手を、オレはやんわりと掴んだ。そのまま、ヒズミの左薬指にそっと口付ける。

ヒズミが、美しい紫色の瞳を見開いて、驚いた様子でこちらを見ていた。オレは、その美しい神秘の宝石をまっすぐに射貫く。

「……ヒズミ。オレから、離れていかないで」

ヒズミは、周りの人間を魅了してしまう。この学園に通う生徒たちだけじゃない。権力や実力を持った、大人たちさえもヒズミの魅力に気が付いている。ライバルが手強いからこそ、鍛えてここまで強くなったけど、それはヒズミを奪われないという保証にはならない。

もしも、誰か別のやつに奪われたらと、オレは、いつも気が気じゃないんだ。

「当たり前だ。俺はどんな時も、ソルと一緒にいるぞ？　……ソルが、俺と一緒にいるのを望んでくれるなら」

そんなことを言うなら、一生傍にいてほしい。今だけでも、その願いを口にしてもいいだろうか。

夕闇と夜闇の狭間にしか見ることのできない、神秘の紫色。その一瞬の美しさを閉じ込めたような気高い宝石を見つめながら、オレは自分でも縋るような声を出していた。

「ヒズミ。ずっと、オレと一緒にいて……」

もっと強くなって。この身体も、心も。君が大切にしている存在全てを。

君の全てを守るから。

「ヒズミの全てを、オレに頂戴」

オレの胸の中で、ずっとこうしてオレに囚われていてほしい。

自然とヒズミを抱く腕に力が籠る。胸にこみ上げてくる切なさは、未だ自分の恋心が君に届いてくれないから。少しでも、ヒズミに自分の恋心が届かないかと、お互いの身体に隙間ができないように抱きしめた。

オレの願いに、酔っているとしても、愛しい人はなんと答えるだろう。

「……ヒズミ?」

しばらくしても、返事がなかった。もしかしたら正気に戻ってしまったかと、恐る恐る腕の中の愛しい人を窺《うかが》う。

ヒズミは寝息を立てて、あどけない顔で眠っていた。どうやら、疲れが限界だったらしい。安心しきっている顔はどこか幼くて、いつもの凛として大人びた雰囲気とは違う。

この顔を見るのは、オレが最初で最後にしてほしい。

「……好きだ。ヒズミ。愛してる……。心から愛してるんだ」

こんな可愛い姿を見せるのは、俺だけにして。

ベッドにヒズミを運んで、一緒のベッドで眠りについた。ヒズミが、オレの服を離してくれなかったから。

◇◆◇

「うぅっ……、頭痛い……」

なんと、俺は今、二日酔いというものらしい。俺、お酒飲んでないんだけど。

酩酊の状態異常は、二日酔いもセットになっていたようだ。『絶望の倒錯』も、何もここまで忠実に再現しなくてもいいのに、と内心で悪態をつく。

鐘を打ち鳴らした時の、ごーんっという全身に響くような振動が、頭の中だけに全て集約されているような、なんとも鈍くて重い頭痛がする。

「先生には、ヒズミが体調不良で休むって伝えておくからね」

「ああ。……すまない、ソル」

身支度を済ませた制服姿のソルが、力なくベッドに横たわる俺を心配そうに見つめる。

今日は平日。本来だと学園に通うはずなのに、俺は今ベッドの住人になっている。これでは、授業どころではない。

もぞもぞと布団の中で動きつつ、オレは自分の左中指を見遣った。黒色の花が半分ほど散っていた。どうやら、今回の状態異常は短期集中型らしい。

塾の夏期講習でもあるまいし、と変な例えを考えつつ、俺は痛む頭を押さえながら記憶を遡っていた。昨日、俺は確かソファに横になっていたはずで、そこからの記憶がどうにも曖昧なのだ。

「そういえば、俺はいつベッドに来たんだ？」

俺の小さな独り言に、水差しからコップへ水を注いでいたソルの動きが止まる。

「……ヒズミ、昨日のこと、どれくらい覚えてる？」

ソルに今回の状態異常が『酩酊』だと言ったところまでは、なんとなく覚えていると告げると、『やっぱり……』とソルは小さくため息を零《こぼ》した。

ちなみに、俺は酔っぱらっていた時の記憶が全くなかった。

「俺、何かソルに迷惑をかけてしまっただろうか……」

恐る恐る尋ねた俺に、ソルはしばらく考え込んでしまった。

この沈黙は、俺が何かやらかしたに違いない。巷で聞く、泣き上戸とか、笑い上戸だったらまだマシだ。セクハラとかだったら完全にまずい。

「迷惑ではなかったよ。むしろ……。いや。でも、大人になってもお酒を飲むのは、俺といる時だけにして？　他の人の前では飲んじゃだめだよ？　約束して？」

歯切れの悪いソルは、なぜか頬を少しだけ赤らめて答えた。小指を差し出されて、指切りげんまんまでして約束をさせられる。いや、俺は、一体酔って何をした。

詳しく聞こうとしても、ソルははぐらかしてそれ以上は教えてくれなかった。

「お昼ご飯はここに持ってくるよ。……顔色が悪いから、今日は安静にしていて。本当はオレも学園を休みたいけど……。何かあったら伝達魔法の札で呼んでね？」

「たかが二日酔いなのに、ソルは大げさだよ」

病気でもないのに、ソルの勉強に支障をきたすのはよくない。未だ心配そうに見つめてくるソルに、大丈夫だと笑いかける。

部屋を出る間際に、何かを思いついたような顔をしてソルが振り返った。

「お手伝いモモンガ、仕事だぞ」

ソルが、モモンガを呼んでいる。ソルはあんまりモモンガに興味がないみたいで、こうやって話しかけるのは珍しいことだ。モモンガ自身も、ソルに対しては若干、いや、かなり塩対応だし。

リンゴの巣にいたモモンガは、眠そうに大きな目をぱちくりと瞬かせる。寝ぼけ眼のふっくらした顔を、入り口の穴にぎゅうぎゅうと入れた。

んーっ！　という効果音が聞こえてくるように穴に顔を突っ込んで、必死に出ようと藻掻いている。しばらくして、ひゅぽっ！　という音とともに身体を出すと、こちらも珍しくソルの右手を駆け上っていく。

ソルは自分の目線の高さまでモモンガを持ち上げると、ふっくらとした白色の綿毛に話しかける。

「仕事内容は、今日一日、ヒズミを安静にさせること。しっかり見張って寮室から出すな。……もし安静にしようとしなかったら、実力行使も躊躇《ためら》わないこと」

「キュッ！」

了解！　とばかりに、モモンガが力強く返事をする。

お手伝いの内容が俺の見張りなんて、とてつもなく平和だ。まん丸な大きな目が、なんだか真剣みを帯びているように感じた。というか、モモンガの実力行使とは？

「よしっ」

ソルは上着の内ポケットに手を突っ込んで、小さな布袋からスグリに似た果実を取り出す。

モモンガは小さな手で、ソルの指から果実をひしっと受け取った。

「キュキュッ」

鼻を果実に近づけて忙しなく動かすと、パクッと口に咥えてソルの手から降りていく。

向かった先は、リンゴの巣の隣に用意した小さな宝箱だ。モモンガはその小さな宝箱の中に、果実をぽとっと入れた。

モモンガは、木の洞に食べ物を溜め込む習性があるが、あいにくこの部屋に木はない。その代わりに用意したのがこの宝箱だ。宝箱の中は木の実でいっぱいだ。ずいぶんとお手伝いを頑張っている、働き者のようだ。

渋々部屋を後にするソルを送り出して、部屋の中は俺とモモンガの二人っきりになった。

勉強机にちょこんっと座ったモモンガは、小さな両手で顔を擦《こす》り毛づくろいをした後に、綿毛のような立派な毛並みの尻尾をご機嫌そうに揺らした。

可愛い仕草に思わず笑みが零《こぼ》れる。

「ふふっ。俺には構わず、お部屋で遊んでおいで？」

俺たちの寮室は、モモンガのために少し工夫されていた。天井からオーナメント風にした木の枝をぶら下げ、壁にはキャットウォークならぬ、モモンガウォークを作成したのだ。頭上で木のつり橋を渡っている白い綿毛を見ながら、図書棟の司書さんの話を思い出す。

あの司書さんに聞いたところ、このモモンガは野生のものとは異なり、もっと言うと動物でもないらしい。その正体はなんと、妖精に近い存在とのことだ。

この世界には妖精がいる。ただ、只人《ただびと》には見ることができない特別な存在だ。その特別な存在に近いのが、お手伝いモモンガである。

動物よりもはるかに知能は高く、人間の言葉も理解できるほど賢い。個体によっては魔法を使用するものもいるらしい。

「モモンガの魔法か。……今度見せてほしいな」

「キュッ？」

きっと可愛いに違いない。

あの図書棟の大樹は、モモンガたちが好きで棲み着いているらしい。小さな妖精たちは気ままにあの図書棟で暮らしている。人に合わせて生活するため、本来モモンガは夜行性だが、こうして昼間は起きていているそう。人間の食べ物も食べるらしく、食べられない物は本人たちがしっかりと拒絶する。えらい。

「うぅ。また痛くなってきた……」

俺はモモンガに話しかけつつ、ぐわーんっと歪《いびつ》な痛みを奏でている頭を枕に沈めた。

しばらく、身動きできそうにない。身体は重くて鉛のように怠《だる》い。背中に錘《おもり》を下げてベッドよりさらに深く沈んでいきそうな感じだ。

頭痛に魘《うな》されていると、頭上にいたはずのモモンガが、本棚を足場にちょんっと跳ねながら、俺の眠るベッドに着地した。ぽふっという小さな衝撃とともに、俺の傍に寄ってくる。

モモンガは俺の頬近くで、ふんふんと忙しなく鼻を動かす。小さくてぴくぴく動く鼻が肌に当たり、すごくくすぐったい。

「くすぐったい……」

はぁ、癒やされる。体調不良でなければ、存分に愛でたのに。

ぶるっと寒気に襲われて、俺は布団と身体の隙間ができないように手繰り寄せた。冷え性になったみたいに手足が冷たい。

「……キュー」

心配そうなモモンガの声が聞こえる。俺をじっと見つめていたモモンガが、ふわふわ尻尾を揺らしたかと思うと、俺の頬にぴちっと小さな前足で触れる。

「キュ」

「……えっ?」

可愛らしく一鳴きすると、頬に小さな熱が伝わってくる。モモンガの手を中心に、冷えていた身体に温かさが広がっていく。

「……もしかして、魔法?」

正解だと言うように、フクフクな頬を頬ずりしてくる。こんなに小さな身体なのに、魔力量はかなり多いみたいだ。それに、魔力がとても優しい。じんわりと柔らかく染み渡っていく感じがする。

頭痛はまだひどいが、この調子だったらベッドの住人でいなくてもいいかもしれない。

そう思って、身体を起こそうと身じろいだ時だ。

「わっ」

「キュイ！」

俺の視界が、覆い被さってきたもので一瞬にして真っ暗になる。

目を覆っているこのふわふわの毛布みたいな感触と温かさ。視界が暗くなる前にチラッと見えたのは、モモンガの白いお腹だった。

どうやら、俺はモモンガのアイマスクを付けているようだ。

「え、見えないよ……。モモンガ、どいて？」

「キュキュ！」

『動いちゃダメ！』と咎めるようにモモンガは鳴いた。このまま身体を起こせば、モモンガが顔から急に落っこちてしまう。人間よりもやや早い鼓動が、とくとくと俺の肌をくすぐる。その振動がなんとも心地よい。

気が付けば瞼がだんだん重くなっていて、小さな鼓動も相まって眠気を誘われる。

さっき起きたばっかりのはずなのに、こんなに急激に眠気に襲われるのはおかしい。

「……もしかして、眠くなる魔法もかけたの？」

「キュー」

顔の上から聞こえた鳴き声に、『そうだよー』と言われたような気がして、俺はクスリと笑った。モモンガに実力行使されてしまったようだ。

俺は大人しく、モモンガのアイマスクをしながら眠りについた。

「気持ちよさそうだけど、朝ごはんも食べてなかったから起きようね」

ソルはモモンガの首根っこをつまみながら、俺の肩を揺すって起こした。俺のアイマスクが抗議の声を上げながら離れていく。癒やしが取られた。

「キュゥーっ！」

「ヒズミ、体調は大丈夫そう？」

「うん。モモンガのおかげで、もうしっかり元気だ」

俺はすっかり元気になって、鈍い頭痛からも解放されていた。身体の気怠《けだる》さはまだあるが、頭痛がしなくなったのは本当にありがたい。

左中指を見ると、黒色のバラは散りかけていた。今日中には、全ての花びらが消えるだろう。

ソルが運んできてくれたパン粥《がゆ》を、なぜかソルにスプーンで口元に運ばれる。この歳であーんとか、ものすごく恥ずかしい。恥ずかしがる俺をよそに、ソルはなぜか楽しげにパン粥《がゆ》を俺に食べさせる。

「ソル、自分で食べられるよ」

「オレが看病したいの。大丈夫。孤児院で看病は慣れているから。ほら、あーん」

パン粥はミルクがふんわり香る、身体に染みる優しい味だった。牛乳が二日酔いに効くらしい。

「闇魔法の先生に協力してもらって、二日酔いに効く食事を用意してもらったんだ」

「スキアー先生か。後でお礼を言わないとな」

ソルは闇魔法の授業を専攻していないのに、わざわざ先生に話をしてくれたらしい。

スキアー先生は教鞭《きょうべん》を執《と》る合間に呪いの研究もしている、すごい人なんだ。この学園では数少ない、俺の呪いについての理解者でもある。

ソル曰く、先生が二日酔いの振りをして、食堂に専用の食事を用意してもらったそうだ。

昼食を食べた後は、窓から差し込む、午後ののんびりとした日差しに微睡《まどろ》む。傍らにはこれ以上ない極上の毛並みのもふもふ。

いつの間にか、また瞼が閉じていて、気が付くとソルが学園から帰ってきて夕食の時間になっていた。

「もう、食べさせなくていいから……」

「えー」

えー、じゃない。とろりとした琥珀色の瞳を俺に向け、ソルは口を少し尖らせて抗議する。

そんな可愛い顔してもだめだ。

ソルがまた粥《かゆ》を食べさせようとしてきたので、スプーンを奪って自分で食べる。残念そうにするソルを尻目に食事を終えて、さっさと寝る準備をすませた。

ソルがお風呂に入っている間、俺はリビングルームのソファで寛《くつろ》ぐ。一日の最後にソルとこのソファで向かい合い、何気ない話をするのが学園に来てからの習慣になっていた。

視界の端で、今日一日、一緒にいてくれたモモンガが、部屋をちょんちょんと移動しているのが目に入った。素早い動きでカーテンレールを登ると、身体を大きく広げる。

「元気だな」

遊び足りなさそうに部屋のカーテンから滑空して、様々な場所に飛び移っていく綿毛の様子を見ながら、俺はふと、前から思っていたことを口にする。

「いつも『モモンガ』って呼んでるけど、かなり呼びにくいんだよな……。君には、名前はあるのか？」

「キュッ？」

『モモンガ』だとあくまでも生き物の名前だ。もし人間のように名前があるのなら、その名前で呼んだほうがいいだろう。図書棟に行けばモモンガがたくさんいて、魔力でしか見分けがつかないし。以前に図書棟で『帰るよ、モモンガ』って呼んだら、一斉に白い綿毛たちが飛びかかってきて、もみくちゃにされたのは記憶に新しい。あれは天国を見た。

俺の問いかけに反応して、部屋を駆け回っていたモモンガが、ぴょんっと俺の膝に飛び乗った。俺の右手にまで勢いよくよじ登ると小首を傾げて、ふるふると左右に首を振る。

どうやら、名前はないらしい。

「俺たちだけの名前を決めようか？　あだ名みたいなもんかな」

「ぷう、ぷう」

モモンガは嬉しそうに、少し高い鼻声で甘えるように鳴いた。どうやら、名前をつけることを許してくれたようだ。本人の許可も得たところで、さっそく考えを巡らせる。

うーん、何がいいだろうか。

「キュキュッ」

モモンガは元気な鳴き声を上げると、俺の右手からふいに飛び跳ね、自室に向かって急いで駆けていく。その真っ白な丸い後ろ姿を見つめる。

淡いクリーム色のモフモフの身体に、思わず触りたくなってしまう、稲穂のようにふっくらした真っ白な尻尾。日本で言うところの、エゾモモンガという北国の可愛い小動物にそっくりだ。

程なくして、モモンガがリビングに戻ってきた。口に何やら、小さな白色の花がついた茎を咥えている。花は全部で三輪で、桜にも似た、花びらが六枚の花だ。俺の右手に再び乗ったモモンガは、その小花のついた茎を口から離して両手に持ち直す。

俺に自慢するように、白色の小花を持っているモモンガの、なんて可愛いことだろう。名前を付けられるのが嬉しくて、自分のお宝を見せに来てくれたのだろうか。

「北国で、白くて、ふわふわのもの……」

しばらくああでもない、こうでもないと呟く。その間も、モモンガは俺の手の上でじっと待っている。いくつか名前の候補を決めたけど、あとは本人の気に入ったものしよう。

俺は、右手にお行儀よく座るモモンガと目線を合わせ、問いかける。

「……モルン。雪を意味する『モルン』なんてどうだ？」

「っ！　ぷうっ」

名前を告げると、モモンガは満足げに甘えた声を出した。それと同時に、モモンガが持っていた三つの小花が淡く白色の光を発する。

「えっ？　ヒズミ？　……何してるの？」

風呂から上がったばかりのソルが、慌ててこちらに駆け寄ってくる。

しばらくして光が収まると、モルンは小さな手で一輪の花をプチッと摘んで、自分の腕輪へ近づけた。再び小花が白く発光して、しゅるんっと腕輪に吸い込まれていく。

「えっ」

モルンの手元にあった白色の花が消えてなくなり、その代わりに腕輪に先ほどまではなかった花模様が刻まれている。六花の白い模様をしげしげと眺めたモルンは、満足そうに鳴きながら、小さな左手を持ち上げて腕輪を俺に見せる。

「ぷう、ぷう」

「……今のは、一体？」

ファンタジーな光景に唖然としていると、モルンは、残る二輪の花がくっついた茎を口に咥え、軽やかに俺の右腕を登り首元へと辿り着く。

ちょんちょんっと首から下げているチェーンを、小さな手で引っ張られた。

「もしかして、これか？」

俺は服の襟から冒険者タグと、ソルの色をした宝石『深愛の導き』を取り出す。モルンの顔の前にひし形のペンダントを差し出すと、モルンは先ほどと同じように、咥えていた茎から白色の花をつまんだ。

琥珀色の宝石に小花を近づけたら、とぷんっと白色の花が宝石へ入り込んだ。そのまま、ゆっくりと八面体の尖った底へ沈んでいく。蜜色の宝石の中で、小さな太陽を浴びながら白色の六花が咲いている。

「……綺麗だ。ありがとう」

自然と出た感嘆とお礼の言葉に、モルンは大きな尻尾をご機嫌に揺らす。モルンの大きな目を見つめて微笑むと、俺の頬に顔をすり寄せて離れていった。

「わっ、何？」

俺の右肩から降りたモルンは、今度は唖然としたまま突っ立っているソルの身体を勢いよくよじ登った。ソルの右手の平に到着すると、口からペッ！　と一輪だけ残った花を吐き出す。もう用はないとばかりに、勢いよくソルの右手を蹴り上げ床に着地する。

「ちょっと。オレだけ扱いが雑じゃない？」

ソルの言葉を知らないふりをして、モルンはプイっと顔を背けた。ソルは小花を指先でつまんで、首から下げている『深愛の導き』に自ら近づける。

とぷんっ、と小花が宝石に入り込んで下に流れ落ちていく。紫から濃紺に変わる宝石の中で、銀色の粉雪が舞い、白色の花が咲いている。

「キュッ」

全員に小花が行き渡ったのを見て、モルンは満足そうに鳴いた。心なしか、小さな胸を張って誇らしそうにしている。

「ヒズミ、一体何をしたの？」

ソルが、ペンダントの夕闇の宝石を眺めつつ首を傾げる。金の髪が濡れたままだから、お風呂上がりに慌てて駆け寄ってきたようだ。俺はソルに隣に座るように促し、素直にソファに座ったソルの濡れた髪をタオルで拭いてやる。

おでこを見せたソルは、少し大人っぽく見えて男の俺でもドキドキする。水も滴るなんとやらってやつか。

「いや、モモンガに『モルン』っていう名前を付けただけだ」

なんてことないだろ、とタオルを動かしていた手を、ソルの右手に掴まれる。はらりとタオルが落ちて、琥珀色の瞳が苦々しげに俺を見つめた。ソルはもう片方の手を額に当てると、深くため息をついた。

「……ヒズミ、たぶんそれ、眷属契約《けんぞくけいやく》」

「……えっ？」

俺たちの混乱など露《つゆ》知らず、魔法を使って疲れてしまったらしいモルンは、いつの間にか丸くなって、テーブルの端でプスプスと寝息を立てていた。

「眷属契約《けんぞくけいやく》って、あの『身内だよ！』契約のことか？」

「なにその、可愛い言い方……。でも、おおむね合ってるよ。小動物だと思って油断してたけど、まさか魔法が使えるなんて……」

ソルは「くそっ、やられた」となぜか悪態を零《こぼ》していた。

眷属《けんぞく》契約とは、いわば『この存在を、種族間を越えて仲間にする』という印だ。

これは、人間が行うものではなく、精霊やエルフなど、尊き存在と言われている人外が行うものだ。もっと言うと、加護を与えるのに近い。その始まりも、精霊が人間に恋をして、その人間を伴侶にするためだったと伝わっている。

契約は媒体を通して行う。媒体に契約魔法を施して、眷属《けんぞく》にしたい相手に持たせるのだ。契約時の媒体が貴重なものであるほど、絆が強くなる。

そして、もう一つ契約に必要なのが、契約者同士で呼び合う際の名前だ。

「なるほど。モルンに名前の話をした時に、慌てた様子で花を持ってきたのは、これが理由か」

こんなに可愛い存在の眷属《けんぞく》になれるなんて思っていなかったから、眷属《けんぞく》契約なんて頭に浮かんでこなかった。モルンに気に入られるのは純粋に嬉しい。

モフモフの仲間入り。それ、いいな。

「俺とソルは、晴れてモモンガの仲間入りか」

「たぶん、モルン的にはヒズミが本命でしょ？　オレはおまけって感じ。家来か、子分の位置づけだと思う」

そんなことないだろうと反論すれば、残念な子を見るような目でソルに見られた。解《げ》せない。

俺たち二人は、とりあえず明日、司書さんに報告しようという結論に至り、。テーブルの隅で丸くなっていたモルンを寝床であるリンゴの巣箱にゆっくりと移動させ、眠ることにした。

次の日、『絶望の倒錯』の呪いが終わった俺は、学園にやっと通えるようになった。体力も回復して完全復活だ。授業を終えた放課後、俺とソルは早々に揃って図書棟を訪ねた。

「キュッ！」

「ぶっ！」

図書棟の扉を開けてすぐに、モルンがどこからか飛んできて、俺の顔面にモフッとへばりついた。ずるずると移動して右肩に落ち着く。モルン、わざとやってるだろ。

「モルン、お仕事偉いな。お疲れ様」

右肩に乗ったモルンの頭を撫でつつ、俺は中央にある大樹を仰ぎ見る。相変わらず、たくさんのリンゴの置物がぶら下がった、荘厳な木だ。

俺たちは、大樹をぐるりと囲っている受付カウンターに迷うことなく進んだ。いつもお世話になっている、のんびり司書さんに眷属《けんぞく》契約について報告をするためだ。

「学園の生徒で、お手伝いモモンガと眷属《けんぞく》契約をした人は初めてですね。……しかも、これまた熱烈だ」

今回モルンが用意した媒体は、妖精しか見つけられない貴重な花だったそうだ。モルン的には、『ヒズミはぼくの！　ぼくのなの！』と言う感じだと、司書さんは教えてくれた。

ソルについては、たぶんついでだろうね、と司書さんが答える。

「……でも、勝手に契約して大丈夫だったでしょうか」

俺が尋ねると、司書さんは笑いながら事もなげに告げる。

「問題ありませんよ。モモンガたちは学園に住んでいるだけで、飼育しているわけではありませんから。……そうですね。君たちはモモンガの身内ですから、少し込み入った話をしましょう」

司書さんは、いつものの んびりした口調のまま、不意に指をパチンッと鳴らした。俺とソル、司書さんのいる受付カウンターに、うっすらとドーム型の魔力の膜が張られる。

これは、遮音の魔法だ。

密室でない空間に遮音の魔法をかけるのは、かなり繊細な魔法操作技術が必要になる。この人、のんびりとした雰囲気と違ってかなりの実力者だ。いつも仕事に没頭し過ぎて、モモンガが大量に身体に乗って、何匹乗れるか試して遊んでいるのに気が付かない人とは思えない。

遮音の魔法をかけたところで、司書さんはすいっと俺たちに視線を移した。

「実は腕輪の本来の目的は、モモンガの拉致防止です。お手伝い記録は二の次なのですよ」

司書さん曰く、モモンガはこの学園の広大な敷地内を生息地としている精霊。本来なら自由気ままに敷地内で暮らし、腕輪をする必要はない。

しかし、その貴重性と、身近にいる手の届きやすさで悪意に晒され、拉致されかけたことがあるらしいのだ。

「君たちと眷属《けんぞく》契約をしたモモンガは上位種なので、魔法を使用して身を守ることが可能です。……しかし、下位のモモンガや子供はそうもいきません」

精霊や尊き存在に手をかければ、それ相応の罰が下る。それは、その行為をした者だけには留まらず、人間全体が巻き添えを喰らう可能性もあった。そんな悪意や人間の危機から守るために、開発されたのがあの腕輪である。

モモンガ本人の意思に反して学園外に出た場合は、強制的に腕輪に施された転移魔法で学園に戻れる。そして、万が一本人が望んで外出し、外出先で危険に晒されても、位置が分かれば助けに行けるし、遠隔で防御魔法を施せる。二十四時間体制で、モモンガは守られているらしい。

「お手伝いは、初代モモンガが教授の育てた甘い木の実を、盗み食いしたのが始まりと言われています。当時の土魔法の教授は、精霊と言葉を交わせる人だったそうです」

その教授は、研究のために育てていた美味しい果物を、初代モモンガたちに盗み食いされてしまったらしい。

「怒った教授は『ただで美味しいものに、ありつけるはずなかろう！　働かざるモノ、食うべからず！』と言って、自分の仕事を手伝わせたそうですよ」

司書さんは「おかしいでしょ？」と小さく笑う。

モモンガたちには、その言葉は雷に打たれたくらい、衝撃的だったらしい。

それ以降は、働けば美味しい木の実がもらえると学習して、木の実がほしい時だけお手伝いをするようになったんだとか。働き過ぎはいけないから、腕輪で仕事量の管理もしているらしい。

「眷属《けんぞく》仲間が増えて嬉しいですよ。実は私も、モモンガの長《おさ》に眷属《けんぞく》契約してもらってるんです。もっとも、私の契約時はその辺にあった綺麗な石ころが媒体でしたけど」

今度のんびりと、眷属《けんぞく》仲間同士でお話でもしましょうね、と司書さんはいつも通り朗らかに微笑んだ。

彼の胸元では、透明で歪《いびつ》な石のブローチが、光を浴びてキラキラと輝いていた。

図書棟を後にした俺は、先生に呼びつけられたソルと別れて、学園の中でも一際怪しげな雰囲気を纏《まと》う研究棟へ向かった。研究棟からは、いつも誰かの叫び声や、雄叫び、はたまた「もう帰りたい」という嘆きの声が聞こえてくる。

白衣を所々黒く焦がしながら、ゾンビのように歩いている男性と廊下ですれ違った後、俺はお馴染みになった木製の扉をノックする。

「……うーん？　どうぞー」

中から聞こえた声は、なんとも投げやりだ。その気の抜けた返事はいつものことで、相変わらず先生は研究に忙しいようだ。

「失礼します」

「おー、ヒズミ君かー」

しわくちゃの白衣を着たまま、ぼさぼさの茶色の髪を無造作にくしゃくしゃと掻いた男性が、間延びした声で俺を呼んだ。執務机に乱雑に載った本に埋もれるように、その男性はお行儀悪く椅子に凭れかかりながら、手元の書類に向けていた視線を俺へ移す。

眠そうで瞼が半分くらいしか開いていない茶褐色の目が、興味深そうに細まった。

「よかった。呪いの状態異常は、解けたんだね」

「スキアー先生のおかげです。ありがとうございました。これ、お礼です」

俺はあるお菓子の入った紙袋を先生に渡した。可愛らしい包装に包まれている棒状のお菓子は、スキアー先生のお気に入りのチョコレートだ。ザリッと砂をかじっているような食感と、砂糖の甘さが食べた後もずっと舌に居座って、口の中の水分を持っていかれると言われている狂気のお菓子である。

学園の売店に売っているが、生徒が買っている姿を見たことはない。

「僕は二日酔いのフリをしただけだよ。それに、君の呪いは興味深いからね。僕にとっては研究のし甲斐があって嬉しいから、全然気にしないで？　それよりも……」

先生は俺が渡した紙袋の中を見ると、子供のように嬉々とした表情になる。右目のモノクルが怪しく光った。

「ヒズミ！　よく僕がこのチョコレートが好きだって分かったね！　ありがとう。よかったら、一緒に食べよう！」

「……俺はいいです。せっかくですから、研究でお疲れの先生が食べてください」

このチョコレートを買うのは、学園でもスキアー先生しかいないことで有名だ。売店のおばちゃんにも、俺が買う時に驚愕の顔をされた。スキアー先生へのお土産だと説明すると何個かおまけしてくれた。売れ残っているらしい。

「このチョコレートの、ガツンッ！　と脳と味覚をぶん殴って揺さぶりをかけてくる、暴力的な甘さが良いんだよね」

頭を使い過ぎている人には、ちょうどいい量の糖分らしい。

先生はぼんやりとした目をぱっと輝かせて、古びた椅子を軋ませ腰を浮かせた。かなり背の高いひょろりとした身体が、いそいそと部屋の奥にあるミニキッチンへと向かう。

この、ぼさっとした見た目の背高のっぽの男性が、闇魔法の先生であるスキアー先生だ。先生は、学園で教鞭《きょうべん》を執《と》る傍ら、呪いの研究もしている優秀な研究者である。

授業も分かりやすいし、何よりも魔法のレベルがとても高い。無駄を全て削ぎ落としたような、隙のない魔法を使うんだ。先生は俺が呪い持ちだと知ると、定期的に俺の呪いを診ようと提案してくれた。

「今のところ、まだ君の呪いの解呪方法は見つかっていない。かなり古《いにしえ》の呪いだし、一般人が怨恨で施す呪いとは、質と格が違う」

申し訳なさそうに説明する先生に、俺は首を緩く振る。

先生は仕事で忙しい中、俺の呪いを解呪できないかと熱心に研究してくれている。人に興味がなさそうなマッドサイエンティストっぽく見えて、実際は面倒見のいい先生だ。

そんな闇魔法の先生の研究室は、さながら魔女の部屋といった感じだろうか。

棚には蛍光ピンクの液体が入った瓶に、ガラスドームの中に飾られた歪《いびつ》に曲がる植物が置いてある。机には本や書類が積まれ、壁には資料がびっしりと貼られている。本棚の中はとても乱雑で、本が縦に、横に、斜めに、はたまた本の上に積み重ねられて収納されていた。

「おー。今日は気分がいいんだね。……ヒズミも見てみなよ。今日のシナモンスティックはキレが違う」

そう言って、スキアー先生は身体を少し横にずらした。

先生越しに見えるミニキッチンでは、ポコポコと音を立てて鍋から湯気が上がっている。その鍋からは二本の棒が出ていて、独りでに鍋の中を動き回っていた。交差したり、揃えてピンと上に伸びたり、はたまた左右に開いたり。

……さながら、シンクロナイズドスイミングのようである。

プハッと息継ぎをするように、身体よりもやや太く短い木の顔が、ミルクティーのプールから出てくる。目や口はない。木の棒でできた細長い身体の人形は、細い木の両手を万歳して、高らかにミルクティーの水面から上半身を押し上げた。

どうやら、演技が終わったらしい。

鍋から細長い身体を出すと、近くに用意されたペーパーナプキンで、器用に自分の身体を拭き始めた。その全身からは、シナモン独特のスパイシーな香りがする。

華麗なシンクロナイズドスイミングの演技をしていたのは、動く人型のシナモンスティックだった。

「さあ、どうぞ。召し上がれ」

スキアー先生は、先ほどまでシナモンスティックが泳いでいたミルクティーを、トプトプとマグカップに注いで俺に差し出した。

「ありがとうございます……」

湯気の立つマグカップを受け取り、シナモンが香るミルクティーを一口含んだ。

最初の頃は、本当にあのシナモンスティックに驚かされた。沸騰したお茶の中を、木の棒人形がスイスイと泳いでいたのだ。何かの儀式をしているのかと思ったし、夢でも見ているのかと、自分の目を疑った。

今では、すっかり慣れてしまった。

この世界には、音楽に合わせて踊るニンジンとかもいるから、水泳をするシナモンスティックがいてもおかしくはない。ちなみに、結構な高級品らしい。

「あっ、メープルスライム入れる?」

「結構です」

先生は小瓶の中から、二つの目がついたオレンジ色の小さな丸い物体を指先でつまむと、紅茶の中に迷うことなく入れた。湯気立つ紅茶の中で、メープルシロップの味がするスライムが『わーっ』と小さな声を上げながら溶けていくのが見える。スライムに痛覚はないらしいけど、これは慣れない。

先生は未だに『わーっ』と言う甘い紅茶をすすって椅子に腰かけると、美味しそうに狂気のチョコレートを口に運んだ。ザリッと砂を噛むような音が部屋に響く。

俺は食べていないのに、見ているだけで口の中が渇いた。

先生の方を見ないようにと、部屋の中に視線を移す。ふと、俺は部屋に飾られている一つのアンティークに目がいった。

ごちゃごちゃとした部屋の中で、一つだけ趣が違うのだ。それはくすんだガラスでできた美しいランプだった。

何枚ものガラスを張り合わせて、見事なアーチを描くそのランプは、鳥籠のようにも見える。ランプの奥で、青色の灯火が不思議に揺らめいている。

綺麗だな、と眺めていると、揺らめきの中を何かが動いているのが見えた。

黒くはためく羽と、それを追うように舞う鱗粉。ほんの数秒しか見えなかったが、あれは、黒い蝶？

「……？」

あの黒い蝶、どこかで見た気がする。一体、どこだっただろうか。

見覚えがあるが思い出せないという奇妙な感覚に首を傾げていると、先生が時計を見て、いけない、と慌てた様子で立ち上がる。

「すまないね。これから職員会議なんだ。また今度、ゆっくり話そう」

スキアー先生に促され、俺は研究室を後にした。

◇◆◇

突き抜けるような青空に、純白の雲がもくもくと盛り上がっている。初夏のサラリと靡《なび》く風は涼やかで、稽古で火照《ほて》った身体を冷ましてくれた。

この国の夏は、日本のような猛暑ではない。息をすることさえ苦しくなる熱波とは大違いだ。

「今日はここまでにしよう」

放課後に訓練場で汗を流した俺たち四人は、空が美しい夕焼けになった頃合いで戦闘訓練をやめた。すっかり、このメンバーで行動するのが日常になっていた。

夕食後に寮の談話室に四人で集まり、わいわいと会話を楽しむ。冷たいアイスティーを片手に、背の低い丸テーブルにお菓子やナッツを並べて、だらりとたわいもない話をしていた。

「そう言えば、二人は初めての夏休み、どうやって過ごすの？」

部屋着を着てリラックスしたリュイが俺とソルに問いかける。

そう、現在暦は六月末。この世界でも一年は三六五日、月は十二か月。日本で開発されたゲームだからか、しっかりと四季が存在する。

そして、七月下旬から九月下旬の約二か月間、この学園は夏季休暇期間に突入するのだ。

「カンパーニュに戻って、その周辺で冒険者活動をするつもりでいたけど……」

俺の言葉に、向かいに座っていたガゼットがめちゃくちゃ顔を顰《しか》めた。眉間に皺を寄せて、額に手を当てている。

「はぁああ……。二か月近くもずっとか？　学生の夏休みを魔物まみれにするつもりかっ！」

わざとらしく、大きなため息をつかれた。まあ、確かに学生の夏休みにしては潤いが少ないか。

恋人と海でキャッキャッ、ウフフッする青春なんて前世でも知らない。

それに、俺は冒険者活動が好きだが、学園では週末にしかダンジョンに潜《もぐ》れないから、中々レベルが上がっていないのが現状だ。この辺りで、少しばかり依頼数を稼ぎたいと思っていた。

「ヒズミ。さすがに僕も、それはどうかと思う……。ソルだって、魔物まみれは嫌でしょう？」

いつも優しげなリュイにも、困惑顔で言われるとさすがに悲しい。ソルは頬を指で掻きながら苦笑いをした。

「魔物まみれか……。オレは、ヒズミと冒険するのは好きだけど、少し休んでもいいと思う。ヒズミは冒険者活動をしていた時、長い休みなんて取ってないだろうしね」

確かに、ここ数年は長期間の休みは取らなかった。スタンピードの阻止や、この世界の生活に早く慣れるのに精一杯だったこともある。

「よしっ！　それならさ、二人とも俺の実家に泊まりに来いよ！　前に領地を案内するって約束したしな！」

ガゼットは名案だとばかりに膝を打って、身体を前に乗り出した。

「えっ、でも……」

貴族の屋敷に、平民が招待されてもいいものなのだろうか。

この世界の常識に疎い俺は返事を躊躇《ためら》った。この国は身分思考が根強いから、そんなことをしたらガゼットが家族に何か言われてしまう可能性がある。

そんな俺の不安を見抜いたのか、ガゼットが明るく笑い飛ばす。

「なーに、気遣ってるんだよ。親しい友人を家に招くのは当たり前のことだろ？　俺の家族も、ヒズミたちに会いたがってる。……それに温泉、ずっとヒズミは気になってたよな？」

ガゼットのご家族は、平民であっても差別したりはしないよと、リュイが追加で教えてくれる。

「うっ……。それはそうだけど……」

「僕の領地にも遊びに来てよ。結構大きな動物園と植物園があるよ。そこにはヒズミの好きなモフモフとか、可愛い動物がいっぱいいる」

リュイとガゼットの領地は隣り合わせ。立派な街道もあるし、行き来は簡単だ。

「……モフモフ」

どんな生き物がいるのか、ぜひ見たい。それに触ってみたい。

リュイとガゼットの提案に、隣のソファに座っているソルも乗り気のようだ。

「確か、領地の近くにはダンジョンがあると言っていたよな？　冒険者活動も自由にできるし、ヒズミの好きな温泉とモフモフも楽しめる。……ヒズミ、お言葉に甘えない？」

相棒のソルは、俺の好きなものを完全に熟知している。こんなにも、俺に都合がいい夏休みでいいのだろうか。

「お言葉に甘えようかな……」

「おしっ！　そうと決まれば、さっそく遊びの計画を立てないとな！」

こうして、俺とソルはガゼットの領地に遊びに行くことが決まった。先にカンパーニュに帰省して、その後にガゼットの領地に向かい、そのまま、学園に戻るという計画だ。

「夏休み前に、前期試験があるけどね……」

リュイががっくりとうなだれ、皆も頭を悩ませる。

どの世界の学生も、試験という強敵からは逃れられないようだ。今もまさに、試験勉強期間の真っただ中だ。今日は、皆で息抜きがてら集まっている。

「試験で成績が悪いと、夏休み前半は補習になるんだろ？　それはなんとか避けなければ！」

ガゼットはツンツンした茶褐色の髪を乱暴に両手で掻いた。この補習がある感じは、日本での学生時代を思い出す。

俺も高校生時代は赤点回避のために必死だった。補習組は夏休みに暗い顔をして登校していたな。

「ヒズミ、魔法理論が得意だったよな？　俺に教えてくれないか？　理論とか、どうにも苦手なんだよ……」

ガゼットが猫のように目つきが悪い緑の瞳で、懇願するように俺を見る。この通りだ！　と言って、両手を合わせながら俺を拝んだ。

大げさに頼んでくる友人を笑いつつ、試験勉強をするんだったら、皆で教え合ったほうが覚えもいいと提案する。

「いいぞ。ちょうど、ソルにも算術を教えてほしいって言われていたから、皆で図書棟で勉強会するか。俺も、皆に苦手な教科を教えてもらいたい。」

この皆で勉強会をして試験を乗り切るの、青春って感じがしていいよな。なんとも、心がくすぐったくなる。

「キュッ」

「あっ、ヒズミのモモンガじゃん」

勉強会の約束をしていると、モルンが談話室の開きっぱなしになった窓から中に入ってきた。ちょんっ、ちょんっと跳ねながら床を移動して、ナッツの置かれたテーブルへ飛び乗る。

「おっ。これ、食べてみるか？　クセがあるけど、うまいぞ？」

ガゼットは緑色のナッツを一つつまむと、モルンの眼前に差し出した。

モルンはガゼットの持っているナッツにふんふんっと鼻を近づけ、小さい手で受け取る。両手で持って、小気味よくかじり始めた時だ。

「キュピッ⁉」

二口食べたところで、モルンの動きがピタリと止まった。くりっとした大きな目を見開き、ぽとっ、とナッツを手から力なく落とす。テーブルの上には、小さな歯型がついた緑色のナッツがコロコロと転がった。

「……モルン？」

固まったまま動かないモルンが心配になって名前を呼ぶと、ビクッ！　と身体を大きく跳ねさせたモルンが、目に涙を浮かべる。

「キュ〜ッ！」

なんとも悲痛な声を上げながら、俺の胸元まで一直線にモルンがよじ登る。胸に顔をすりすりと擦《こす》りつけて、必死に何かを訴えかけてきた。

「キュウッ！　キュキュッ⁉　キュウキュウ！」

潤んだ大きな瞳が、テーブルに転がったナッツを恨めしそうに睨んでいた。『美味しくない！美味しくないよっ！』と言っている気がする。

「よしよし。ナッツがまずかったんだな。……この甘い実をお食べ」

俺はモルンの肌触りの良い背中を撫でつつ、持ち歩いている木の実をモルンに近づけた。モルンは必死な様子で木の実を受け取ると、口直しとばかりに一生懸命カジカジと噛んでいる。

木の実を全部食べたところで、取り乱していたモルンもやっと落ち着いたようだった。

「モモンガには、この味のよさが分からなかったか……。まだまだ子供だな」

「そのナッツ、ちょっと苦いからだろうな……」

ガゼットが俺に泣きつくモルンを揶揄《からか》い、リュイは呆れ顔でそれをたしなめる。

ひとしきり胸の中で慰めていると、満足したらしいモルンが俺からぱっと離れていった。降りた勢いを利用してテーブルを勢いよく蹴り上げると、そのままガゼットへと跳躍する。綿毛が高速でガゼットへと向かった残像だけが見えた。

「へぶっ！」

モルンはガゼットの左頬に、後ろ足で思いっきり飛び蹴りを喰らわせた。左頬に残った赤い足跡が、その勢いとモルンの怒りの強さを物語っていた。効果は抜群のようだ！

「もう！　悪かったってば！」

「キキッ！」

謝るガゼットをよそに、モルンはプイっとそっぽを向くと再び俺の胸で甘え始めた。

そんな騒動の中、リュイが隣に座るソルの耳元に顔を寄せ、何やら話し込んでいるのがチラリと見えた。

「……ねぇ、僕たちも勉強会参加してよかったの？　邪魔じゃない？」

「リュイとガゼットだったら別にいい。何より、ヒズミが楽しそうだから」

リュイはソルの呟きに、苦笑いをしているようだ。

「僕とガゼットだったら、ね。……ヒズミは優秀だから、教えを乞おうと近づく生徒も多いはずだよ。貴族による優秀な平民への試験妨害、結構あるって聞いてるから、二人とも気を付けてね」

「……ああ、油断はしない」

リュイとソルの会話は、夏の夜へ溶けて消えていった。

◇◆◇

カン、カキンッ！　と金属の交わる甲高い音が響き、魔法の風圧が吹き荒れる。硬い土に覆われた訓練場は、学生たちの気合の籠った声と、声援で満ち溢れていた。

今は、前期試験の真っ最中だ。

前期試験は、筆記試験と実技試験の両方が行われる。図書館で連日四人で勉強会をした成果もあって、筆記試験はまずまずの成績を残せそうだ。

そして、最終科目は、この実践戦闘の実技試験だった。訓練場を四つに仕切って、各々の試験場所で生徒同士が模擬戦を行い、体術や剣術が成長しているかを採点される。

「……僕、大丈夫かな」

試験用の弓矢を持ったリュイが、不安そうに手元を見つめていた。いつもの武器ではないから、手ごたえに違和感があるのだろう。

この試験では、魔道具の使用と武器の持ち込みが禁止されている。魔力を増長したり、不正を禁止するためで、生徒たちは試験用の武器を装備する。

実はこれは、戦場での適応力も試されている。戦場では、武器も物資も足りないことが予想される。自分の手に馴染む武器を常に持っていればいいが、最悪失うこともある。

その時に、「いつもの武器じゃないから、調子が出ない」という言い訳はできない。近くにある武器を手に取って、柔軟に戦うことも実践では重要だ。

「大丈夫だ。弓が変わったからと言って、リュイの腕が落ちることはないさ」

リュイは先ほど弓の試し撃ちをしていた。的の真ん中に矢を命中させていたから、問題はないだろう。接近戦にも備えて、短剣も腰に差している。

その油断のない武器選びからは、冒険者活動での成長が窺《うかが》えるというものだ。

「……俺も普段は蛇腹剣《じゃばらけん》使ってるから、ちょっと不安かも」

ガゼットもいつになく弱気になっている。

なんでも、入試試験でリュイとガゼットは、思うような成績を残せなかったらしい。知識面では難なくSクラスに入れるほどだったが、実技試験で躓《つまず》いた。そのことを、未だに引きずっているようだ。

「ガゼットは、いつもより攻撃範囲が狭まるのを意識すれば問題ない。身体の柔軟性を生かせ。あとは……」

不安そうに俯《うつむ》くガゼットの背中を、隣に立っていたソルが思いっきり叩いた。

「ぐわっ！　痛ってぇぇっ！」

結構な気持ちの良い音がした背中を、ガゼットがひぃぃーっ、と言いながらさする。

「身体の力を抜けよ。今まで相手した魔物より、ここの生徒はずっと弱い。……ガゼットとリュイは、確実に強い。オレたちが保証する」

変に飾りけのない、実にまっすぐな鼓舞の言葉に、二人は揃って目を瞠《みは》った。そして、少し照れくさそうにはにかんだ。

「ありがとな。ヒズミ、ソル」

「僕からも、ありがとう。……行ってくるね」

俺とソルは、出会った当初よりも格段に頼もしくなった二人の背中を見送った。試合場所に二人が歩いていくのを見つつ、周囲を警戒する。

前期試験が近づくにつれて、学園内の雰囲気はピリついていた。最初は、試験勉強のストレスだろうと思っていた。しかし、日を増すごとに、それだけではないと薄々気が付いた。

何やら、学園内が少し不穏で、悪意が見え隠れして落ち着きがない。

俺のところには、勉強を教えてほしいという生徒が何人か来た。中には、面識のないBクラスの生徒までいた。誰か来るたびに、ソルやリュイ、ガゼットが追い返してくれたけど、面識のない生徒まで押しかけてくるのは、さすがにおかしい。しかも、皆がどこか切羽詰まった顔をして、俺に近づいてくる。

試しに一人の生徒から、差し入れとしてお菓子を受け取って見た。可愛らしい包みの中に入っていたクッキーを申し訳なく思いながらも『感知』で調べてみたら、目を瞠《みは》る結果となった。

――痺れ薬（強）入りのクッキーとは……

思わず顔を顰《しか》めてしまったのは、仕方がないことだと思う。こんな濃度の痺れ薬、どうやって手に入れたのかも疑問だが、これは、俺に対する明らかな嫌がらせだ。

こういう嫌がらせが、試験前になると学園では増えるらしい。試験当日も気を抜かないほうがいいと、リュイとガゼットには警告されていたのだ。

「何も起こらないと、良いんだが……」

不穏な空気を拭えないまま、俺たちはリュイとガゼットの模擬戦を見守った。

実施試験では、クラス関係なく対戦相手と組まされる。そのためAクラスの生徒と、Sクラスの生徒が戦うことだってある。

例に漏れず、俺たち四人が当たるのは全員Sクラスの生徒だった。俺はリュイとガゼットの試合を見守っていたが、思わず笑みが零《こぼ》れていた。

「……あんなに心配そうだったのに、リュイは全然問題ないね」

「本人が、もっと自分の強さを誇れるようになってほしいな」

ソルと俺が見守る中、リュイの模擬戦に、会場にいる皆がざわめいた。いつも気弱なリュイが、弓矢で相手生徒を猛撃したのだ。剣術で対応しようとしていた相手は、戦闘開始場所から全く動けないでいた。

「くそっ！　これじゃあ近づけない！」

いくつもの矢で足止めを喰らっていた生徒が、土魔法で地面を隆起させて、土壁を何枚も正面に重ねリュイの矢を防ごうとする。

リュイは魔力を更に練り上げると、冷静に相手の気配を探った。魔力で作り出した矢をかけて、弓を引き絞る。リュイが一筋の矢を放った。

「うそ、だろ？　ぐはっ！」

リュイの放った水の矢は、鋭い風切り音を上げながら、幾重にも重ねられた分厚い土壁を正確に射貫いた。土壁にはまっすぐに風穴が開いている。相手が驚きの声を上げた直後、その心臓部分は寸分違わず矢で貫かれていた。

「矢の高度と速度が上がってる。リュイは本当に、弓の名手だな……。ガゼットはどうだ？」

「大丈夫そう。蛇腹剣《じゃばらけん》じゃなくても、十分戦えてるよ。ほら」

俺の問いかけに、ソルは隣の訓練場を指し示した。ガゼットの模擬戦も全く危なげがない。

冷静に相手の剣をいなして、隙を窺《うかが》っていた。時にはフェイントを巧みに使い、相手がそれに釣られて体勢を崩したところを長剣で一閃。

あまりにあっさりとついた勝敗に、ガゼット本人が驚いていたくらいだ。

本人たちが気付かぬうちに、二人は確実に強く成長している。勝利を喜んでいれば、俺の順番が回ってきた。

「……ソル、行ってくる」

「うん。気を付けて」

ソルの言葉に頷くと、俺は自分の試験場所へと向かう。硬い土の地面を踏みしめて、試合開始の位置である中央まで進み出た。

俺の対戦相手であろう、青色のピンバッチを襟につけたSクラスの男子生徒と向かい合う。貴族の子息らしく、口元には薄く笑みを作っている。

審判の先生が試合の準備をしている最中、相手は急に俺に近づき、小さな声で話しかけてきた。

「これはこれは。『宵闇《よいやみ》の君《きみ》』と言われている、Aクラスのヒズミ君じゃないか。君の噂はよく聞いているよ？」

『宵闇の君』という聞き慣れない言葉に、俺は内心で首を傾げた。

なんだその、中二病感が半端ないあだ名は。そんな名で呼ばれたことはないし、きっと誰かと勘違いしているのではないだろうか。

「……なんのことだ？」

相手生徒の目をまっすぐ見て、俺は疑問を口にした。男子生徒はなんてことない世間話をするように緩やかな微笑みを浮かべているが、目が笑っていない。その目には確かに、苛立ちが滲《にじ》み出ていた。

「エストレイア様のお気に入りだからって、平民風情が調子に乗るなよ？　私たちのような高貴な者に言葉をかけてもらえるだけ、ありがたいと思え」

口元の微笑みとは正反対に、男子生徒は低い声を出して凄んだ。細められた目に、侮蔑《ぶべつ》がありありと籠っている。

なるほどな、と合点がいった。

エストには図書棟で出会って以降、かなり親しくしてもらっている。廊下ですれ違うと笑顔で挨拶を交わしたり、時には食堂でお茶をしながら話し込んだりもしていたのだ。どうやらその姿を見られて、反感を買ったらしい。

俺の返事を待たずに、男子生徒は背を向けて離れていく。離れる間際に、一瞬だけ口の端を吊り上げて、皮肉げに笑ったのを俺は見逃さなかった。

試験開始の準備が整い、お互いに武器を構える。

「始め‼」

試験官の開始の合図とともに、不穏な模擬戦が始まった。

すぐさま、相手生徒が火魔法で作った火球を数個放つ。拳大の炎の塊が俺にまっすぐに向かってきた。

「っ！」

俺が咄嗟に闇魔法で防御結界を作り、攻撃を防ごうとした、その時だ。

俺は違和感に目を瞠《みは》った。なぜか闇魔法の結界が発動せず、咄嗟に地面から跳躍した。身体を捩《ね》じって迫りくる火球をぎりぎりで躱《かわ》す。

何か、おかしい。

魔力を練り上げて魔法を発動しようとしても、魔法が放てない。魔力を外に出そうとすると、外側で何かに阻まれる。まるで、身体全体に蓋をされているような、隙間なく見えない膜で覆われているような感覚がした。今のは、なんだ？

俺は自分のステータスを確認しようと、頭の中で念じた。頭の中でぴこんっ！という軽快な警告音が鳴る。

――『制限（魔道具による、属性魔法の使用禁止）』――

「……？」

この試験で、魔道具の使用は禁止のはず。

それに模擬戦をする前に、俺と相手生徒は試験官から身体検査を受けている。お互いに何も指摘をされていないのを確認している。

目の前の生徒が、魔道具を使っていないとなると……

俺は、さりげなく場外へ視線を向けた。俺たちの模擬戦の見学者の中には、相手生徒の取り巻きであろう男子生徒たちもいた。何人かが厭《いや》らしく目を細めて笑う姿が見える。

ただ、その中に一人だけ、青ざめている生徒がいた。制服の左側の襟に付けているピンバッチの色は、Ｂクラスを意味する緑色だ。さらに、右側の襟に小さな緑の石を付けている。あれは確か、風紀委員を示す飾りボタンだ。

全てのピースが、俺の中でカチッと音を立てて綺麗にはまった。

属性魔法を制限する魔道具は、とても高価なものだし、この学園内で所持できる人物は限られている。所持できるのは王族、王族の護衛、王族の側近候補の貴族。

そして、学園内の揉め事を解決しなくてはならない、風紀委員。

ただ、風紀委員が持ち出すのにだって、なんらかの理由が必要なはずだ。彼の青ざめた様子を見るに、この模擬戦を見ているSクラスの中の誰かに脅されているのだろう。

「得意の闇魔法はどうしたんだ？　魔法を使わないと、先生方も採点できないだろ？」

相手生徒は次々と火球で攻撃をしながら、得意げに話しかけてくる。どうやら、俺が魔法を使えない状況を把握しているらしい。

俺は試験官に視線を向けた。試験官も、俺に一瞬だけ視線を寄越す。どうやら、属性魔法が制限されていることに試験官も気が付いているようだ。ただ、模擬戦を中止にしないあたり、考えがあるのだろう。

このまま、風紀委員の彼を捕まえても、その裏で悪だくみをしていた貴族の生徒たちを炙り出すことはできない。最悪、あのBクラスの彼だけが全てを背負うことになってしまう。

さて、どうするか。

俺が考えを巡らせながら動いていると、聞き慣れた涼やかな声が耳に届いた。

「……ヒズミ、三分だけほしい。三分あれば調べられる」

声がした方向へ視線を移す。試験場所の場外に、銀髪を一つに括って風に遊ばせている美貌の青年が立っている。声の主はエストだった。眼鏡越しに、ダイヤモンドダストの銀色の宝石と目が合う。俺はエストの言葉に強く頷いた。

相手生徒が木刀を炎で覆い、炎の斬撃を飛ばしてくる。地面を蹴って跳躍し、身体を捻《ひね》って避ける。躱《かわ》すことしかできない俺を、相手生徒は嘲笑った。

「逃げるばかりか？　元々、大した魔法も使えないもんな？　魔法が使えなくて焦っているのだろう？　一属性しか使用できないのに国立学園に入学したのが、そもそもの間違いなんだよ。この身の程知らずがっ！」

男子生徒の勝ち誇った声を聴きながら、頭の中で時間を数える。

今、一分半。

「……」

距離を詰めてきた相手生徒は、赤い炎を纏《まと》った木刀を振り下ろす。熱波が俺の肌を舐めていった。続けざまに炎の刀で斬りかかってくるのを、大きく後退しながら避ける。

……二分。

「私に許しを請えば、手加減してやってもいいぞ。自分の身の程知らずさを、泣いて詫びろ。……それか、そのしなやかな身体を差し出すのなら、傷をつけないように倒してやるが？」

身体を差し出す？　ワザと負けろということか……？

俺が黙っているのを、魔法が使えず焦って言い返せないと勘違いしているのだろう。貴族らしからぬ軽薄さで、ずいぶん饒舌だ。

それに、心の油断が出たのだろう。

俺が模擬戦で魔法を使えない事実を、うっかり口にしたな。

それにしても、なんとも耳障りで不快な声だ。よく通る声だが、その中にざらりとした悪意が混ざって、雑音のように感じる。

比べて、冷たい美貌の青年の声は、なんて耳に心地よい涼やかな音だろうか。どこか楽しげな雰囲気なのも、普段冷静な彼にしては珍しくて興味深い。二分半。

「……もう、いいよ」

エストの正確性もそうだが、その「もう、いいよ」の言葉の言い方が、かくれんぼのそれで、思わずクスッと笑ってしまった。

——三分。本当にきっちりだ。

「さあ、これで終わりだ！」

相手生徒が、意気揚々と大きな炎が渦《うず》巻く木刀を振りかぶる。

……なんとも、隙の多いことだ。

どがっ！

「ぐはっ！」

俺は炎の刀が振り下ろされる前に、相手生徒の腹を思いっきり足蹴りした。鈍い音と当時に、相手生徒が軽く吹っ飛ぶ。

さあ、反撃といこうか。

勝利は確実だと思い込んでいた相手が、目を見開いたまま喘ぐ。俺は音も立てずに、軽やかに地面を蹴った。足蹴りで後退した相手と、瞬時に距離を詰める。

敵をいたぶる趣味は、俺にはないが、魔法を封じただけで勝てるほど、戦闘は甘くない。

それを、思い知ればいい。

相手の驚きの顔が近くで見えた。俺は両手に持った木刀を正面で交差させ、苦しさに身動きが取れない相手生徒の胴体を二度ほど刃を払って斬りつける。

「うっ……！」

相手生徒が痛みで息を詰める。俺はさらに、相手の肩口や身体に数度切っ先を突き入れた。剣撃が次々と襲ってきて、相手は構える暇もないのだろう。右手の木刀は、もはやただの錘《おもり》でしかない。

「……く、そっ！　燃えろっ！」

「っ！」

大きな魔力の流れを感じ、咄嗟に彼から距離を取る。苦しげに呻《うめ》く相手生徒から、俺が握っている双剣の木刀へ、圧縮された魔力を向けられた。俺の木刀を魔法で燃やしにかかったようで、手にしている木刀に熱が溜まるのを感じる。

相手生徒が木刀を振りかぶったと同時に、俺は熱を持ち始めた木刀を、思いっきり相手に向かって投げつけた。

そして、地面を音もなく蹴る。

相手に向かって放り投げた木刀はクルクルと円を描いて、空中で燃え始める。

彼は忌々しそうに舌を打って、俺の放り投げた燃え上がる木刀を自分の木刀で受け止めた。一本は左に払われ、もう一本は右上へと飛ばされる。

カンカンッ！　と木刀同士がぶつかり合う音が、近くで聞こえた。

「はっ！　悪あがきはよ、せっ……!?」

小馬鹿にしたように鼻で笑った相手生徒の声は、語尾が驚きで疑問形に変わる。その小さな口の動きさえも、彼の目と鼻の先まで迫った俺にはよく見えていた。瞬時に距離を詰められたことに、驚いているのだろう。

相手の懐に入り込み、俺は木刀を握っている彼の右手首をわし掴みにする。相手の身体を思いっきり引いて、こちらに傾いた勢いをそのままに、彼の腹を目掛けて膝蹴りを喰らわせた。

「ガッ！」

腹部の衝撃で、彼が右手に握っていた木刀がカランッ！　と地面に落ちた。力が入らない様子の彼の身体を地面へ引き倒す。うつ伏せに地面に倒れた彼の背中に素早く回り込み、右手を後ろへ捩《ね》じり上げた。

「ぐっ……ぅ、離せ！」

息苦しそうに呻《うめ》いている相手生徒が動けないように、彼の項《うなじ》の下に片膝をついて、体重をかけてのしかかる。もはや、息が詰まりそうなほどだろう。

藻掻く彼の制服の襟から、チラリと肌色の首が露《あら》わになった。

その無防備に晒された首へ、懐に隠していた短剣型の木刀の切っ先を突きつけた。地面に顔を伏せていた相手生徒が、視線を寄越す。

「苦しいか……？」

目が合った瞬間、胸の中に冷たい感情が満ちて、一瞬にして心に棘のような凍《い》てついた霜が降りた。

自分でも分かる。今の俺の目は暗く剣呑に細められて、凍えるように冷たいだろう。

唇が勝手に動く。胸から上がってきた冷気が、自然と喉を突いて外へ漏れ出す。自分でも思いのほか、低い声が出た。

「平民をいたぶって、さぞ楽しかっただろう？　……魔法も使えない平民に負けるのは、どんな気分だ？」

制圧している彼の首筋に、短剣をするりと宛てがった。真剣であれば、すぐに動脈を切れる位置に刃を当てる。呼吸をするたびにドクン、ドクンと相手生徒の首筋の脈が動くのが見て取れる。

俺は、ゆっくりと彼に微笑んだ。

「――真剣じゃなくて、よかったな？」

相手に分からせるように、木刀の刃をすぅっと動かした。まるで、動脈を切り裂くように。

「ヒィッ……！」

可哀そうなくらい引き攣《つ》った悲鳴が上がった。青白い顔をしながら、小刻みに彼の身体が震える。

「やめっ！」

試験官の声が響く。模擬戦終了の合図の声を聞き、俺は彼の首筋に当てていた短剣型の木刀を離した。地面に押さえつけていた彼の身体を、ゆっくり解放する。

うつ伏せに倒れたままの相手生徒は、未だに白い顔で小さく震えている。動けないままでいるのを見かねて、試験官が救護係を呼んだ。

「そのまま、連れていけ」

試験官が冷たい声音で言い放った。救助係は二人がかりで相手生徒を起こすと、両脇をガッチリと固め、引きずるように連れていった。

心ここにあらずといった感じか。

生徒が連行されていく様子を黙って見送っていると、静かに佇む銀色の美青年と目が合う。眼鏡越しの美しい銀色の瞳が、緩く細められた。

「……エスト、助かった。ありがとう」

場外にいるエストに近づいて、戦闘への協力に礼を言った。エストの手助けがなければ、未だに状況は膠着状態だっただろう。

俺のお礼にエストは申し訳なさそうに目を伏せて、首を左右に振った。

「いや、ヒズミが嫌がらせを受けたのは、私のせいでもある。これぐらいの助力は、させてくれ。それよりも……」

エストはそこで言葉を切ると、怪訝《けげん》そうに俺に尋ねる。

「私が合図を送った後は、魔法が使えるようになっていたと思うんだが……」

「ああ、それか。もちろん、魔力の制限は解除されていたぞ？　でも、魔法を使ってないやつに打ち負かされたほうが、精神的なダメージが大きいと思ってな」

エストが「もう、いいよ」と言った後、属性魔法の制限が解かれたと、頭の中に説明が表示された。どうにかして、魔道具を無効化してくれたようだった。でも、どうせならコテンパンに負かしておこうと思った。

これで少しは、あの生徒は自分の無力さを痛感したことだろう。

「ふはっ。ヒズミを怒らせると、怖いな」

俺の答えを聞いたエストは、声を出して思わずというように笑った。こんな風に笑うエストは、珍しい。いつもの涼やかな美貌が、歳相応のちょっとワルガキみたいに見えた。

連行されていく彼の背中をエストと眺めていれば、先ほどの試験官が近寄ってくる。俺たちAクラスの実践戦闘の授業担当だ。

「魔道具の使用に気付いていたのに、試験を続行させてすまなかったな。あの時点で魔道具の使用によって試験を中止すれば、大きな騒ぎになっていた。……過酷な状況下で戦わせて、本当に申し訳なかった」

先生は若く精悍《せいかん》な顔を歪《ゆが》めた。この先生は厳しい指導で有名だが、生徒思いな担任であることを俺は知っていた。

「……いえ、どんな状況でも戦い抜けという、課題かと思いました」

「んなわけあるか。……まあ、ヒズミなら勝つと分かり切っていたがな。体術で制したのは見事だった」

先生はニヤリと人の悪い笑みを浮かべた。

先生曰く、模擬戦開始直後には、魔道具の発動を見抜いていたらしい。そして、Bクラス生徒の様子を見て大体の状況を察した。本来は、魔道具が使用された時点で、試験を中止して、不正行為をした生徒をその場で拘束する決まりになっている。

しかし、実際に試験会場で魔道具を使用しているのは、あの風紀委員の生徒ただ一人。裏で糸を引くSクラスの生徒たちを拘束することはできず、そのまま騒ぎに乗じて有耶無耶にされる可能性があった。それこそ、Sクラスの生徒の思うツボだ。

そのために、先生は俺が勝つと見越して試合を続行させせた。後ほど、全ての事情を調査して断罪するつもりだったのだと言う。

「先生、それなら問題ありません。こちらで調べがついています。……奴らは中々に、この学園で好き勝手していたようですよ？」

エストは、短時間で調べ上げた情報の一部を教えてくれた。高濃度の痺れ薬の窃盗に、平民や下位貴族への脅しと嫌がらせ等々、多くの不正行為が見つかった。

あの風紀委員の生徒は、Sクラス生徒の家主に雇われている使用人の息子だった。幼い妹が病に伏せ、家族ともどもお世話になっていたらしい。その弱みに付け込み、家族を解雇されたくなければ従うよう、脅されていたそうだ。

他に脅された生徒たちも、彼の家が商売の取引先だったり、取り巻きの貴族たちと事業面で関わる者たちだった。明るみに出ないよう巧妙に隠していたようだが、自分たちで露呈させてしまったようだな。

「情報源は言えないが、確実だから安心してほしい」

エストは秘匿したが、俺は知っている。この学園には、万が一のため各部屋に記録用の魔道具があることを。

これは、王族、他国からの留学生など、国の主要人物の安全を守るためだ。過去にも、学園内で暗殺が計画されたこともある。それらを未然防止や、発生時の証拠を集めるため、生徒たちの同行は常に魔道具に録画されている。園内だけではなく、寮室全ても監視対象だ。

この魔道具の存在を知るのは、王族と王族の側近候補、学園長のみ。学園長の許可があれば、映像を見るための小型魔道具を渡されて開示してもらえる。

おそらく、エストは試験で不正が行われるのを予想して、事前に学園長に開示許可を得ていたのだと思う。三分という短時間で、エストは膨大な映像から証拠を見つけ出した。

「……ヒズミ、後のことは私たちに生徒会に任せてくれ。あのBクラスの生徒も大丈夫だ。体調不良を装って、教師が別室に連れていった。詳しい事情を聞き出すよ」

流石は未来の宰相、手際がよくて頼もしい。

本来は、生徒同士の揉め事は風紀委員が対処するけど、今回はその風紀委員自らが関わっているため、生徒会が本腰を入れて調査するそうだ。

ちなみに、攻略対象者である、第二王子、騎士団総括の息子、宰相の息子のエストは、生徒会に所属している。

「ああ、そうだ。魔法を使ってないからって、試験結果は気にするなよ？　魔法の実力は、授業で散々思い知らされているからな」

先生は俺の怪我の有無を確認し、忙しそうにその場を離れていった。失格とかにならなくて本当によかった。

先生が立ち去った後、隣にいるエストが躊躇《ためら》いがちに口を開いた。眼鏡越しの銀色の瞳が、僅かに揺れている。

「ヒズミ、すまない、私のせいで……」

「そんな、エストは何も悪くないだろう？」

だから、美貌の青年がそんな悲しげにしないでほしい。冷たい美貌に儚さも相まって、なんだか美しさが三割増しでドキドキする。なによりも、友人の悲しい顔を見たくない。

「今回の件は、私が原因の一端だ。今後は人前でヒズミに声をかけることは控えよう……。でも、ヒズミと過ごす時間は私にとって、かけがえのない大切なもの。ヒズミに変なやつが絡まないよう、私も目を光らせる。だから……」

エストはそっと俺の両手を掬い取り、包み込んだ。壊れ物を扱うように優しく握られる。その手が、ほんの少し震えているのに気が付いた。

言葉に詰まっていたエストが意を決したように、夜の星だけを集めたような、美しい銀の瞳をまっすぐに俺に向けた。

「今後も、私と一緒に過ごしてくれるか……？」

どうやら今回の件で、俺がエストと距離を置くのではないかと、心配になっているようだ。

「当たり前だ。エストと一緒にいると、穏やかな気持ちになれるし、とても楽しいんだ。これからも、俺と友達でいてくれ」

俺の言葉で、エストは安心したようにほっと息を吐いた。陶器のようなきめ細やかな肌の頬が、ほんのりと紅く色づく。

「ありがとう、ヒズミ。……では、今週末は学園内ではなく、外でともに過ごそう。外なら人目を気にせずに会える。今回のお詫びも兼ねて、ぜひ王都を案内させてくれ」

俺の両手を包み込んでいるエストの手に、心なしか力が籠った気がする。冷たく美しい顔が、ゆるりと微笑んだ。どこか、甘く誘うように、それでいて有無を言わせない圧を感じる。

「うん？　……そう、だな？」

なんとも言えない妖艶な雰囲気に気圧されて、俺は思わず頷いていた。

……あれっ？

なんか思考が追い付かないまま、スマートに事が進んでいる気がする。今週末の約束を取り付けられたような。

「それじゃあ、今週末は予定を開けておいてくれ」

「うん。分かった」

先ほどまでのしょげていた姿が嘘のように、エストは氷の美貌を甘く蕩《とろ》かして微笑んだ。ダイヤモンドダストの瞳があまりにも綺麗で、思わず吸い込まれたように魅入ってしまう。

両手を握って、微笑み合っていた俺たちを突然影が覆った。

「……おいっ、ヒズミから手を離せ。腹黒が」

低く威嚇《いかく》するような唸《うな》るソルの声が、近くから聞こえた。エストは名残惜しそうに一度だけキュッと俺の手を握ると、そっと俺から離れていく。殊更ゆっくりとした動作で、エストは声がしたほうへ身体を捩《ね》じった。

「腹黒とは、聞こえが悪いな。……策士と言ってほしいものだ」

先ほどまでの柔らかな表情が嘘のように、エストは普段の氷の貴公子へと戻ってしまう。僅かに砕けた口調で、声の主へゆるりと挑発的に口角を上げた。

「どっちも計算高いことに変わりはないだろ？　それより、ヒズミに何をする」

ソルは俺を庇うように前に立つと、冷たく言い放った。琥珀色の瞳を剣呑に細めて、牙を向ける忠犬よろしく鋭くエストを見遣る。エストは口元に優雅な微笑みを浮かべているが、その銀色の目が笑っていいない。

二人の間の空気が、なんだか不穏だ。火花が散っているような錯覚を覚える。

「何、ソレイユには関係ない。……私とヒズミだけの秘め事を、邪魔しないでくれないか？」

俺とだけの秘め事とは、今週末一緒に出かけることだろうか。もしかすると、エストはあまり人数の多い外出は好まないのかもしれない。大人数で遊ぶのも楽しいけど、いつも周囲に人がいる環境で暮らしている貴族であるエストは、こぢんまりと落ち着きたいのかな。

「秘め事……？」

小さく呟いたソルは片眉をピクリと動かして、眉をひそめた。いつもは爽やかなソルの顔が、むっと顰《しか》められている。

「おい、秘め事って――」

「これにて、前期試験を全て終了する！　生徒は速やかに寮室へ戻りなさい！」

ソルはエストに何か問いかけようとしたが、教師の言葉に遮られた。試験場所に集まっていた生徒たちが、そそくさと解散していく。

「私も寮室に戻ろう。……ヒズミ、週末を楽しみにしているよ。またな」

エストはダイヤモンドダストの銀色の目をほんのりと柔らかく細め、俺へ手を振った。

「ああ、エスト。またな」

「……チッ」

ソルは不満げな顔をして、離れていくエストの背中を見送った。小さな舌打ちが聞こえたのは、きっと気のせいだ。

「ヒズミ、オレたちも寮室に戻るよ」

「えっ？　……ああ、うん。」

突然、右手を繋いできたソルは強く俺を引っ張って、足早に寮室まで歩いていった。寮に向かっている間ソルはずっと無言で、俺は戸惑いつつも大人しく手を握られ着いていく。

「わっ!?」

寮室のドアを乱暴に開け放ったソルは、パタンッと扉が閉まったと同時に俺の膝裏に手を回した。フワッと身体が急に浮いた感覚がして、堪《たま》らず声を上げる。

「ソル？　……なんで？」

なんで俺、ソルにいきなりお姫様抱っこされてるんだ。

距離の近くなった顔を見上げて、この行動の理由を聞いてもソルは俺の視線を無視する。

俺を横抱きにしながら、ソルは無言で部屋を横切って、リビングルームのソファに俺をそっと降ろした。左隣にはソルが腰かけ、ソファに縫い留めるように、指に手を絡めて右手を握られる。

「ソ、ル……っ？」

突然、お姫様抱っこをしてくるし、ここまで一言も発さないソルに戸惑ってしまう。

俺が不安になってソルを見上げると、琥珀色の瞳がじっと俺のことを見据えていた。いつもは甘く蕩《とろ》けている蜜色の瞳が、冷ややかな色を湛えているのに気が付く。

なんだか、ソルの様子がおかしい。

ソルは俺の目をじっと見つめたまま、口をゆっくりと開いた。

「……ねえ、ヒズミ。エストレイアとの秘め事って、何……？」

「えっ？」

先ほどの会話に出ていた、エストと俺の『秘め事』と言う言葉が、どうにもソルには引っかかっていたらしい。今週末に、二人で王都を散策するという、ただの遊びの約束だ。別にすごく重要な秘密ではない。

「……オレには、言えないこと……？」

俺が思考に耽《ふけ》って黙っていると、ソルはその沈黙を答えられないものだと取ったらしい。じりじりと俺との距離を詰めてくる。

「ちがっ、そんなことは、ない……」

「……じゃあ、オレに教えて？」

そう無表情で俺に言いながら、どんどんと近づいてくるソルに俺は反射的に後退《あとずさ》った。それでも、ソルは距離を詰めてくる。下がりすぎて体勢が苦しくなった頃合いに、ソルがトンッと俺の右肩を押した。

「あっ……」

身体が後ろに傾いて、俺は思わず呆けた音を口から零《こぼ》した。油断していたせいか身体に力が入っていなくて、肩を押された勢いのままにソファに押し倒される。部屋の天井が一瞬見えたけど、次の瞬間にはソルの美貌が俺の上に覆い被さってきた。

ふるりと黄金色の髪が、視界の端で揺れる。顔の近くにソルの両手をつかれ、逃げられないように囲われているみたいだった。

「……ソル？」

「答えないと、もっと色々しちゃうよ……？」

ソルはそう言って、俺の首筋辺りを、右手の指先でそっと撫でた。その触れるか触れないかのくすぐるような手つきに、反射的に身体がピクッと跳ねる。

ソル、色々ってなんだ。もしや、くすぐり攻撃でもするつもりか。俺はくすぐったがりだから、それをされると笑いが止まらなくてまずい。

それに見上げたソルの表情は、何だか苦しげだ。無表情なのにどこか切羽詰まった様子で、切なげに琥珀色の瞳が揺れている。いつも一緒にいるのに、隠し事をされているのは不安になるかもしれない。俺はソルを安心させるように、微笑んだ。

「別にそんな大した秘密ではないんだ。今週末、王都を一緒に散策しようと約束しただけだよ」

ソルは俺の言葉を聞いた途端、眉間に深く皺を寄せた。なんか俺、まずいことでも言ったのだろうか。

「……ヒズミ、それってデートじゃない？」

「デート？　いやいや、男同士で遊びに行くだけだろ？」

俺の言葉に、ソルは力が抜けたように、ばったりと身体を倒して俺にのしかかった。耳元ではぁあ、と大きくため息をついている。

「ヒズミがそう思っているなら、いいか。はぁあ」

もう一度大きなため息をつくと、左首にソルのちょっと癖のある髪が当たる。ソルはぎゅっと俺に抱き着き、甘えるように肩口にスリスリと頭を擦《こす》りつけた。

なぜか甘えてくるソルの頭を、よしよしと撫でてやる。黄金色の髪は見た目に反して、とても柔らかい。ついつい触り心地がよくて撫でていると、拗《す》ねたような小さな声が聞こえた。

「でも、ずるい。俺だってヒズミと一緒にデートしたことないのに……」

「ソルとは、毎回二人で出かけているだろ。あれもデートに入るんじゃないか？　だとすると俺の初デートの相手は、ソルになるな」

日本では、恋人いない歴は年齢と同じだった俺。もちろん、この世界でも同じである。

俺は告白したこともなければ、誰かに告白されたこともない。恋愛というものを、生まれてからしたことがないんだ。だから、デートというもの自体が全く分からなかった……。悲しくなんて、ないんだからな。

日本では、たまに男同士で遊びに行くことを『俺とデートでもする？』と言ってふざけ合うことがあった。友達がやると『うげーっ！　気持ちわりぃ！』って盛り上がっていたのに。俺もその場を盛り上げようとして、『じゃあ、俺とデートでもするか？』って言うと、なぜか皆が黙って場が凍り付いたのだ。

おまけに、『……ヒズミが言うと、洒落《しゃれ》にならん。やめなさい』と友人に言われて、俺はとてもしょんぼりした。洒落《しゃれ》にならないほど、気持ちが悪いということだろうか。

「そっか、オレが初めてか……」

ちょっと嬉しそうな笑い声が耳元で聞こえ、ソルはほんの少し機嫌を直したようだった。再度俺の肩口に頭をグリグリと擦《こす》る様子は、髪の毛の色と柔らかさも相まって甘えるポメラニアンのようだと思ってしまった。ソルの頭に『よしよし』を継続しつつ、あともう一押しで機嫌を直せそうだなと考えを巡らせる。

「よし。試験も終わったことだし、ソルは頑張ったご褒美がほしくないか？　俺ができることだったら、なんでもしてやるぞ？」

「ごほう、び……？　なんでも……？」

虚を突かれたように、ソルは俺の上から勢いよく身体を起こした。心地よい重さと体温が離れていくのが寂しくて、無意識にソルの胸元の服を引っ張ってしまう。ソルが目を瞠《みは》ったので慌てて手を離したら、優しくそっとその右手を掴まれた。

ソルは俺の右手を恭《うやうや》しく持ち上げると、ゆっくりと目を閉じた。窓から差し込む陽の光に、ソルの長い睫毛が反射する。何をされるのだろうと、ソルにされるがまま見つめていると、手の平にふわりとした何かが触れる。その後に聞こえる、可愛らしくも濡れた小さな音。

「……ンッ！」

目を閉じたソルが、俺の手の平に唇を押し当てたのだ。それは本当に一瞬のことで、手の平に残ったくすぐったさも気のせいかと思ってしまうほど、繊細な触れ合いで。

ソルが目を開ける様子が、やけにゆっくりとスローモーションのように見えて。

その僅かな刺激に身体を跳ねさせた俺を、とびきり甘くも、強い光を放つ琥珀の瞳で射貫いてくる。俺の仕草一つさえ見逃さないとばかりに、じっと見つめてくる蜜色の宝石に捉えられた。

ほんの一瞬、時が止まったように感じた。心臓が一度大きく脈打つ。肌の熱が上がって、落ち着かない心地になるのはなぜだろうか。

「ソ、ル……？」

ソルは視線を俺から外さないまま、俺の手を自分の頬に誘導する。ソルの滑《なめ》らかな肌に触れたと思えば、目を細めてもっと触ってと甘えるように、手の平に頬ずりをされた。

「……じゃあ、今日の残りの時間を俺にちょうだい？　ヒズミとこうして二人っきりで、のんびり過ごしたい」

午後の穏やかな日差しを浴びて、頬を緩めるソルが、あんまりにも嬉しそうに微笑むから。

そんな、ささやかなご褒美でいいのか、と聞き返そうとした俺の言葉は、音にはならなかった。

「うん……」

俺は小さく返事をして、なおも頬を染めて嬉しそうに微笑むソルを、ぼんやりと見つめ続けた。


ソルにのんびりしたいと言われたから、その日の午後はソファで一緒に昼寝をしたり、一緒に部屋で夕食を食べて寛《くつろ》いだりと思い思いに過ごした。

ゆっくりと湯舟に浸かった風呂上がり、ソルに手招きをされてリビングに呼ばれる。

「髪乾かしてあげる。ほら、ここ座って」

そう言って、ソルはポンッと右隣を手で叩いた。これは、風呂上がりのいつもの習慣だ。

「いつも、ありがとな」

お礼を言いつつ、俺は定位置のソルの右隣に座る。ソルからは、俺と同じ石鹸とシャンプーの香りがほんのりと香った。向かい合うように座り直すと、ソルがタオルでわしゃわしゃと俺の濡れた髪を拭いてくれる。

「オレも、魔力操作の練習になるから。……じゃあ、いくよ？」

「うん」

タオルドライが終わった俺の頭に、ソルが両手を翳《かざ》す。温風が髪を下から上へ、ふわっと靡《なび》かせた。風魔法と火魔法を複合させた、日本で言うドライヤーの魔法である。ソルは仕上げとばかりに、俺の髪に指先を通して手櫛で整えてくれた。

「ヒズミの髪って、漆黒で本当に綺麗だし、サラサラだよね。いつか髪を伸ばした姿も、見てみたいな……」

そう言いながら、ゆるゆると髪を撫で続けるソルに、俺は気持ちよさに思わず目を細めて、クスッと笑った。

「長い髪かー。俺に似合うかなー」

「絶対似合う。オレが保証するよ」

そのまま髪を撫でられていると、ふと、ソルの首元で小さな光が揺れた。ソルのパジャマの襟口から見える『深愛の導き』に、なんとなく触れる。

ソルが身に着けているのは、俺が魔力を込めた『深愛の導き』の片割れだ。夕焼けの橙色から、紫を経て濃紺へと変わる。銀色の粒子がチラチラと舞う中で、花弁が六枚の花が咲いている。

「……すごく、気に入っているんだ。いつも身に着けているよ」

「……ああ、俺も」

ソルも俺にならって、俺の首元に下げられているチェーンの先の、『深愛の導き』を指で持ち上げた。首から下げていた細身のチェーンが、シャラッと細かな音を立てる。

優しげな琥珀色の八面体の宝石が、ソルの指の中で輝いている。中には俺と同じく花弁が六枚の白い花と、それを照らす小さな太陽。

学園内では、冒険者の身分証であるタグは外している。でも、タグと一緒につけていたソル色の宝石は、いつも身に着けていた。

——これは、特別で大切な御守りだから。

「……ねえ、ヒズミ。出かける時は、これが見えるくらい襟を開けられる服がいいと思うよ？　……特に、エストレイアと遊びに行く時は、外は暑いんじゃない？」

俺の首に下げている宝石を触りながら、ソルがにっこりと提案してくる。

確かに、最近は外が暑い。

学園の建物内は、魔道具によって一定の温度に保たれているけど、建物外は汗ばむ陽気だ。日本の猛暑とは違って風が通ると涼しいが、それでもより薄着のほうがいいだろう。

「そうだな。そうしよう」

俺の返事に、ソルは、満足げに頷いた。

グラスに冷たいお茶を注ぎつつ、試験の結果はどうだったとか、そんな他愛もない話をしながら、のんびりとした夜を二人きりで過ごした。

◇◆◇

前期試験が終わった週末。雲一つない、どこまでも澄み渡った青空が綺麗で、絶好のお出かけ日和だ。俺は待ち合わせ場所の学園の裏門へと、足を進めていた。

裏門は寮から五分ほど歩いた場所にある。待ち合わせ時間より少し早く着いたはずなのに、既にお目当ての人物がいて驚いた。

「おはよう、ヒズミ」

「ああ、おはよう。エスト」

挨拶を交わした俺に、エストは涼やかな目元を細めて微笑んだ。

そう、今日はエストと一緒に出かける約束をした日だ。

「この馬車に乗って行こう。……さあ、どうぞ？」

エストの差し伸べた手に、自分の右手を重ねる。エストは俺の右手を軽く握ると、優しく手を引いて案内してくれる。

裏門の外には、こぢんまりとした馬車が一台待ち構えていた。一見すると商人たちが乗るような、簡素な木製の馬車だ。開かれた扉から、硬そうな座席が設置された車内が見える。

エストに手を引かれたまま、自然に女性のようにエスコートされ馬車に乗り込んだ。

馬車の扉をくぐると、水が一滴落ちるような澄んだ音が聞こえた。この聞き覚えのある音と、身体が空間を隔てている壁を通りすぎた感覚は……

「っ⁉」

次の瞬間には、先ほどまで見えていた固そうな木製の座席や、木目が剥き出しの内装は消えていた。貴族の屋敷の一室のように、上品な深緑色で統一された、居心地のいい空間が広がっている。

「高度な隠蔽の結界か……。すごいな」

「驚いてもらえて、嬉しいよ。うちの家に伝わる、面白い魔道具なんだ」

感嘆の声を上げる俺を、エストは革張りの柔らかなソファに座らせてくれる。俺の隣に腰かけると、悪戯《いたずら》が成功した子供のように楽しそうに笑った。

「私の先祖である大賢者の伴侶が、大の旅行好きだったらしくてね。伴侶と一緒に馬車で快適な旅をできるようにと、この魔道具を作り出したらしい」

「……すごく素敵だな」

素直な感想を漏らしつつ、俺は外観と内装の作りの違いに興味深く室内の様子を見回した。

見た目は狭い馬車が嘘のように、車内は大人六人が座っても余裕そうだ。今座っているソファも横になって足を延ばせるくらい大きくて、実際にベッドとしても使えるらしい。目の前の飴色のローテーブルには焼き菓子やら、グラスに入った冷たい紅茶やらも用意されていて、まさに至れり尽くせり。

「お忍びで出かける時には重宝しているよ。家紋が入った馬車では、落ち着かないだろう？」

俺に説明しながら、エストは零《こぼ》れ落ちた銀糸の髪を、しなやかな指先でさらりと耳にかける。美貌の青年はそれだけでも絵になるほど美しいのだが、今日はいつもとどこか雰囲気が違った。その理由に行きついた俺は、思わず口に出していた。

「エストの私服姿を初めて見たよ。いつものきっちりとした制服姿もいいけど、その服装もお洒落《しゃれ》でカッコイイな」

エストは薄水色のワイシャツに、落ち着いた薄い灰色のベスト、チノパンを履いている。一般市民と似たような装いだというのに、そこはかとなく溢れ出る気品がある。

ワイシャツの胸元には、上品なクロスタイをブローチで留めていた。胸元よりもさらに長く伸びた銀髪は自然に下ろして寛《くつろ》げていた。制服の時の厳《おごそ》かな雰囲気とは違って爽やかで、美形度が爆上がりである。

シンプルなワイシャツに、ズボンという出で立ちの俺とは、なんか、こう、品が違う。

「……ありがとう。ヒズミにカッコいいって言われるのは、素直に嬉しい。迷って選んだ甲斐がある」

ほんのりと目元を赤く染めたエストは、眼鏡越しの切れ長の目を細め、一層嬉しそうに微笑んだ。その年相応の笑顔と、感情をありのままに見せてくれる様子に俺は感慨深くなった。

最初に俺と出会った時の、薄氷のような貴族然とした微笑みは、今や俺の前では見られない。まだ数か月間の付き合いだけど、俺に心を開いてくれているようで嬉しく思う。

「今日は、誘ってくれてありがとう。すごく、楽しみだ」

「私も、ヒズミを一日一人占めできるのは、とても嬉しいよ」

馬車の開いた窓から、そよそよと風が入ってくる。風に靡《なび》いて陽の光を反射して透けるように輝く銀糸に見惚れていると、ふわりと清涼感のある軽やかな香りが鼻をくすぐった。

「いつも思うけど、エストはいい匂いがするよな。香水か何かつけているのか？」

エストが近づくと、いつも清涼感とともに、イランイランのような甘さが一瞬だけ最後に香るのだ。優雅な香りは、エスト本人にピッタリだ。

「香水というより、ボディミストをつけているよ。……今日は、そのお店に行こうと思っていたのだが、どうだ？」

どうやら、俺がこの香りに普段から惹かれていることに、エストも気が付いていたようだ。

「ああ、ぜひ連れていってくれ」

綺麗に整備された街道をゆっくりと走る馬車の中、俺とエストは図書棟でのいつものお茶会のように、ゆったりと穏やかな時間を過ごした。


王都の賑やかな街並みを横目に、馬車は高級老舗店が立ち並ぶ表通りから、一本裏手へ入る。大通りの喧噪《けんそう》が聞こえなくなってしばらく、馬車は一つの店の前で静かに止まった。

そこは、こぢんまりとした小さなレンガ造りのお店だった。

ショーウィンドウの中に、曲線が美しい小さな小瓶が飾られている。お店の看板には、リボンを首に巻いた猫が横を向いてお座りするシルエットが描かれている。

なんとも可愛らしい看板を見上げていると、エストがお店の重厚な扉を静かに開いた。

「いらっしゃいませ。お待ちしておりました。エストレイア様」

壮年の背筋の伸びた男性が、穏やかな声音で出迎えてくれた。一礼をした後に、店内へと俺たちを招き入れてくれる。

「……綺麗だな」

店内に入って、俺は思わずそう言葉を零《こぼ》していた。

店内は白色で統一されていて、シンプルで洗練された雰囲気だ。カウンターの後ろにある壁一面が大きな棚になっていて、液体の入った小瓶がずらりと陳列されている。

色とりどりの液体は、薄い色から濃い色へと美しいグラデーションになるように置かれていて、見ているだけでも、とても心が弾む光景だった。店内に差す陽光で、どれも色鮮やかに輝いている。

「ああ、いつもありがとう。ソバルト」

馴染みの店なのだろう。エストがソバルトと呼んだ先ほどの男性は、目の端にある皺を一層深くして、より温かく微笑んだ。

「お連れ様は、当店に初めてのご来店かと存じます。ようこそ、ルパルファンへ。私は店主のソバルトと申します。どうぞ、お見知りおきを」

ルパルファンとはお店の名前で、香水を意味する古代語だ。左胸に手を当て、軽くお辞儀をするソバルトさんに、俺もつられてお辞儀をした。

「初めまして、ヒズミと申します」

俺が緊張しつつも名乗ると、ソバルトさんはふふっと優しく微笑んだ。

「……実に、可愛らしいお方ですね。エストレイア様、いつものお部屋でよろしいのでしょうか？」

「ああ、頼んだ」

エストの返事を聞いたソバルトさんは、俺たちをカウンターの右にある扉の中へ案内してくれる。

外観からは想像もつかないが、どうやらこのお店は奥へと長く続いているらしい。古めかしい廊下を進んでいくと、客間のような個室に通された。部屋にあるテーブルの席へ腰かけると、すぐにお店の人がお茶を出してくれる。洗練された店員の動きに、このお店の格式が窺《うかが》えた。

隣に座ったエストが、お茶を一口飲みつつ、ソバルトさんに向けて話を進める。

「……今日は、彼に似合う香りを作ってほしい」

「承知いたしました。……そうですねぇ」

ソバルトさんは、顎に手を当てて少し思案気に言葉を切った後、俺へ視線を移した。

「ヒズミ様は、何かお好みの香りなどはございませんか？　また、これは嫌だな、という香りもあれば、合わせて教えてください」

好みの香り？

日本にいた時だって、香水なんてハイカラなものをつけたことがないから、さっぱり分からない。

「そうですね……。爽やかな石鹸とか、葉の香りが好きです。あまり強く香るものは苦手です。香りを纏《まと》う機会が今までなかったので、詳しくはないのですが……」

悩んで正直に話した俺を、ソバルトさんは微笑ましそうに見つめてきた。

「いえいえ。ぜひこの機会に、香りを纏《まと》う生活をお楽しみいただけたら幸いです。いくつか、ヒズミ様の好みと、こちらでヒズミ様をイメージしたサンプルをお持ちいたしましょう。少々、お待ちください」

そう言ってソバルトさんが席を外した室内を、俺はゆっくりと見渡した。

天井には、ファン型のランプが吊り下げられていた。羽根をゆっくりと回しながら、室内の空気を洗浄している。日本で言う、空気清浄機の役割を担う魔道具だ。

香水のお店というと、入った瞬間に様々な香りがブワッと立ち込めるイメージがある。しかし、このお店はそんなことがなかった。それは、この天井についている魔道具のお陰なのだろう。

エスト曰く、このお店は、店内をあえて清浄な空気のみとして、無臭に保っているそうだ。色々な匂いが混ざった室内では、自分の好きな香りも見つけ出せないだろうという、お店側の考えらしい。

このお店のコンセプトは、『自分だけの香りで、秘められた花を咲き誇らせる』。香りへのこだわりが、お店の随所に見える。

「こちらに、香りのサンプルをお持ちしました。この中で、好ましいと思う香りをお選びください。その香りを軸に、ヒズミ様のイメージに合った香りを配合いたします」

テーブルに並べられたのは、ガラスの小瓶が六種類と、香りを楽しむための試香紙だ。

試香紙がこれまた可愛らしくて、看板と同じ、リボンを付けた横向きの猫の形をした紙だった。

ソバルトさんが、小瓶に被せられていた蓋を外し、猫型の試香紙にシュッと中身の液体を吹きかける。試香紙をそっと、俺に手渡してくれた。

「紙を動かすと、ほのかに香ります。どうぞ、ゆっくりとお選びください」

説明してもらった通り、試香紙を顔の近くで軽く振る。ふわりとみずみずしい匂いが鼻をくすぐり、なんとも気分が安らいだ。

いい香りって、それだけで心が穏やかになって、気分が晴れたりするものだよな。

それぞれの香りを楽しみつつ、俺は香りを選ぶという贅沢な時間を過ごした。

「……この香りが、好きです」

ソバルトさんに提示された小瓶から俺が選んだ香りは、ベルガモットという柑橘類の香りだった。フレッシュでみずみずしい香りに、ほんのり苦みを感じさせる香りだ。

「かしこまりました。……では、調香の準備をさせていただきます」

選定した香り以外の小瓶を他の店員さんに片付けさせたソバルトさんは、部屋にある戸棚からいくつかの別の小瓶を取り出した。色とりどりの液体が入った小瓶を、一つ一つ丁寧に横一列で並べる。

最後に空の小瓶を一つだけ、列を外して中央にコトンッと置いた。

白い手袋を恭《うやうや》しくつけて、金の持ち手がついた杖をどこからともなく手に持つ。準備ができたとばかりに、穏やかな口調でソバルトさんが告げる。

「……それでは、先ほど選んでいただいたものを主軸に、ヒズミ様をイメージした香りを調香いたします」

ソバルトさんが、右手でそっと木の杖を持ち上げた。小さく勢いをつけると、軽やかに杖で小瓶の口を打ち付ける。静寂な部屋にガラスが奏でる、キーンッ、と涼しげな音色が響いた。

「っ！」

打ち付けられた小瓶の口から、香玉《かおりだま》となった水の球体が、ぽわりっと独りでに生み出されて宙に浮く。きっと、水魔法の応用だろう。

ソバルトさんは小気味よく、次々と小さな小瓶を杖で打ち鳴らした。数回打ち付ける瓶もあれば、ほんの少し触る程度に鳴らすものまで。打ち付けるたびに、大小様々な香玉《かおりだま》が生み出され、陽の光を反射しながら、ゆらゆらと宙へ浮く。

ソバルトさんが両手を広げ、頭上に透明な水球を一つ作り出すと、そこに色とりどりの香玉《かおりだま》が集まっていく。とぷんっ、と水音がして、それらが透明な球へと入り込んでいった。

「すごいな……。こうやって作るのか」

日本では決して見ることのできない、ファンタジックな光景に目が釘付けだ。

香水を作る作業は、前世だとスポイトで液体を吸い上げて混ぜ合わせるという、比較的シンプルなものだったと記憶している。こうして魔法を駆使して、香りを混ぜ合わせていくなんて、さすがは魔法の世界。

「私も、調香の過程を見るのが好きなんだ。ヒズミのおかげで久々に見られるよ」

隣に座るエストも、水球が織りなす美しい光景に言葉を零《こぼ》した。

色とりどりの香玉《かおりだま》が、透明な水球の中で花火のように弾けた。線状の水飛沫が、キラキラと透明な球に溶けてゆく。香玉《かおりだま》が弾けるたびに、水球はうっすらと色を変えていった。

色の変化が止まったのを見計らい、ソバルトさんが中央に置いた空の小瓶を、軽やかな音とともに杖で打ち付ける。頭上の水球の形が崩れ、吸い込まれるように瓶の中へ注がれていった。

空の小瓶の半分ほどを深い青色が満たしたところで、ソバルトさんがガラスの蓋で栓をする。

一連の作業が終わると、ソバルトさんは満足げに息を吐いて、杖を持った手を下ろした。

「私のインスピレーションが刺激された、とても興味深い配合となりました。どうぞ、お試しになってください」

ソバルトさんは深い青色の液体が入った小瓶を、柔らかなベルベットのクッションに載せて俺に差し出した。

促されるままに俺が蓋を開けると、ふわっと周囲に香りが広がる。

「……いい香りだ」

柑橘系のみずみずしさに、突き抜けるようなカルダモンの爽快感。最後にふんわりと少しだけ甘く漂う、スズランの香り。清々しいのに、最後に包み込ような甘さが残り香になる、落ち着いた香りだった。

鼻をくすぐる香りに、俺は思わず深く息を吸っていた。

「ヒズミにとてもよく似合っている。澄んだ香りに、清楚な花の柔らかさを感じる」

傍に座っていたエストも、周囲に広がった香りを楽しんだのだろう。満足げに頷いて、目を細めている。

「とても、良い香りです。気に入りました。ずっと、香りを楽しんでいたいくらい……」

うっとりと香りに浸って紡いだ言葉に、ソバルトさんは嬉しそうに微笑んだ。

「お気に召していただけて、嬉しゅうございます。……香水でも十分に楽しめますが、ヒズミ様は強く香るものが苦手だとおっしゃっていたので、やはりボディミストがいいでしょう」

ソバルトさんは、ボディミストを製作してくると言い、調香した香水を持って部屋の外へ出ていった。ほんの数分で、細長い瓶を持って部屋に戻ってくる。

「お待たせいたしました。こちらが、ヒズミ様だけのボディミストです」

そう言って見せられた瓶の美しさに驚いた。

深い青色の液体がたっぷりと入った、片手よりやや長い瓶。銀色の蓋には、三日月と複雑な幾何《きか》学《がく》模様がうっすらと彫られている。ガラス上部にも、三日月と小さな星が控えめに白く彫られていた。

ソバルトさんは、丁寧に紫色の箱に瓶を仕舞って銀色のリボンを施すと、エストへその箱を渡した。

「私から、ヒズミにプレゼントさせてほしい。久々にいい光景を見れたお礼に……」

氷の貴公子は、銀色の瞳に蕩《とろ》けるような甘い熱を映しながら、俺に妖艶に微笑んだ。氷が解けて現れた、涼やかでも艶《あで》やかな美貌は、もはや凶器だ。

こんな至近距離で、そんな微笑みをされてしまえば、男の俺でも心臓が大きく跳ねる。

「そんな……、さすがに悪い」

月や星を思わせる銀色の瞳に、吸い込まれそうになる。見惚れつつもなんとか返した断わりの言葉を、エストは左右に首を緩く動かして拒んだ。耳元に唇を近づけられ、そっと囁《ささや》かれる。

「私から、ヒズミに与えたいんだ。……どうか、受け取って？」

宥《なだ》めつつも決して拒ませない、低く甘い声で術中へと導かれる。鼓膜を震えさせ、思考へ入り込んできた甘い声に、ふるっと身体が震えた。

エストに導かれるままに、丁寧な手つきで箱を手渡される。

気が付いた時には、相手の思うがまま。

相手がエストであれば、その術中に嵌《は》まってもいいかもしれないと思うのは、友人よりも更に親しい、友愛に近いものを感じるからだろうか。

「ありがとう。大切に使うよ」

俺の言葉に満足げに頷いたエストは、ふと俺の胸元に視線を移した。今日は暑いから、ソルに助言された通り、胸元を少し開けている。琥珀色の宝石がチラリと見えるくらいに。

「……それに、これは意趣返しだからな」

「……？」

ぼそっとエストが呟いた言葉に、エストの隣にいたソバルトさんは、「おやおや」と朗らかに笑った。


香水店を出た後は、歩いてほど近いカフェで遅めの昼食をともにした。落ち着いた暗い木目が艶《つや》やかな、シックな雰囲気の喫茶店だった。各テーブルは高い衝立で区切られていて、人の目を気にせずに過ごせる。

俺は注文したオムライスを頬張りながら、向かいでバジルのパスタを優雅に食べているエストを見遣った。

「エストも、こういうお店に入るんだな……？」

戸惑う様子もなく、平民が使うような店に平然と入るエストを見て、俺は疑問を口にした。だいぶ城下街の、平民たちの住まう場所に慣れている様子で驚いたのだ。

「殿下や筋肉バカと、王城を抜け出して城下街で遊んでいたからな」

品行方正なエストの姿しか見たことがなかった俺は、目を瞠《みは》る。

「結構やんちゃだったんだな。今のエストからは想像できないよ」

「まあな。だから、この辺りはよく知っている」

食事を食べながら、二人でゆったりとした時間を過ごした。学園内の話から、俺の冒険者としての活動の話まで。

俺の話を、エストはずっと穏やかな微笑を浮かべて聞いてくれた。優雅に紅茶を飲みつつ、興味深げにしたり、時には一緒に笑ったり。いつもと同じように、エストはこちらを見て、嬉しそうに目を細めている。そんなエストの様子に俺もつい嬉しくなって微笑み返す。

そんなあたたかい時間は、あっという間に過ぎた。

昼もだいぶ過ぎた頃、俺たちは喫茶店を後にした。

「……すこし、のんびりできる場所に行こうか？」

エストに手を差し伸べられ、俺はその手に自分の右手を重ねる。嬉しそうに目を細めて俺の手を握るエストは、終始甘い雰囲気だ。氷の貴公子は、一体どこに行ったのやら。

腹ごなしも終わり、今は微睡《まどろ》みが丁度よい時間帯だ。気持ちの良い風が坂の上から吹いている。

木造のお店や家が立ち並ぶちょっとした商店街の、白色の石で彩られた緩い傾斜の坂道を二人で連れ立って上る。少しだけ幅の狭い路地を、子供たちがはしゃぎながら横を通り過ぎていった。果物屋の店番であるおじいちゃんは、猫と一緒に椅子で居眠りをしている。

なんとものんびりとした、ほっこりとする風景だ。

すれ違う道行く人々を眺めながら、エストと緩く長い坂を上っていく。

坂道の途中にある広場で休憩をしつつ、またのんびりと坂道を上る。しばらく歩いて、やっと坂の上にまで辿り着いた。

星の幾何学《きかがく》模様をアーチ状に描いた、可愛らしい門をくぐる。

「ふふっ。すごく良い場所だ」

俺たちが辿り着いたのは、青々とした原っぱが広がる公園だった。

よく風の通る丘は、草がそよぐたびに爽やかな香りが広がる。白い花が所々で咲き、柔らかな下草は昼寝をすればとても気持ち良さそうだ。

華やかな花壇や芸術的な噴水のある公園もいいけど、俺はどちらかというと、こういう自然と一緒になっているほうが落ち着く。

「ヒズミ、振り返ってごらん?」

「？　……っ！」

エストに促されて、ともに上った坂道を振り返ったとき、俺はあまりの絶景に言葉を失った。

「……なんて、美しいんだ」

海のように広がる、美しく澄んだ青空。

橙や、赤茶色、こげ茶などの暖色で統一された小さな屋根と、淡いベージュ色の壁面がモザイク画のように遠くまで続く。視界いっぱいに広がった、空色と暗めの赤色とのコントラスト。

そして、まっすぐと伸びる白色の街道は、まるで先が見えない。どこまでも遠くまで、それこそ、空まで続くようにさえ思えた。

蜃気楼《しんきろう》のように、先のほうは空と街の境界がぼやける。それもまた、幻想的で美しい。

「気に入ったか？」

「ああ、とても……」

息をすることも忘れて、思わず魅入ってしまった。王都を一望できるこの丘は、まさに絶景スポットだろう。しばらく、俺の気が済むまでその光景を眺めていた。

屋台で買った氷入りのレモネードを、俺が腰に下げたマジックバッグから取り出して、エストへ差し出す。エストがお礼を言って一口飲みつつ、遠くを見ながら話し始める。

「……子供の頃に王城を抜け出したのは、ささやかな反抗だった。……国の危機を、私たち三人だけに背負わせる大人たちに対して。そして、英傑という存在自体に対しても」

誰に話すでもなく、とつとつとエストの言葉が続く。

「私の身体に英傑の紋章が現れたのは、六歳の時だった。『黎明《れいめい》の儀《ぎ》』を受けた翌日だ」

エストは小さく零《こぼ》れるように言葉を紡ぎながら、左腕の上部を右手で軽くさする。

その部分には英傑の紋章があることを、乙女ゲームの攻略本を読んでいる俺は知っていた。

「英傑の家系の子供たちは、自分の魔法属性を早めに調べる。魔力操作を早めに身に付け、魔法属性に適した修行をするためだ」

その魔力属性を調べる儀式を『黎明《れいめい》の儀』と言う。調べた魔法属性によって、家庭教師を付けたり、より専門的に魔法属性を伸ばしたりするのが貴族の通例だ。

「紋章が現れたのは、魔力を明確に自覚したからかもしれないな……。私はまだ子供で、紋章が発現した時は、ただ嬉しかった。おとぎ話にも出てくる、英傑という名誉ある存在になれるのだと。でも……」

英傑が魔王を封印する話は、子供たちに絵本で読み聞かせるほど有名だ。勇ましく戦う英傑たちに、どんな子供でも一度は憧れるものだという。

ただ、エストはそこで暗く言葉を切った。

「……そこからは、長く辛い日々が続いた」

英傑の紋章が現れたエストは、王命により王城へと招集された。六歳の子供が、たった一人で。

「未来に起こる魔王討伐のため、私は親元を離れて王城に招集された。殿下たちと一緒に、厳しい稽古と勉学に励んだ。……来る日も、来る日もずっと……」

剣術や魔法の教師は、エストを含めた三人に口々に言っていたそうだ。

英傑なのだから、国民のためにその命を捧げなさい。

そんなに弱くては、魔王を倒せない。お前たちが死ねば、多くの人が死ぬ。

英傑の使命を全うせよ。

「……幼い私にはできないことが多く、苦痛に感じるのが常だった。その辛い日々があって、確かに魔法と剣術の実力はついたがな」

まだ年端のいかない子供が、国のために犠牲になれと言われても、理解できたとは到底思えない。何よりも、修行のために親元を離れさせられた子供は、不安でいっぱいであっただろう。その寂しさや、心の傷を癒やしてくれる大人が周囲にはいなかった。

周囲の大人は皆、英傑という肩書に目を奪われ、エストという一人の少年のことは、誰も見ていなかった。

「私の父は宰相、母は社交界の華。公務に人脈づくりにと忙しい。年に数回、社交界の催し物でしか両親には会ったことはない……。そして、私は英傑になり、家のしきたりで跡取りではなくなった。……だから、両親は弟に構うようになった」

そこで、エストは言葉を切った。

手に持ったレモネードを、エストが一口飲む。俺もつられて、酸っぱくも甘いレモネードを飲んだ。ほんのりとした蜂蜜の甘さが、話をする喉にはいいだろう。

ふと、エストが街並みへと視線を移した。

風船を持った男の子が、嬉しそうにニコニコしながら母親と手を繋いで歩く姿を、エストはどこか遠くを見るような目で見つめていた。

「……昔は、ああやって仲睦まじい親子を見るのが嫌いだった。私は、家族と会話をする機会もなく、手を繋いだこともなかったから……。両親のことを他人だと思うようにした。それでも城下街に出ると、家族を目で追う自分に気が付いて、虚しくなった」

エストの銀色の瞳が、午後の強くなった陽射しによって一層輝く。その瞳には、少し寂しげな感情が見え隠れしていた。

「そして、成長とともに社交界に出れば、英傑の称号に纏《まと》わりついてくる貴族令息、ご令嬢に辟易した。……全員が、権力に群がる欲望の獣に見えた」

何度、英傑であることを憎んだだろうか。

どうして、自分たちだけが国の命運を背負うのか。

命を落とすかもしれない英傑に「愛している」と言い、伴侶になりたいと宣うのに、皆どうして、その英傑本人の心配はしてくれないのか。

英傑だから、魔王と戦って当たり前だ。魔王との死闘は、英傑たちだけがするものだ。

英傑ではない、只人《ただびと》はただ守られていればいい。

そんな言葉ばかりが耳にこびりついて、離れなかったとエストは遠くを見ながら語る。

それは、この国の常識であり、長きにわたって蔓延る闇だった。

「底の見えない、酷く淀んだ湖の中に沈んでいるような気持ちだった。……なんのために、私は英傑として魔王に立ち向かうのか」

欲望渦《うず》巻く、そして何もない、色もない灰色の世界。

守りたいものなんて、何もないのに。

過去の恨み言を話すエストは、自分も傷ついているような悲しい顔をしている。

「学園に入学してからも、それは変わらなかった。でも……」

銀色の瞳が、ついっと俺に向けられる。ダイヤモンドダストは、どこまでも細かに美しい輝きを放つ。その瞳の奥に秘めやかに揺れる熱も感じて、俺の胸の内でドクンッと鼓動が高鳴った。

秘めやかなのに、どうしてこんなにも、熱いのだろう。

「ヒズミに出会って、全てが変わった」

「えっ？」

いつしか空は夕日へ染まろうとしている。うっすらと夕日のオレンジ色に照らされながら、美貌の青年は美しく微笑んだ。右手をすうっと伸ばされたかと思うと、俺の左頬をしなやかな指先がするりと撫でていく。

「ヒズミが『救いたい』と、ともに戦うと言ってくれただろう？　『英傑』ではなく、『人』として私たちに心を砕いてくれた。たとえ、それが私だけに向けられた言葉でなかったとしても……」

小さな星がちりばめられた銀色の瞳は、まっすぐに俺を射貫いた。どこまでもまっすぐに、静かな熱を帯びて。

「私は、心が震えるくらい、嬉しかったんだ」

多くの人の命が、自分たちの手にかかっている。その重圧は、英傑である彼らにしか分からない。

俺のように戦いのない、命の危険なんてほど遠い世界で生まれた者には、きっと一生理解できないだろう。理解できると言うほうが、とんでもなく傲慢で浅はかだ。

でも……。それでも、俺は。

「……俺は英傑のように、大それたことはできない。英傑の皆の苦しみさえも、俺は分かってあげられない。それでも……」

俺の左頬を優しく撫でるエストの手を、そっと掴んだ。身体の正面に持っていくと、祈るように両手で包み込む。

きっと、これは俺の自己満足なのかもしれない。

乙女ゲームの攻略本を読んだ時から、英傑たちの運命が辛く重いものだと知っていたから。そして、その重圧に頑張って耐えている人を、現実で目の当たりにした。自分の孤独や哀しみを押し殺して、周囲に恨み事も一切吐かずに。厳しい訓練や勉学にも耐え抜いて。

運命を憎んでも、決して投げ出すことなんてしなかった。自分の心が悲鳴を上げていても、多くの人の命のために、命を捧げて魔王と戦おうとしている。

そんな強く、ひどく優しく、高潔な人に。この人だけに、英傑たちだけに。

世界の全てを背負わせてはいけないと。

銀色の瞳を、俺はしっかり見返した。手を握られたエストは、どこか驚いた表情をしている。氷を思わせる美貌の英傑は、ただの心優しい青年だった。

このひどく優しい青年の、孤独と哀しみ、苦しみが少しでも和《やわ》らぎますように。

そう強く願って、エストの手を包んだ両手に、力を込めた。

「俺は、自分の大切な人たちを守りたい。エストは、俺にとって大切な人の一人だ。その運命の重みを、使命の息苦しさを、少しでも和《やわ》らげられたらいいと……。そう、思うんだ」

いずれ、魔王と戦うのは避けられない。

それならば、皆で幸せになれるように。

「俺は、ともに戦う。皆を、エストを、失わないために」

月や星の静かな銀の輝きを称えた瞳が、大きく見開かれる。手の中の体温が、一瞬だけビクッと大きく震えた気がした。

その銀色の宝石から、ぽろりと美しい雫が零《こぼ》れる。絹のような頬を伝って、夕日の温かな明かりを吸い込むと、形のいい顎先からぽたりと下草に落ちた。

銀糸の髪は、彼の優しい心を表したかのような、優しい夕日の色を映して輝く。美貌の青年は、ゆっくりと目を閉じた。少し深く呼吸をした後に、潤んだ銀色の宝石を俺に向けて、目を細めて呟いた。

「……ありがとう。ヒズミ。私の、美しい人。ヒズミのためになら、私は――」

夕日に照らされた、その心からの微笑みはあまりにも美しくて。どこか瞳は切なげで。声音には乞うような音が混じっていた。

俺はその微笑みを間近に見て、情けなくも見惚れて呆けていた。

エストは、空いている左手で俺の右頬を優しく包み込んだ。微笑みを湛えたままの美貌が、俺にゆっくり近づいてくる。あまりにも綺麗な美貌、そして、切なげな色を宿した銀色の瞳に動けない。

ふと、左目に吐息を感じて、反射的に瞼を閉じた。その瞼に、柔らかな感触がそっと落とされた。

――この命を、捧げてもいい――

瞼に優しく、柔らかな感触が残る前に、エストが何か呟いた。その言葉は夕闇の近づきを告げる涼しい風によって、下草が靡《なび》く音とともにかき消される。

「エ、スト……？」

思いのほか近いエストの顔を見上げながら、俺は彼の呟いた言葉を聞き返そうとした。その言葉は、エストの心底嬉しそうな笑顔で頭から抜け落ちる。

「ヒズミがともに戦ってくれるなら、私はどんなことでもできそうだ」

そう言って笑ったエストは、年相応の優しげな青年だった。

丘の上で綺麗な夕日をしばらく眺めた俺たちは、馬車で学園に戻った。学園の裏門に到着して、馬車を降りなければという時に、隣に座っていたエストに手を握られる。

銀色の瞳が熱を帯びたかと思うと、再び左瞼の上に唇を落とされた。

「……んっ、エスト。くすぐったい」

この国の人は、スキンシップが過激だ。それとも、別れの挨拶にキスをする習慣があるのだろうか。

「今度は、私の部屋にも遊びに来て？　ヒズミなら、いつでも歓迎する」

鼓膜を震わせる低く甘いイケメンボイスに、耳の骨まで食まれたような感覚になった。

ぞくっと肌が熱くなる。俺は、くすぐったくて反射的にビクッと身体を跳ねさせた。

俺の反応に、耳元でふっとエストが笑う気配がした。なんというか、無駄に吐息が艶《つや》っぽい。

「もう、遊びに行くから……。そんないい声で囁《ささや》くなよ。ソワソワするだろ」

不覚にも男の俺が、ドキッとしてしまったではないか。

恥ずかしさで、今の俺の顔は赤いと思う。抗議するようにエストを見上げると、エストはなぜか顔に手を当てて、ふうっとため息をついた
「そんな顔しないでくれ。あいつの元に帰したくなくなる。……でも、今はこれで我慢しよう」

名残惜しそうに、エストは握っていた右手をそっと離すと、二人で馬車を降りた。エストは黒色の高級感溢れる紙袋に入ったボディミストを手渡し、寮まで送ってくれた。

「エスト、今日はありがとう。とても楽しかった」

「私もとても楽しかった。また、一緒に出かけよう」

夏休み明けに再び会う約束をして、俺たちは別れたのだった。

◇◆◇

エストとお出かけした日の夜、俺は早速、お風呂上がりにボディミストを使った。

ソファでまったりとしていたソルが、いつも通り俺の髪を魔法で乾かした後、すんっと鼻を鳴らす。

「ヒズミ、すごくいい香りがする。爽やかなのに、花の香りがほのかに甘くて……。何か香水でもつけたの？」

「ああ、これか？　ボディミストを付けているんだ。今日、エストと一緒に出かけた時にプレゼントしてくれて。肌もスベスベになっていいだろ？」

ボディミストは保湿性にも優れていて、肌がしっとりと柔らかくなるんだ。いい香りもして、肌のケアも出来るなんて素晴らしい。

その素晴らしさを体感してもらおうと、俺はボディミストをつけた手をソルに差し出した。

ソルは俺の手を取ると、指先で手の甲をそっとなぞっていく。

「……うん。すごい肌がすべすべだ……」

そう言いながらも、どこかソルは複雑そうに顔を歪《ゆが》ませた。俺の手を離すと、ボディミストのボトルを見て、何やらボソボソと呟いていた。

「くそっ。ヒズミがこの香りを気に入っているから、洗浄もしにくいし……。何よりも香りがヒズミに似合い過ぎて、消すのが惜しいと思ってしまう。……あの腹黒、オレを毎日モヤモヤさせる気か……」

しかも箱まであいつ色だし、と忌々しげにソルが舌打ちをする。小さな声の独り言は、何を言っているのか所々聞こえない。

「……ソル？」

気になって話しかけると、ソルは何とも言えないというような顔をして俺に正面から抱き着いた。

右の肩口に頭を寄せつつ、拗《す》ねたようにポツリと呟く。

「オレの知らない香りを纏《まと》うなんて。ヒズミの無防備。オレ、いじけちゃうよ？」

「えっ」

ソルはいい香りだと褒めてくれたが、なぜか唇を尖らせながら、自分からいじける宣言をする。

「突然どうしたんだ。ソルも自分のボディミストがほしいのか？」

「……違う」

ソルは短く答えを返すだけで、俺に抱き着いたまま離れようとしない。なんならもっと体を密着させて、甘えるように肩口に頭を擦《こす》りつけウリウリしてくる。

いじけながらも甘えてくる行動が可愛いな、とお兄ちゃん心をくすぐられながらも、俺はソルから理由を聞き出そうと問いかける。

「そーる？」

「……」

無言を貫いたソルは、どうやら本格的にいじけると決め込んだらしい。

こうなるとソルは頑固だから、長期戦になりそうだ。もし、口もきいてくれなくなったらと思うと、おにいちゃん悲しい。うーん、困った。

俺は肩口にあるソルの頭を撫でてやりながら、思考を巡らせる。

ふとカレンダーが目に入った。予定がたくさん書き込まれている中で、休日の明日だけは、綺麗に空欄になっていた。妙案が頭に浮かぶ。

「ソル、明日の夕食は俺が何か作ろうか？」

未だに肩口で頭をつけてるソルの耳元で、俺は甘やかすように囁《ささや》いた。

「えっ？」

俺の肩口に頭を乗せていたソルが、おもむろに顔を上げる。きょとんと俺を見下ろすソルに、思わずクスリと笑みが零《こぼ》れた。

「俺の手料理が食べたいって言っていただろう？　明日は時間があるし、余裕をもって作れると思うぞ？　そんな本格的なものは作れないが……」

マジックバッグにも、今まで集めてきた魔物肉やら、香草やらがたくさん入っている。ある程度の材料は揃っているから、大丈夫だろう。

琥珀色の瞳が内側からキラキラと星が瞬いていた。

「食べたい！　ぜひお願いします！」

見えない尻尾が、ぶんぶん振り回されている気がする。それに、嬉しさのあまり敬語で懇願してきた。よしよし、ご飯で機嫌が一気に直るとは。可愛いなぁ、ソルは。

次の日の料理のリクエストを聞きつつ、エストとの王都散策の内容を事細かにソルに聞かれて、沢山話をした夜になった。


「よし。じゃあ、作るか」

気合の声を上げて、ラフな格好にエプロンを着け、俺は料理の準備に取りかかっていた。

ミニキッチンとは言いつつ、寮室にあるキッチンは料理をするのに十分な広さだ。

ソルのリクエストはがっつり系。さすがは食べ盛りの男子といったところか。

「そうとなれば、ハンバーグかな」

魔物肉もあるし、以前ダンジョンで手に入れた『コクがやたらすごい！ デミグラスソース』が壺である。舐めてみると絶品だったから、これをソースにしよう。

ちなみに、ソルには今、購買に夕食用のパンを買いに行ってもらっている。焼きたてのパンのほうが、美味しいだろうから。他にも足りない材料とか必要なものを言伝てして、少し時間がかかるようにしておいた。

ソルには内緒で、ソルの好物を使った料理を作ろうと画策していたのだ。

「先にそっちを作って、冷蔵箱に隠しておこう」

冷蔵箱は、日本で言う冷蔵庫である。魔道具なのでエネルギーは電気ではなく、魔力でモノを冷やすのだ。他にも、部屋には電子レンジの代わりに魔導オーブンが付いている。

ソルの好物で作る料理は二種類。一つは揚げ物を。ハンバーグの付け合わせが揚げ物って、ちょっと背徳感があるが、男飯って感じでいいだろう。

もう一つは夏場だからな。何か冷たいデザートでも作るか。

「よし」

気合を入れつつ、俺は料理に取りかかった。

リビングのテーブルに並んだ料理を見て、ソルの琥珀色の瞳が一層キラキラとしている。

「すごいよ！　ヒズミ！　とっても美味しそうだ！」

「たくさん作ったからな。いっぱい食べてくれ。デザートもあるからな？」

食卓の上に並んだのは、デミグラスソースのかかったハンバーグに、まん丸なコロッケ、色とりどりの温野菜。輪切りにしたパンは籠の中にどっさりと入れた。

ハンバーグは肉汁を閉じ込めたからな。試しにナイフで斬ったら、ジュワーッといい匂いと一緒に肉汁が滴った。

「ヒズミ？　この丸いアゲモノ……？　は、なに？？」

ソルの視線の先にあるのは、こんがりときつね色に揚がった、まん丸のコロッケだ。コロコロとした見た目で、少し小さめに作ってある。そのほうが、好みの量で食べれると思って。

「ああ、それはコロッケって言うんだ。普通はジャガイモで作るんだけど、今日のは少し違ってな？　……食べてみれば分かるよ。」

ソルはコロッケを見るのが初めてだ。サクッと薄い衣にフォークが刺さる、小気味良い音が聞こえた。ソルはフォークに刺した丸いコロッケを、一口でひょいっと頬張った。

「！　～～っ!?」

一口噛んだ瞬間、ソルが大きく目を見開いた。そのまま、口をもごもごと動かしている。リスみたいで可愛い。

「……どう？　気に入った？」

無言のまますごい勢いで首をぶんぶんっ！　と縦に振られた。食べきると、興奮した様子で俺に告げる。

「これ、中身がカボチャだ。ほくほく甘くて、外はカリッとしててすごく美味しいよ」

「カボチャコロッケって言うんだ。ソルはカボチャが好きだからな。絶対気に入ると思ってた」

そう、俺が作ったのはカボチャコロッケだった。ソルの好物はカボチャ。あの素朴な甘さが好きらしい。

見た目は超絶美形の、カッコいい男子なのに、好物がカボチャってギャップ萌えなんだが。

いくらでも、好きなだけ食べさせたい。

男の子らしくいっぱい食べるソルは、見ていて気持ちが良い食べっぷりだ。それでも、フォークの使い方や食べ方に下品さはない。アトリにマナーを教えられたのもあるけど、元々上品というか、気品を感じるのは勇者だからだろうか。

ソルは終始「美味しい！」と言いながら、嬉しそうに頬を緩ませて食べていた。デザートにカボチャのババロアを出してやると、それもまた喜んで食べた。

甘さ控えめにして、ホイップクリームにカボチャの種を砕いたものをトッピングする。ダンジョンでは、非常食なんだよな。

「……幸せ過ぎる」

「それは、よかった」

ソルが幸せそうに吐息を零《こぼ》すのを見ると、料理をした甲斐があったというものだ。

「キュッ」

図書棟でのお仕事を終えて、買い物をしてきたソルの肩に乗って帰ってきたモルンが、テーブルでお行儀よくカボチャの種をカジカジしている。

「……モルンも、ババロア食べてみる？」

スプーン型の小さなマドラーの先に、ほっくりとした黄色のババロアを載せてモルンの小さな口元に運ぶ。ふんふんっとババロアに鼻を近づけると、小さな下をチロッと出して一舐めする。

「ぷう、ぷう」

そんな甘えた鳴き声を出しながら、小さな手をマドラーの柄部分に乗せて、ペロペロと食べ始める。どうやら、モルンも気に入ってくれたようだ。

小さなお口に、ほっくりとしたカボチャの色が移っている。そっとモルンの口についたババロアを、ナプキンで拭き取ってやる。チロリと舌で舐め取る姿が、すごく可愛い。

……はぁー、癒やされる。

「ぷう」

気に入ったようで、食べた後にモルンは俺の指に頬ずりをした。

「……ごちそうさまでした。ヒズミ、すごく美味しかった」

「ソルに喜んでもらえて、よかったよ」

料理をしてくれたお礼にと、片付けはソルが引き受けてくれた。

そんな週末を終えて、前期試験の成績が発表される日になった。

「……廊下に行くか」

俺が腹を括ってソルに言うと、ソルも強く頷いた。

「そうだな。……ガゼットとリュイも一緒に行くぞ？」

緊張した面持ちのガゼットとリュイを誘い、俺たちは教室を出て学園の大広間へと向かった。

前期試験の結果が、大広間の掲示板に張り出されるのだ。これによって夏休みの過ごし方が随分と変わってくるから、どの生徒も固唾を呑んで自分の名前を探していた。

四人全員の名前が、早めに見つかってほっとする。

「……とりあえず、追試は回避したな」

「いやいや、追試回避どころか、上位に食い込んでるんですけど⁉」

俺たち四人は、Aクラスの一位から四位を独占していた。一位は俺、二位はリュイ、三位にソル、四位にガゼットの順だった。

Aクラス内でも、四人は他の生徒に比べて圧倒的な差をつけている。

クラスも関係のない順位で見てみると、上位二十位以内にSクラスの生徒たちに交ざって俺たちの名前が記載されていた。皆で勉強会や鍛錬をした甲斐があったものだ。

「すごい……。なんだか信じられないよ……」

リュイは何度も自分たちの名前と順位を確認していた。今まで落ちこぼれと言われていた二人は、努力が実ったことを噛み締めるかのように静かに喜んでいた。

「すげぇ、嬉しい。ソルとヒズミのおかげだ。……ありがとな」

「僕も、こんなにいい成績が残せたのは、二人のおかげだよ。ありがとう」

二人が俺とソルにお礼を言うが、それはちょっと違うと思う。

「それは違うぞ。二人の努力の賜物《たまもの》だろう？　皆で頑張ったからだ。俺とソルだって、二人がいないと今頃ボロボロだったぞ？　……これで、全員気兼ねなく、夏休みを過ごせるな」

皆にそう言って微笑むと、「あははっ！　そこかよ！」と笑いが起こる。

この、試験結果に一喜一憂するのも、学生生活って感じでいいよな。

前期試験を無事に乗り越えた俺たちは、その数日後に夏休みに突入した。

ソルと一緒に馬車に乗り、目指すのは俺たちの故郷だ。


勇者の付添人として、今日も俺の賑やかな日常が続いていく。

この作品に対する皆様のご意見・ご感想をお待ちしております。
おハガキ・お手紙は以下の宛先にお送りください。

【宛先】
〒150-6019 東京都渋谷区恵比寿4-20-3 恵比寿ｶﾞｰﾃﾞﾝﾌﾟﾚｲｽﾀﾜｰ 19F
（株）アルファポリス　書籍感想係

メールフォームでのご意見・ご感想は右のＱＲコードから、
あるいは以下のワードで検索をかけてください。

アルファポリス　書籍の感想　検索

ご感想はこちらから

本書は、「アルファポリス」（https://www.alphapolis.co.jp/）に掲載されていたものを、
改題、改稿、加筆のうえ、書籍化したものです。

俺《おれ》は勇者《ゆうしゃ》の付添人《つきそいにん》なだけなので、皆《みな》さんお構《かま》いなく
勇者《ゆうしゃ》が溺愛《できあい》してくるんだが……

雨月良夜（うづき りょうや）

2025年 3月 20日初版発行

編集－徳井文香・森 順子
編集長－倉持真理
発行者－梶本雄介
発行所－株式会社アルファポリス
〒150-6019 東京都渋谷区恵比寿4-20-3 恵比寿ｶﾞｰﾃﾞﾝﾌﾟﾚｲｽﾀﾜｰ19F
TEL 03-6277-1601（営業） 03-6277-1602（編集）
URL https://www.alphapolis.co.jp/
発売元－株式会社星雲社（共同出版社・流通責任出版社）
〒112-0005 東京都文京区水道1-3-30
TEL 03-3868-3275
装丁・本文イラスト－駒木日々
装丁デザイン－しおざわりな（ムシカゴグラフィクス）
（レーベルフォーマットデザイン－円と球）
印刷－中央精版印刷株式会社

価格はカバーに表示されてあります。
落丁乱丁の場合はアルファポリスまでご連絡ください。
送料は小社負担でお取り替えします。

ISBN978-4-434-35319-2 C0093